替天行盜
卷3
神廟乍現
石章魚 著

幸福對有些人很簡單
可是對有些人卻遙不可及

目錄

CONTENTS

第一章

關鍵時刻

顏天心出手太快，沒想到她居然敢向蘭喜妹出手，
蘭喜妹整個人被她這一巴掌打得懵住了，
等反應過來時，想要轉移槍口對準顏天心，
一抹寒光過來抵住她的咽喉，卻是羅獵及時出手了。

張長弓道：「我跟你去！」

羅獵搖了搖頭道：「去的人越多，目標就越大，反而容易暴露，再者說，蘭喜妹利用咱們的目的就是考慮到萬一事情不成，可以將責任推個一乾二淨，顏天心必然是個深藏不露的高手，不但是她，就連戲班子的那個花旦玉滿樓武功也在我之上。」

瞎子揚起兩把手槍，瞄準了房門，一副威武霸氣的模樣，口中發出呯呯之聲，作勢發射完畢，然後將雙槍插在腰間，低聲道：「你一個人過去，豈不是自投羅網？」

羅獵道：「顏天心絕頂聰明，我今晚去就是為了自投羅網。」周瑜打黃蓋，一個願打一個願挨，顏天心最後的那番話自有她的一番深意。蘭喜妹越是想推卸責任，羅獵越是要將她拖入泥潭，在他和顏天心見面之時，一個極為大膽的計畫就在他的內心中形成，他要隻身潛入顏天心的住處行刺，顏天心和他心有默契，提出了周瑜打黃蓋的苦肉計。

羅獵在心中已經做過一番權衡，若是按照蘭喜妹的指示去做，無論成功與否，蘭喜妹都會將所有的責任都推到他們的身上，絕不會兌現幫他們逃出生天的承諾。反倒是他落入顏天心的手中更為安全，畢竟顏天心和他現在的處境相同，他們雖然沒有將話挑明，可是彼此間都已經明白了對方的意思，顏天心要和羅獵聯手上演一齣苦肉計，以羅獵作為突破口，直接將矛頭指向蘭喜妹。

雖然羅獵押寶在顏天心的身上，卻不敢投入全部，思量再三，還是決定由自己一人去上演這齣刺殺顏天心的大戲，至於張長弓三人，顏天心向他提供了一個藏身之所，以顏天心的能力應該可以幫助幾人脫身，就算無法如願，也可以在最大限度保存己方的部分實力。

現在最擔心的就是麻雀，如果自己落入顏天心手中的消息一旦被蘭喜妹知道，不排除她殺人滅口的可能，到時候麻雀的處境就會變得異常危險。所以在自己落網之後，第一時間就得說服顏天心登門要人，將麻雀從蘭喜妹那裡救出來。

張長弓道：「你並不瞭解顏天心，又怎麼知道她會真心跟你合作？其實我們沒必要冒那麼大的風險，只需一起救出麻雀，然後逃入那片廢墟，只要進入密道就能暫時躲過土匪的追蹤。」那條密道是他在追蹤血狼時偶然發現，裡面縱橫交錯，從他所見的情況來看應當已廢棄多年，是個藏身的絕佳所在。

羅獵搖了搖頭道：「躲過追蹤又能怎樣？那條密道裡面未必有出口，再說沒有顏天心相助，咱們根本無法活著離開凌天堡。」

阿諾道：「你就這麼相信她？如果她欺騙了你怎麼辦？」

羅獵歎了口氣，低聲道：「楊家屯的事情她已經全部知道了，她如果想要對付咱們，根本不用那麼麻煩，更沒必要和我們一起冒險。」

幾人面面相覷，現在方才知道羅獵因何會信任顏天心，選擇跟她合作，事實上他們已經沒有了其他的選擇。

瞎子默默將剛剛擦好的一把槍遞給了羅獵：「帶上，萬一遇到麻煩，或許能夠派上用場。」

羅獵伸出手去輕輕將槍推了回去：「你知道我的習慣！」

羅獵不用槍，雖然他清楚槍械的威力，雖然他的內勁是他武功中最弱的一環，這就決定他無法提升飛刀的射速和力量，刀法的威力相應大打折扣。沒有人知道羅獵拒絕用槍的真正理由，向來智慧超群的他在這一點上表現出近乎迂腐的倔強，即便是在生死關頭依然不懂得變通。

張長弓起身拍了拍羅獵的肩頭：「我們看我們的華容道，你演你的苦肉計，今晚還真是好戲連台。」

羅獵抬起手腕看了看腕錶，意味深長道：「希望每場戲都可以圓滿落幕。」

外面的鞭炮之聲此起彼伏，如果不知道今天的日期，十有八九會認為今天是辭舊迎新的除夕之夜，麻雀靜靜坐在囚室內，雙手托腮凝望著囚室外面的那盞油燈，燈光雖然昏暗，但是橙黃色的火苗仍然給她的內心帶來了一種淡淡的暖意，想起羅獵的樣子，麻雀禁不住笑了起來，似乎她的唇角泛起了一股鹹澀的味道，這熟悉的味道來自於羅獵的身上，麻雀仍然清晰記得當時一口狠狠咬下的情景，咬破羅獵手腕肌膚的剎那，她居然有些心疼。

外面的那道鎖根本困不住自己，只要她想走隨時都可以離開，可是向來閒不住的麻雀居然選擇老老實實待在這間牢房裡，她並非不清楚自己現在的處境，蘭喜妹將她當成了羅獵的老婆，所以用她作為人質。

麻雀並不擔心自己的處境，反倒時刻在擔心著羅獵，雖然她對羅獵充滿信心，可是現在是在土匪的老巢，他們畢竟勢單力孤。油燈的火焰忽然急促抖動起來，麻雀抬頭望去，卻見一位白髮蒼蒼的老人無聲無息出現在她的對面，麻雀吃了一驚，她剛才正在沉思，雖然如此也不至於聽不到任何的動靜，那老者鬚髮皆白，一張面孔溝壑縱橫，高大的身軀佝僂著，顯得老態龍鍾，看不出究竟有多大年紀，但是他的一雙眼睛卻炯炯有神，隔著鐵窗打量著囚室中的麻雀。

雖然兩人之間仍然隔著鐵柵欄，麻雀還是從心底感到一寒，慌忙站起身來，不由自主向後退了幾步，身體倚靠在後方的牆壁之上。

老者掏出牢房的鑰匙，不緊不慢地將牢門打開。

麻雀握緊了雙拳，周身的神經因為恐懼而變得緊繃，隨著老人微駝的身影出現在門外，她感到自己的內心也在被陰影一點點吞噬著。

「你是誰？」

老者平靜道：「你長途跋涉費盡辛苦來到這裡，不就是為了找我？」

麻雀美眸圓睜，她的表情震駭到了極點，心中已經猜到眼前出現的老人究竟是誰，她萬萬沒想到羅行木會在這樣的狀況下現身。

他的表情似笑非笑：「跟我走，留下來只有死路一條。」

羅獵吹熄了油燈，緩步走出門外，月色正好，在積雪的映射下亮如白晝，周圍的景物清晰可見，這樣的夜晚本不該是行刺的最好時候，月黑風高殺人夜，今晚卻敞亮缺少了那種犯罪的氛圍，讓人興不起半點殺人的衝動，羅獵本來也沒有打算殺人，他只需要進入隔壁的院子裡，在俏羅剎顏天心的配合下上演一齣苦肉計，接下來顏天心就有了足夠的理由可以向狼牙寨一方興師問罪，這是一場賭博，羅獵已經押寶在俏羅剎的一方，權衡各方利弊，考慮到自身的處境，也唯有選擇和顏天心聯手才最有可能脫身。

狡詐如蘭喜妹也不會預料到事情的發展，然而羅獵仍然有些心緒不寧，畢竟麻雀還在蘭喜妹的手中，即將開始的是一場賭博，勝了，他們還有逃出生天的機會，若是敗了就意味著全盤皆輸。

羅獵尚未出門，房門已經被人從外面推開，卻是蘭喜妹率領一隊人馬氣勢洶洶衝入院落之中。

羅獵微微一怔，眼前的一切應當不在今晚的計畫之中，看來事情突然有變？不然蘭喜妹絕不會親臨現場。

蘭喜妹揮了揮手，隨行眾人迅速向周圍房間內衝去，展開了一場搜索。

羅獵有些迷惘地望著眼前的一切，抬起手腕看了看時間，距離刺殺顏天心的行動只剩下五分鐘了，心中已經預料到今晚的刺殺計畫應該已經泡湯，難道蘭喜妹已經得到了消息？又或者顏天心那邊走露了風聲？他旋即又否定了這個可能，顏天心並沒有出賣自己的必要，而自己這邊也不可能洩露消息。

蘭喜妹冷冷望著他，目光中再沒有昔日撩人的嫵媚，緩步來到羅獵的面前：「我果然小看了你！」

羅獵處變不驚道：「八當家不妨將話說得明白一些。」

那些衝入房間內的人很快就完成了搜索，重新回到蘭喜妹的面前向她搖了搖頭，示意他們的這場搜索行動一無所獲。

蘭喜妹從腰間抽出手槍，鍍金雕花的槍身高調奢華，然而美麗外表的內部仍然包含著致命的殺機，黑洞洞的槍口對準了羅獵的額頭：「其他人去了哪裡？」

「不知道！」羅獵平靜望著蘭喜妹。

「撒謊！」蘭喜妹發現麻雀逃離，負責看守牢房的六名手下被殺，她第一時間就想到了羅獵，想到了今晚的刺殺計畫，失去了麻雀，等於失去了要脅羅獵的一張王牌，蘭喜妹也考慮過或許此事和羅獵無關的可能，然而這種可能微乎其微，所以她才會第一時間前來，不但要徹查這裡，還要阻止羅獵的行動。

蘭喜妹將手中的槍口緩緩湊近了羅獵的額頭，一字一句道：「你竟然殺了我六個人，救走了你老婆！」

羅獵聽到這個消息，心中一喜，可旋即又回到冷酷的現實中，他已經沒有時間去考慮麻雀幾人的問題，當務之急是化解眼前的危機。羅獵道：「此事與我無關，我不可能拿自己老婆的性命冒險。」

「其他人呢？」蘭喜妹厲聲喝道。

門外忽然傳來一個清冷的聲音道：「八掌櫃，深更半夜的也不讓人清淨？明天可是你們蕭大當家的五十壽辰，何必搞得雞犬不寧？」卻是俏羅剎顏天心帶著四名手下從門外走了進來，她所住的地方和這邊原本就是一牆之隔，這邊鬧那麼大的動靜，自然不可能毫無察覺，更何況，她一直都在等著羅獵的那場午夜刺殺。然而行動尚未開始就出現了這樣的變化，正所謂計畫不如變化，事情居然一波三折。

蘭喜妹雖然強勢，可是面對顏天心卻不得不保持幾分恭敬和忍讓，轉向顏天心馬上換了一副笑靨如花的面孔，格格笑道：「我當是誰？原來是顏大當家，這麼晚了怎麼還沒歇著？」

顏天心道：「本來已經睡了，卻又被你吵醒了。」她已經將面前劍拔弩張的一幕看在眼裡，也看出羅獵已經到了生死懸於一線的關鍵時刻。

蘭喜妹笑道：「怪我，全都怪我，主要是今天晚上發生了點事情，剛剛得到消息，據說有人計畫刺殺顏大當家，顏大當家是我們狼牙寨最重要的嘉賓，所以我們自然不能掉以輕心，所以才前來搜捕嫌犯。」說話的時候，手槍的槍口移動到了羅獵的下頷，槍口自下而上用力抵住，將羅獵的面孔抵得向上揚起。

顏天心道：「八掌櫃應該來錯了地方，葉無成是我的人！」

蘭喜妹聞言一怔，手槍也不禁向後回收了一下，她萬萬想不到顏天心竟然在眾目睽睽之下公然為羅獵出頭。

羅獵也想不到顏天心會這麼說。

蘭喜妹格格笑了起來，她向顏天心道：「顏大當家還真是會說笑話，他明明是飛鷹堡的人，朱老三的跟班，怎麼會變成了你的人？難不成顏大當家還在飛鷹堡安排了臥底？」

顏天心道：「以你的身分，我又有什麼必要向你撒謊？」

蘭喜妹臉上的笑容倏然收斂，顏天心的這句話充滿了對自己的蔑視，可她心中雖然生氣卻又不得不承認對方所說的是事實，顏天心是連雲寨的大當家，而自己只是狼牙寨的第八把交椅，無論自己在這裡如何強勢，在地位上仍然無法和對方平起平坐。強忍住心中的憤怒道：「這裡是凌天堡，顏大當家又何必婦人之仁為他人強行出頭？」她也不甘示弱，提醒顏天心要搞清這裡是什麼地方，任你如何強勢，在人屋簷下也不得不低頭。

顏天心道：「葉無成一直都是我的人，是我派他去飛鷹堡臥底，誰找他的麻煩就是跟我顏天心過不去！」她的這番話仍然說得風波不驚，可是其中蘊含的威力卻極其驚人。

蘭喜妹雖然不信顏天心的話，可是也看出顏天心今晚必然要為羅獵出頭的決心，她咬了咬嘴唇，手槍仍然沒有移動開來，冷冷道：「說得跟真的一樣！」

顏天心歎了口氣：「看來外界傳言非虛，你果然不識大體！」她忽然揚起手來，白嫩如雪的手掌化成一道閃電，狠狠抽了蘭喜妹一記響亮的耳光。

顏天心的出手實在太快，沒有人想到她居然敢公然向蘭喜妹出手，連蘭喜妹做夢都想不到，整個人被她這一巴掌打得懵住了，等她反應過來的時候，第一時間想要轉移槍口對準顏天心，一抹寒光從她的腋下繞行過來抵住她的咽喉，卻是羅獵及時出手了。

顏天心的表情冷靜依舊，目光向西北方向掃了一眼，那裡一名男子手握弩箭瞄準了蘭喜妹的額頭，另外一側的屋頂之上也有人影晃動，來此之前她已經做好了妥善安排。

蘭喜妹的嘴唇動了一下，然後抬起手來抹去唇角的鮮血，顏天心的這一巴掌打得如此之重，這一掌打去了她苦心經營多年的驕傲和狂妄，同時也激起了她刻骨銘心的仇恨。

顏天心道：「你的底我清清楚楚，就算我現在殺了你，蕭天行也不會說半個不字，黑虎嶺還輪不到你來當家！」

蘭喜妹怒視顏天心，恨不能將她一口給吃了，如果目光可以殺人，顏天心現在必然死了無數次。

羅獵道：「八掌櫃難道真要拚個魚死網破？過去我不怕死，現在更沒什麼好怕！」從蘭喜妹剛才的舉動來看，麻雀逃走應該已成事實，否則蘭喜妹不會倉促而來，搜查只是其中一個原因，她更是要阻止自己的行動，或許她已經意識到自己和顏天心之間達成了默契。

此時外面又有人到來，卻是狼牙寨二當家赤髮閻羅洪景天和三當家琉璃狼鄭千川一起趕到了，赤髮閻羅洪景天很少在人前出現，他位列七殺神之首，是狼牙寨九位當家中資歷最老的一個，年齡也要比蕭天行大了九歲，早在蕭天行入夥之前，洪景天就已經成為狼牙寨的二當家，在前寨主死後，本來應該統領山寨的是他，他卻主動讓賢給了蕭天行，也正是洪景天的盡心輔佐，方才幫助資歷尚淺的蕭天行登上頭把交椅。更為難得的是，洪景天甘居人後，從不因為這段經歷而居功自傲，自從蕭天行掌權之後，一直對他忠心耿耿，對功名利祿看得很淡。

蕭天行也記得他對自己的這份人情，始終對洪景天另眼相看，以禮相待，從來不把他當成下屬對待，私下裡也都尊稱一聲老大哥。洪景天的主要職責是負責後勤，說穿了也就是山寨的物資供應，無非是穿衣吃飯。倒是個清閒自在的差事，不過在山寨裡面也沒多少存在感，這和他本身低調的性情有關，平日裡又不喜歡在公開場合露面，多半時間都在半山腰的小村子裡面住著，那裡是狼牙寨的物資中轉站，除非重大節日，或者蕭天行傳召，他很少到凌天堡來，所以山寨中這兩年入夥的土匪有許多都不認識他。

洪景天的奶奶是俄國人，正因為體內混血的緣故，他的頭髮有些發紅，諢號也因此而來。洪景天一出現氣氛就變得緩和了許多，他不但是狼牙寨的二當家，還和連雲寨有著非常密切的關係，顏天心的父親顏拓疆曾經對他有救命之恩，正是這個緣故洪景天這些年來一直充當著雙方之間的橋樑，負責溝通彼此之間的關係。如今顏拓疆雖然已經去世，可是洪景天仍然記著這份人情，對顏天心仍然以恩人之禮相待。

鄭千川悄悄將蘭喜妹叫到了一邊，微笑道：「誤會，誤會，顏掌櫃千萬不要介意，我這八妹畢竟年輕，做事冒失了一點。」

顏天心淡然道：「年輕氣盛自然是難免的，我剛剛已經幫你們大當家教訓過她了。」

蘭喜妹聽她居然還這麼說，氣得臉都綠了。可是礙於洪景天和鄭千川全都在現場，再加上自己本來就理虧，滿腔怒火無從發洩，冷哼了一聲轉身就走。

鄭千川擔心她一時想不開將事情鬧大，慌忙追了出去。

赤髮閻羅洪景天看到眼前情景不由得暗自歎了口氣，雖然這次邀請顏天心前來凌天堡參加壽宴的請柬是他親自所送，可是他卻並不贊成顏天心前來，如今的狼牙寨早已不是過去那個，蕭天行的野心日益膨脹，就算是小孩子也能夠看出他想要收服周邊勢力，稱霸蒼白山的野心，所以連雲寨自然成為他首當其衝想要清除的目標，顏天心此番前來實在冒著很大的風險。

顏天心微笑道：「二當家安好？」

洪景天看了看一旁的羅獵，向顏天心道：「顏大掌櫃可否借一步說話？」

顏天心點了點頭，轉身向羅獵道：「葉無成，你先去我那邊歇著，我還有事情找你。」這句話等於表明她護定了羅獵。

羅獵向洪景天和顏天心分別抱了抱拳，不卑不亢道：「屬下告辭！」既然顏天心已經公然將自己列入門牆，他自然要配合一些。

羅獵離去之後，赤髮閻羅洪景天長歎了一口氣道：「顏掌櫃，這又是何苦呢？」他並不理解顏天心為何要替一個不相干的人出頭。

顏天心道：「承蒙洪先生關照，天心雖然與世無爭，可是誰要是招惹到我的門前，我也不會忍氣吞聲。」

洪景天抿了抿嘴唇，欲言又止，猶豫了好一會兒方才道：「顏掌櫃難道忘了此前我說的話。」前往連雲寨送請柬的時候，洪景天曾經暗示過顏天心，這場壽宴很可能是鴻門宴，她最好不要冒著風險親自前來，只是沒想到顏天心終究還是來了，洪景天佩服她膽色的同時又不禁為她的處境擔心。

其實在狼牙寨內部對這件事也有著不同的看法，琉璃狼鄭千川也不贊成現在就將顏天心除去，雖然他承認連雲寨是目前蒼白山唯一能夠和狼牙寨抗衡的力量，可是殺掉顏天心未必能夠徹底清除連雲寨的勢力，反倒會因此而和連雲寨成仇，陷入仇殺之中，更何況這件事極有可能引起蒼白山其他勢力的警惕，從而產生同仇敵愾之心，雖然這些散在的勢力無法和狼牙寨抗衡，但是如果他們團結起來，其實力也不容小覷。

這其中的道理鄭千川都已經向蕭天行詳細陳述過，然而蕭天行根本不為所動，他的性情就是如此，獨斷專行，一旦做出決定，必然貫徹到底，不容許任何人反對。

鄭千川早已看出蕭天行這次的行動繞開了自己，從今晚蘭喜妹的登門挑釁，他隱約猜到了其中的玄機所在。

洪景天離開的時候，鄭千川仍然在外面等著，雖然他追上了蘭喜妹，卻無法和盛怒之下的蘭喜妹搭上話，於是鄭千川放棄了安慰她的想法，留在這裡靜候洪景天的到來。

洪景天表情凝重地出現在鄭千川的面前，看到鄭千川仍然在等著自己，緩緩搖了搖頭，遠處的戲台仍然燈火通明，好戲連台，加演的華容道正在高潮之處，凌天堡內今晚要徹夜狂歡了。

鄭千川向戲台的方向看了一眼，意味深長道：「不知大當家睡了沒有？」

洪景天道：「你沒有勸勸他？」

鄭千川苦笑道：「他的脾氣您又不是不知道，除了二爺只怕沒人能夠讓他改變念頭了。」

洪景天道：「你以為呢？」

鄭千川道：「連雲寨雖然與世無爭，可並不代表著他們實力不濟，這些年我們在大當家的統領下實力與日俱增的確是有目共睹的事情，可是又有幾人知道連雲寨現在的真正實力？」和狼牙寨的擴張不同，連雲寨始終閉關自守，和外界很少聯絡，正是因為這個原因連雲寨才格外神秘。

洪景天沉默了一會兒方才道：「今晚的事情你真不知道？」

鄭千川用力搖了搖頭，雖然蕭天行曾經多次提起要趁著這次的機會除掉俏羅剎顏天心，可是並沒有得到自己的認同，鄭千川也嘗試勸說蕭天行改變念頭，如果刺殺成功，那麼必將引起蒼白山的動盪，甚至會導致狼牙寨成為眾矢之的。更何況顏天心為人低調，一直都沒有爭霸稱雄之心。在鄭千川看來，維繫井水不犯河水的現狀才是最妥善的處置辦法，然而蕭天行的野心卻讓他根本聽不進去外人的意見。

鄭千川道：「二爺，其實很多事情操之過急反而不好。」

洪景天只是嗯了一聲，並沒有說話。

鄭千川道：「這兩年，我奉命奔走在外，外面的形勢可謂是瞬息萬變，其實我們不妨將眼界放得更加長遠一些。」這番話卻是他的肺腑之言，因為蕭天行的委任，這幾年他待在外面的時間要比山裡多得多，對外界時事的瞭解遠超狼牙寨的其他人，蕭天行武功高強，為人心狠手辣，鄭千川對他是從心底忌憚的，可這並不代表鄭千川對他心服口服，**做賊做官其實是一個道理，想讓人對自己心服口服，必須要以德服人。**和外界接觸得越多，越是明白蕭天行何以從一個清朝四品武官落草為寇，絕非是蕭天行所說的忠臣不事二主，也不是因為他殺了太多的革命黨，真正的原因是他看不清形勢，不懂得順勢而為，同樣的出身，劉同嗣就左右逢源，搖身一變成為遼沈道尹，在民國比大清還要風生水起，而他蕭天行卻如同喪家之犬惶惶不可終日，最後不得不躲到這蒼白山成為一個打家劫舍的強盜。

鄭千川也不否認蕭天行在做賊方面的成功，短短七年內就能爬上狼牙寨的頭把交椅充分證明了他的能力，可以說現在正是蕭天行最為風光的時候，可是人在得意的時候需要看到潛在的危機，蕭天行躲在山窩裡稱王稱霸，卻不知道外面的世界已經發生了天翻地覆的變化，這變化絕非是民國滅了大清那麼簡單，就說他們所在的滿洲，事實上已經被日本人和俄國人瓜分。就算橫掃蒼白山，就算蕭天行成為蒼白山唯一的王者，終究還是一個山賊，一旦走出去，以他們的實力又能和軍閥對抗嗎？更不用說日本人和俄國人。

洪景天低聲道：「我明早去見他！」

鄭千川點了點頭，雖然明知道洪景天就算去也不會改變什麼，可心底仍然希望得到一個明確的結果，未雨綢繆，盛極而衰向來都只是轉瞬之間的事情，或許他應該為將來的事情提前規劃一下了。

羅獵的計畫尚未開始就被蘭喜妹扼殺於搖籃之中，讓他有種拳頭落空的感覺，確切地說，尚未出拳，就失去了目標，內心的失落在所難免。

坐在顏天心寓所的客廳內，時鐘已經指向凌晨一點，仍然沒有麻雀的消息，不過張長弓幾人都已經聯繫上了，他們幾個原本就沒有走遠，潛伏在附近，準備萬一情況有了變化，隨時救援羅獵。

顏天心的身影出現在客廳內，宛如空谷幽蘭靜靜綻放在夜色之中。

羅獵禮貌地站起身來表示迎接。

顏天心向他微微頷首示意，然後示意手下人散去，來到羅獵身邊坐下了，美眸掃了一眼地上的火盆，炭火熊熊，映紅了她膚白如雪的俏臉，仿若蒙上一層紅暈，更顯嬌豔動人。

無論從任何角度看，顏天心都是那種毫無瑕疵的女人，不僅僅是外表，而且包括她的內在，羅獵遊學中西，接觸過形形色色的女人，可是真正讓他感覺到深不可測，觸不可及的女人，顏天心還是第一個。羅獵恭敬道：「今晚的事情，謝謝您了。」這句話充滿誠意，如果不是顏天心的及時出現，自己的處境只怕會更加惡劣，以蘭喜妹睚眥必報的性情絕不會善罷甘休。

顏天心道：「若是我不出頭，你會如何應對？」

羅獵微笑道：「聽天由命！」

顏天心看了看他：「只怕天幫不了你。」

羅獵呵呵笑了起來：「此前我專門找高人算了一卦，說我今次來到這裡需聽天由命，自然可逢凶化吉，我仔細考慮了一下，這凌天堡中豈不是就有個天字，看來此行無憂，等到了凌天堡方才發現這裡危機四伏，步步驚心，本以為高人算錯，可剛才的事之後，我方才明白，高人口中的天原來並非指的是凌天堡，而是……」說到此時他故意停下話來，耐人尋味的目光望著顏天心。

顏天心何等聰明，馬上明白他口中的天指的是自己，她的名字中間可不就有一個天字，唇角泛起一絲淡淡的笑意：「我可不信！」

羅獵微笑道：「無論你信不信，我是信了，從現在開始打算聽天由命。」

顏天心道：「我不相信你會那麼聽話！」

羅獵道：「救命之恩沒齒難忘，這份人情，我羅獵永銘於心！」不但表達了自己的感激之情，而且將自己的真名坦然相告，以此來表示自己的誠意。

顏天心暗讚羅獵心機夠深，連自我介紹都做得如此隱秘。無論從哪裡看，羅獵都不是一個老實人，更不會像他自己所說的聽天由命，之所以表現出這樣的誠意，是因為他目前的處境非常的危險，為了活命不得不選擇依靠自己。

顏天心開始對羅獵潛入狼牙寨的目的產生了興趣，端起桌上的茶盞，輕抿了口香茗，一語雙關道：「羅先生似乎很有誠意。」

「以誠相待向來都是我的處事之道。」羅獵焉能聽不出顏天心是在提醒自己，麻雀的突然失蹤，讓蘭喜妹提前終止了計畫，而他和顏天心此前的籌謀自然無從施行，兩人之間的合作也不復存在，雖然顏天心剛才幫助自己脫困，並不意味著顏天心會繼續幫助自己，兩人合作的基礎就是彼此利用，如果顏天心認為自己已經失去了利用的價值，以她的頭腦和氣魄絕不會為了自己繼續出頭。反過來說，顏天心剛才之所以幫助自己，應當是認為自己對她有所幫助。

楊家屯的事情既然已經被顏天心知道，羅獵也就沒有了隱瞞的必要，於是將自己潛入狼牙寨的目的告訴了顏天心，這是為了獲取顏天心的信任，當然不會全盤相告，羅獵幾乎能夠斷定顏天心這次前來凌天堡也不是為了拜壽那麼簡單，明知山有虎偏向虎山行，其背後必然有她的動機。

在目前的狀況下，同仇敵愾才是雙方精誠合作的基礎，羅獵隱瞞了陪同麻雀前來尋找羅行木的事實，但是在葉青虹委託自己的任務上並沒有半點隱瞞，仔仔細細說了一遍，並沒有任何虛構和誇大的成份在內。

顏天心聽完也對此深信不疑，她雖然早就知道蕭天行是滿清官員，但是對於其中的細節並不清楚，聽聞蕭天行本名是肖天雄，居然還是瑞親王的親信。也終於明白蕭天行通過何種途徑獲得武器，從而在短時間內實力倍增，從蒼白山諸多勢力中脫穎而出的真正原因。

「你們只是為了竊取七寶避風塔符？」

羅獵點了點頭，將自己繪製的一張七寶避風塔符的圖形遞給了顏天心：「我們受了某位主顧的委託，來到這裡就是為了這枚七寶避風塔符，如果情報無誤，這枚玉化硨磲製作的七寶避風塔符就應當在蕭天行的身上。」

顏天心道：「蕭天行武功高強，就算你們的情報無誤，想要從他那裡得到這枚塔符也等同於虎口拔牙。」

羅獵歎了口氣道：「身不由己。」

顏天心並沒有詢問他們接受委託的原因，可是從羅獵的話鋒中已經猜到他們十有八九是受到了脅迫，否則不會冒著這麼大的風險前來狼牙寨。

羅獵道：「顏掌櫃為何要冒著風險前來拜壽呢？」他早已猜到顏天心前來狼牙寨不是單純拜壽那麼簡單。

顏天心淡然道：「我的事情和你無關！」停頓了一下道：「我雖然救了你一次，卻無法保證你們能夠活著離開。」

羅獵點了點頭，顏天心的處境未必比自己強到哪裡去，今晚如果不是她幫忙解圍，只怕已經成為了蘭喜妹的階下囚，單單是這份人情已經不小了。

顏天心將一幅早已準備好的地圖遞給了羅獵，指點了一下重點標注的地方：「幫我炸掉狼牙寨的軍火庫，我會安排你們離開。」天下沒有免費的午餐，顏天心果然是有附加條件的。

羅獵盯著地圖看了好一會兒，方才道：「所有人，包括我老婆！」

顏天心望著這個時刻惦記討價還價的傢伙，緩緩點了點頭道：「我盡力而為！」她對營救麻雀並沒有把握，畢竟麻雀逃離之後不太可能公然露面。

「我需要好好考慮一下！」

「我等你答覆！」

顏天心離去之後，張長弓、瞎子和阿諾來到羅獵身邊，三人剛才按照羅獵的吩咐前往戲台看戲，顏天心也信守承諾派人接應，沒料到風雲突變，蘭喜妹竟然帶著手下將羅獵圍困起來，幸虧顏天心出面為羅獵解圍。

羅獵將麻雀失蹤的消息告訴了他們幾個，又將顏天心的那幅地圖在桌面上鋪開，幾人圍了過去，這張是淩天堡的結構圖，標記了淩天堡的建築結構，藏兵洞，武器庫，幾乎每個重要的地點都用紅筆標注。

瞎子歎了口氣道：「淩天堡內這麼多人，麻雀又不知道躲在什麼地方，軍火庫乃是淩天堡防守森嚴，若是好炸，顏天心何必要假手於人，根本是讓我們去送死，我看還是找機會逃吧。」

阿諾跟著點了點頭道：「是非之地，還是先想辦法離開這個地方再說。」他和瞎子還是頭一次口徑如此一致。

張長弓濃眉皺起，並不認同兩人的看法，沉聲道：「既然大家一起過來，自然要守望相助，拋棄同伴豈不是貪生怕死的小人？」一句話說得瞎子和阿諾面紅耳赤，兩人都將目光投向羅獵，雖然他們也不想就此扔下麻雀不管，可現實終究是現實，盲目逞英雄倒楣的只可能是自己。

羅獵是他們之中的領袖，最終的決定權還在他這裡，羅獵輕聲道：「花姑子是我老婆，你們可以走，我卻不可以。顏天心答應我，如果我們幫她炸掉軍火庫，她會幫助我們離開，還會幫忙尋找麻雀。」

張長弓的目光中充滿了欣慰，他沒有看錯羅獵。

瞎子道：「空口白話誰不會說？她很可能是騙你的。」

羅獵道：「我們只有這個機會。」雖然答應顏天心的要求未必能夠救出麻雀，可畢竟還存在一線希望，其實他也明白現在想要找到麻雀希望渺茫。

所有人沉默了下去，過了一會兒瞎子道：「我也不走，不過我是為了你。」

阿諾道：「你們都不走，我一個人走也沒什麼意思，再說餘款還沒有給我結清呢。」

既然都決定留下來，那麼他們剩下的唯一選擇就是答應顏天心的條件炸掉軍火庫。

對羅獵而言這又是一個重複的不眠之夜，最近糟糕的睡眠品質讓他感到疲倦，明澈的雙目也佈滿了血絲。

顏天心走出門外的時候，羅獵正坐在樹下將樹枝削尖，這是他做的飛鏢，是在為今天的行動準備，聽到顏天心的腳步聲，他抬起頭來。

顏天心點了點頭，算是跟他打了個招呼，目光落在羅獵身邊碼得整整齊齊的飛鏢上，輕聲道：「帶著這些東西，你進不去壽宴現場。」

羅獵微微一怔，計畫中他們是要趁著壽宴舉辦的時候去炸軍火庫的，難道顏天心又突然改變了念頭？

顏天心道：「你陪我去參加壽宴，其他人去做那件事。」

羅獵皺了皺眉頭，將手中的刀和飛鏢放下，靜靜望著顏天心，她顯然信不過自己，讓自己陪同她去出席壽宴只是一個藉口，真正的用意是要以自己作為人質，以此來保障引爆軍火庫的計畫順利進行。

羅獵點了點頭：「看來我應該換一身像樣的衣服。」

蕭天行站在穿衣鏡前不緊不慢地繫著扣子，他對鏡中的形象頗為滿意，轉動身軀左右看了看，對他而言今天是個重要的日子，從今日起他就正式跨入天命之

年，只要除掉顏天心，整個蒼白山再也沒有人可以和自己抗衡。

門外傳來通報聲：「二當家到了！」

赤髮閻羅洪景天無論任何時候都可以見到蕭天行，不會受到任何的阻攔，這是蕭天行的特許，由此也證明蕭天行對他的信任。

洪景天剛剛踏入門檻，就聽到蕭天行洪亮的大笑聲：「大哥來了！」雖然他是狼牙寨的大當家，洪景天卻是他的結拜大哥。

洪景天微笑抱拳道：「大當家福如東海，壽比南山！」

蕭天行走過去親切地握住洪景天的手道：「大哥，咱們兄弟可不需要如此的客套。」

洪景天哈哈大笑道：「這可不是什麼客套，是祝福！」

蕭天行連忙邀請洪景天坐下，讓人沏了一壺好茶，洪景天品了口茶，輕聲道：「這大紅袍真是不錯。」

蕭天行道：「給大哥準備了一斤，原本想讓人送過去，可巧您這就過來了，待會兒您就順手捎回去。」

洪景天眉開眼笑道：「你做壽，我還沒給你送禮，你倒先給我送禮了，這讓我怎麼好意思。」

蕭天行笑著拍了拍他的手臂道：「您是我的好大哥，別說是送禮，就算是我的位子，只要大哥一句話，我都可以交給您。」話說得慷慨，心中卻明白洪景天永遠也不可能提出這樣的要求，在黑虎嶺上能讓蕭天行說出這句話的也唯有洪景天，沒有洪景天的幫助，他沒可能這麼順利坐在頭把交椅上，這位子是洪景天讓給他的。

洪景天抿了抿嘴唇，被蕭天行的這句話感動，雖然蕭天行做事心狠手辣，可是對自己這個老大哥還是真心不錯，逢年過節，大小活動，從來都不會忘了自己，每隔一段時間都會給自己送上一些禮物，雖然不是什麼貴重東西，可如今他已經是狼牙寨的大當家，仍然能夠記掛著自己，有這份心已經非常難得。

洪景天是個淡泊名利的人，當年他比蕭天行更有資格坐在山寨頭把交椅之上，可是他仍然力排眾議，全力推舉了蕭天行，這兩年他很少來到凌天堡，在多半人看來，洪景天是為了避嫌，可事實上還有一個原因，洪景天發現當年曾經推舉自己的那些老人大都已經遭遇不幸。**感激是一回事，相信是另一回事，人和人之間不可以靠得太近，必須保持一定的距離，這樣才安全。**

洪景天笑道：「你就別取笑我了，我那點能耐能照顧好自己就不容易了。」停頓了一下方才道：「我也不瞞你，今天我找你不單單是拜壽，還有一件事。」

蕭天行點了點頭，示意他接著往下說。

洪景天將昨晚所見說了一遍，其實他也明白蕭天行肯定知道了這件事。

蕭天行聽完並沒有任何的反應，只是端起茶盞，慢條斯理地啜上了幾口。

洪景天道：「遠來是客，咱們身為地主可千萬不能失了禮數。」他並沒有直接將事情點明，而是說得委婉，把責任歸咎到蘭喜妹的身上。

蕭天行露出一絲淡淡的笑意，他當然知道洪景天這句話的真正意思，長舒了一口氣，將茶盞的蓋碗蓋上：「喜妹這丫頭性情乖戾了一些，不過她對我，對狼牙寨是沒有半點兒異心的。」話裡已經表明了對蘭喜妹的維護。

洪景天道：「可顏天心畢竟是連雲寨的大掌櫃……」

不等洪景天把話說完，蕭天行就打斷道：「我的意思！」

洪景天頓時僵在那裡，後面的話一時間不知如何繼續下去。

蕭天行道：「大哥，不是兄弟我有意瞞著您，只是您都這麼大年紀了，我又怎能忍心讓您再操心山寨裡的這些事情？」

洪景天老臉一陣發熱，蕭天行分明是讓自己不要多管閒事，自己還是高估了在他心中的份量，今次登門原本是抱著勸說他兩句的想法，可現實卻是主動找人打臉來著。洪景天心裡打起了退堂鼓，可是一想起顏天心的父親顏拓海對自己曾有救命之恩，如果一走了之，只怕他今生今世良心難安，草莽之人也講究個知恩圖報，否則和畜生又有什麼分別？洪景天將茶盞放下霍然站起身來。

蕭天行以為自己的這句話將他觸怒，洪景天要拂袖而去，卻想不到洪景天突然雙膝一曲，咚地跪倒在他面前。蕭天行慌忙站起身來，伸手去攙洪景天的雙臂，大聲道：「大哥，您快快起來，這又是何故，豈不是讓兄弟我折壽嗎？」

洪景天歎了口氣道：「我跪的不是兄弟，跪的是狼牙寨的大當家，求大當家放顏天心一馬吧。」

蕭天行知道洪景天待人忠義，跪求自己放過顏天心一馬，主要是因為當年顏拓海對他的救命之恩，蕭天行苦笑道：「大哥啊大哥，我何時說過要殺顏天心？你又是哪裡聽來的消息？有朋自遠方來不亦樂乎，我高興還來不及，又怎能做這種不合江湖規矩的事情？更何況顏拓海於您有恩，我既然讓您去請顏天心過來，就不會做讓您難堪的事情，難道您還信不過兄弟我嗎？」

洪景天抬起頭來，心中仍然將信將疑：「當真？」

蕭天行笑道：「自然是真的，我何時騙過你？」他將洪景天從地上拉了起來，寬慰道：「大哥別多心了，什麼事情該做，什麼事情不該做，兄弟我心中有數，快準備一下，壽宴就要開始了。」

第二章

傳音入密

顏天心眼角餘光留意到一人，在蘭喜妹正要發作時，
那人嘴唇微動，極其隱秘，但是仍然沒有逃過顏天心犀利目光，
顏天心瞬間判斷出對方在用傳音入密向蘭喜妹傳遞消息。
從嘴唇動作，顏天心讀懂了他的意思，他說的是：不可動他！

羅獵陪同顏天心一起登上了紅色Lutzman三座敞篷車，這輛車是蕭天行安排特地接待顏天心之用，開車的是狼牙寨六當家綠頭蒼蠅呂長根。看到羅獵陪同顏天心上車，不由得多看了他幾眼。

羅獵朝他笑了笑，畢竟最早迎接他們進入黑虎嶺的就是呂長根。

呂長根道：「這不是飛鷹堡的葉老弟嗎？」

羅獵微笑道：「六當家吉祥，實不相瞞，我已經投到連雲寨門下。」既然顏天心已經公開說自己是她的臥底，羅獵也就不再有什麼顧忌。

呂長根雖然聽說了昨晚的事情，卻沒有料到他會公然說出來，不由得呵呵笑了一聲：「葉老弟果然是深藏不露，佩服！佩服！」嘴裡雖然說著佩服，可語氣卻充滿了不屑。

羅獵道：「良禽擇木而棲，咱們江湖中人最重要就是懂得審時度勢，六當家是精明之人也應當早做準備。」

呂長根因他的話面露慍色，這廝背叛山寨乃是江湖大忌，居然不以為恥反以為榮，而且公然攛掇起自己來了，實在是囂張至極，無恥之尤。可是當著顏天心的面又不好發作，再不理會羅獵，啟動汽車向聚義堂駛去。

顏天心由始至終都沒有發表任何意見，心中暗讚羅獵口才厲害，從她的住處到聚義堂距離並不遠，不到半里地的距離，聚義堂前早已人聲鼎沸，裡面是擺酒席的地方，賀壽的儀式則在外面的戲台舉辦，再過一會兒蕭天行就會到來。

從昨晚到今天是好戲連台，抵達戲台前方，羅獵率先從車上跳了下去，然後為顏天心拉開車門，顏天心走下汽車，她剛一到來，眾人就自覺閃開了一條通道，原本專注於戲台之上的目光自然而然聚焦到了她的身上，愛美之心人皆有之，若是單獨相對，這些山賊未必有直視顏天心的膽子，借著今天的日子，剛好看個夠，反正不是一個人這麼做，法不責眾，這樣的美人當得起秀色可餐，不看白不看。

羅獵看了看周圍，方才意識到今天顏天心並未帶其他隨從同行，身邊人只有自己，心中不由得有些奇怪。

顏天心面不改色，目不斜視，在呂長根的引領下向自己的席位走去，按照今日的流程，先是賀壽送禮，然後才是進入聚義堂落座開席。

戲台上花旦玉滿樓正上演一場精彩紛呈的木蘭從軍，唱得精彩，打得漂亮。

顏天心和羅獵在八仙桌旁坐下，呂長根早已讓人將零食點心果盤準備好了，等顏天心坐好恭敬問道：「顏掌櫃還需要什麼？」

顏天心擺了擺手，漫不經心道：「呂先生先去忙吧，有什麼事我再叫你。」

呂長根本來準備在一旁陪同的，可顏天心下了逐客令，他也不好繼續留下，微笑道：「那顏掌櫃隨意，我去招呼別的客人。」臨行之前不由得又向羅獵看了一眼，心中越發感到迷惑了，這廝到底是什麼來路？跟著飛鷹堡的三當家朱滿堂上山，朱滿堂死後搖身一變成了連雲寨大當家顏天心的跟班，看起來還頗為受寵，居然有資格跟顏天心坐在一起，難不成當真就是顏天心埋在飛鷹堡的一顆棋子？

羅獵等到呂長根走後輕聲道：「今兒看來要上演一齣鴻門宴了？」

顏天心淺淺一笑，羅獵還從未見她笑過，這一笑當得起傾城傾國這四個字，雖然心旌搖曳，可是卻不敢絲毫放鬆警惕，且不說周邊群狼環伺，即便是顏天心對自己也抱有利用的目的，她讓自己的同伴去炸軍火庫，唯獨留下自己，擺明是對自己的不信任，同時也以此來要脅瞎子等人乖乖就範，雖然羅獵感謝顏天心為自己解圍，可是對她的做法仍然有些不爽。

顏天心輕聲道：「你聽著，不要說話，提防被他人聽到。」

羅獵心中一怔，顏天心為人謹慎，這是為了防止隔牆有耳，可是她說話難道就不怕被人聽到？畢竟周圍距離他們最近的只有兩米不到的距離。

顏天心道：「我用的傳音入密，除了你之外，別人聽不到。」

羅獵雙目靜靜望著舞台，顏天心果然深藏不露，傳音入密他也曾經聽說過，不過一直以來都認為這門功夫只存在於傳說中。然而顏天心的這句話清清楚楚傳到耳中，周圍人明顯沒有半點反應，她應該不是欺騙自己。

顏天心道：「真正危險的地方是在這裡，而不是軍火庫。蕭天行對我已動殺念，我們留在這裡，才能吸引他們的注意力，等到他們成功引燃軍火庫之後，我們方才有逃生之機。」

羅獵端起茶盞，抿了口茶，顏天心心思縝密，早已完成了佈局，除卻派去軍火庫的那些人，她在戲台上也安排了人手，看來今天已經做好了最壞的準備，只是羅獵實在想不通，顏天心明明知道會有危險，為何一定要親自前來拜壽？

此時狼牙寨八當家蘭喜妹從外面走了進來，剛一來到現場，充滿怨毒的目光就鎖定在顏天心的臉上，昨晚顏天心當眾摑了她一掌，蘭喜妹引以為奇恥大辱。

顏天心根本沒有向她看上一眼，只是靜靜關注著戲台上的表演，蘭喜妹目光一轉，來到羅獵的臉上，卻突然變成一幅嫵媚妖嬈的表情，婷婷嫋嫋來到兩人的身邊，嬌滴滴道：「喲，這不是顏大掌櫃嗎？」

顏天心這才轉過臉去微微頷首，算是跟她打了個招呼。

蘭喜妹卻沒有因為顏天心的淡漠而退卻，一屁股在羅獵身邊坐下，格格笑道：「昨晚小妹一時氣急，失了禮數，全都是我的不是，顏大掌櫃可千萬不要跟我一般見識。」

顏天心淡然道：「是我不對，我不該當著那麼多人的面打你的耳光！」

一句話說得蘭喜妹俏臉通紅，顏天心實在太不給她面子，昨晚當著那麼多人的面打她耳光，今兒又在大庭廣眾之下提起這件事，其用意就是要侮辱自己。

羅獵掃她了一眼，裡面的心腸歹毒到了極點。

蘭喜妹滿腔怒火卻轉向了羅獵，怒道：「看什麼看？沒見過女人？」

羅獵笑瞇瞇道：「八掌櫃誤會了，你和顏大掌櫃同時出現的地方，很少有人會注意到你。」

蘭喜妹的內心如同被針扎了一樣，羅獵這話說得實在刻薄，分明是說自己被顏天心比了下去，她一向自詡容貌出眾，卻被羅獵如此奚落，再也遏制不住心中的憤怒，抓起桌上茶盞準備向羅獵摜去，可是茶盞拿到手中卻突然停了下來。

羅獵真正的目的就是要激起她的憤怒，讓她在蕭天行的壽宴上做出失禮的事情，眼看就要得逞，卻沒想到蘭喜妹居然在最後關頭克制住。

蘭喜妹深深吸了口氣，緩緩將茶盞放下，滿臉怒容倏然又煙消雲散，格格笑道：「葉無成啊葉無成，天下間也只有你能氣得到我，人家真是越來越喜歡你了。」拿得起放得下，不愧是狼牙寨的八當家。

顏天心眼角的餘光卻留意到西北角的一人，在蘭喜妹站起就要發作的時候，那人嘴唇微動，雖然極其隱秘，但是仍然沒有逃過顏天心犀利的目光，顏天心幾乎在瞬間就已經判斷出對方在用傳音入密向蘭喜妹傳遞消息。從對方嘴唇的動作，顏天心讀懂了他的意思，他說的是不可動他！

顏天心此驚非同小可，不僅因為蘭喜妹的一方擁有懂得傳音入密的高手，更因為那人說的話，不能動他，這個他絕不是自己，身邊只有羅獵，羅獵因何會讓對方忌憚？

同樣感到迷惑的還有蘭喜妹，蘭喜妹果然不敢生事，悄悄離開，在眾人看來，她又碰了一鼻子灰。

蘭喜妹剛剛離開，二當家洪景天就到了，他在山寨中算得上德高望重，一出現，馬上就有弟兄過來跟他打招呼，洪景天一一抱拳還禮，來到顏天心身邊。

顏天心起身相迎，整個凌天堡除了蕭天行，也只有洪景天能讓她這樣做。

洪景天壓低聲音道：「顏掌櫃，在下有件要緊事，咱們外面說話。」

顏天心微笑道：「壽星公就要到了，有什麼話咱們在這邊說也是一樣。」

洪景天以為顏天心並不明白自己的意思，暗自歎了口氣，在顏天心身邊坐下，壓低聲音道：「顏大掌櫃是時候該走了。」他去蕭天行那裡求情，雖然蕭天行答應他不會對顏天心下毒手，可洪景天仍不放心，思來想去，終於決定冒天下之大不韙，親自送顏天心下山，就算蕭天行殺了自己，也不會說半個不字，江湖人最重一個義字，當年顏天心的父親顏拓海救過自己的性命，如今顏天心遇到了危險，自己決不能坐視不理，大不了一命換一命。可以說洪景天此番前來是抱著必死之心，只是沒想到顏天心沒有體會他的苦心。

顏天心緩緩搖了搖頭道：「不勞洪叔叔費心，該走的時候，我自然會走。」此前她都稱呼洪景天為二掌櫃，這次卻一改往常，第一次稱呼洪景天為洪叔叔，其中的含義不言自明，她感激洪景天的深情厚誼，尊敬洪景天的為人。

洪景天此時也顧不得許多，苦口婆心道：「機不可失失不再來！」壽宴舉行的同時，凌天堡四周戒備森嚴，防守比起平時增強了一倍有餘，山雨欲來風滿樓，洪景天混跡江湖那麼多年，早已從凌天堡內調兵遣將的舉動中察覺到了異常，蕭天行此舉針對的只可能是顏天心。

顏天心依然鎮定自若：「該來的總是要來，洪叔叔多多保重身體。」

外面傳來劈哩啪啦的鞭炮聲，鼓樂齊鳴，從熱鬧的動靜來看，狼牙寨的寨主蕭天行已經到了。

洪景天滿臉都是遺憾，顏天心年紀輕輕為何如此固執，其實不但是他，很多人都已經看出了今天的這場壽宴就是鴻門宴，顏天心留下來只怕難逃殺戮。

羅獵在一旁將兩人的對話聽得清清楚楚，心中暗暗佩服顏天心的勇氣，可他又覺得顏天心並非愚勇之人，能讓她如此鎮定應當不僅僅是與生俱來的大將之風，或許她還有後招在手。

戲台之上也戰得激烈，羅獵望著台上長槍舞動的玉滿樓，心中暗忖，難道顏天心所依仗的那個人是他？

蕭天行在三當家琉璃狼鄭千川和七當家遁地青龍岳廣清的陪同下到來，現場歡聲雷動，眾人夾道歡迎。

蕭天行內穿紫色偏襟長袍，外披黑色裘皮大氅，臉上喜氣洋洋精神煥發，龍行虎步，頻頻抱拳，穿行於人群之中，正所謂人逢喜事精神爽，向來在人前不苟言笑的他少有今日這般和顏悅色的模樣。

不知哪位嘍囉率先喊起了寨主威武，一統江湖，千秋萬載。

蕭天行哈哈大笑，受到眾人如此擁戴，心中的快慰實在難以言表。

琉璃狼鄭千川一旁悄悄觀望著蕭天行，和躊躇滿志，得意洋洋的蕭天行相比，他要冷靜得多，雖然他佩服蕭天行的武力和手段，可是隨著狼牙寨的發展，

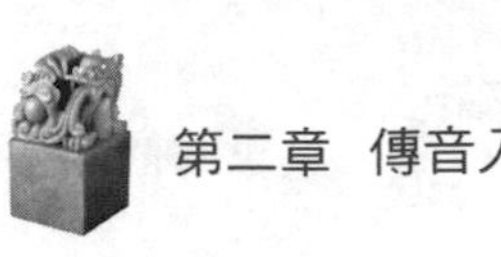

權力開始走向過度集中，他也看到了蕭天行的弱點，應當說不止是蕭天行，每一個上位者都是如此，聽不進別人的忠告，目空一切。鄭千川甚至聽到有不少人在喊萬歲，心中不由得暗自苦笑，**萬歲？這世上哪有人能夠當得起這個稱號，滿清十二帝甚至沒有一個人活得過百歲，萬歲？癡人說夢，自欺欺人罷了！**

呂長根迎上前來，他向蕭天行耳語了幾句，引領蕭天行向顏天心所在的位置走去。

顏天心已經起身相迎，目光趁機向剛才出聲阻止蘭喜妹的那人看去，她有過目不忘之能，剛才雖然只是匆匆一瞥，卻已經將那人的樣貌牢牢記在心中，不過此時那人卻已經從人群之中消失了，難道是對方意識到行藏暴露？顏天心內心中蒙上一層陰雲，美眸看了羅獵一眼，這廝仍然氣定神閑地站在自己身邊，顏天心疑竇暗生，螳螂捕蟬黃雀在後，莫非自己看走了眼，羅獵才是藏得最深的那隻黃雀？此前的一切只不過是他在做戲？上演苦肉計的是他和蘭喜妹？事已至此，已經沒有時間搞清事情的真相，一切只能順其自然了。

蕭天行爽朗的大笑聲打斷了顏天心的思緒，他來到顏天心面前，抱拳道：「顏掌櫃，您能親自前來，讓蕭某這座凌天堡蓬蓽生輝，哈哈哈！」他聲音鏗鏘有力，震得周圍人耳膜嗡嗡作響。

顏天心淡然笑道：「蕭大當家客氣了，五十大壽人一輩子只有一次，過了這天就沒有了，這麼重要的日子，我自然要前來恭賀，不然怎能表示誠意？」

蕭天行聽得有些不入耳，可也挑不出人家什麼毛病，的確，無論是誰五十大壽也只能過一次，可什麼叫過了這天就沒有了？這妮子分明是咒我早死呢。蕭天行頗有大將之風，縱然心中不悅，臉上的表情也沒有絲毫表露，故意向羅獵看了一眼道：「這位是……」不等顏天心回答，他又做出一副恍然大悟的樣子：「一定是顏掌櫃的心上人吧？哈哈哈，真是郎才女貌，天生一對，般配，般配！顏掌櫃好眼光，好眼光！」

羅獵現在這個模樣並非是本來面目，麻雀將他醜化了不少，雖然身材高大，器宇不凡，可英俊是絕對談不上的，不但膚色黧黑，而且臉上還添了塊胎記，蕭天行是投桃報李，故意這麼說。以羅獵現在扮演角色的身分地位自然不方便說什麼，他留意的是蕭天行的脖子，發現他脖子上當真掛了一根紅繩，用玉華碑碟雕琢而成的避風塔符就堂而皇之地掛在他的脖子上。

顏天心也留意到了蕭天行的護身符，此前羅獵為了博取她的信任，特地手繪了避風塔符的圖形給她看過，所以印象頗為深刻，顏天心道：「時值亂世，我等草莽之人，刀頭舐血，命如草芥，不知何時就會丟了性命，心上哪還承受得住他

人的份量，蕭掌櫃是狼牙寨的大當家，玩笑也喜歡開那麼大？」臉上不見絲毫的笑意，一雙美眸冷冷望著蕭天行，明顯充滿了不悅。

蕭天行暗罵顏天心猖狂，在自己的地盤上，當著自己那麼多兄弟的面居然敢跟自己甩臉子，老子且讓你再猖狂一時，今天絕不讓你離開凌天堡。他哈哈大笑：「開玩笑的，顏掌櫃怎能看上一個吃裡扒外的東西，哈哈……哈哈……」

蕭天行招呼顏天心落座，他在旁邊桌坐下，蘭喜妹也聞訊趕來，嬌滴滴道：「大哥，您來了，兄弟們都等著給您賀壽呢。」

蕭天行解開大氅，身後隨從慌忙接了過去，蕭天行道：「準備好了？」

蘭喜妹意味深長道：「全都準備好了，大哥只管看戲！」

蕭天行虎目瞇起，光芒卻變得越發犀利，沉聲道：「演的什麼戲？」

一旁琉璃狼鄭千川道：「啟稟大哥，這戲班子是顏掌櫃特地帶來的，台上的旦角兒是新近躥紅的玉滿樓，演的是木蘭從軍！」

蕭天行嗯了一聲，看了顏天心一眼道：「戲就是戲，一個娘們打什麼仗，從什麼軍？老老實實在家裡相夫教子才是正事！」

顏天心沒有說話，彷彿沒聽見一樣。

羅獵卻道：「蕭大當家此言差矣，正如戲裡所唱，誰說女子不如男呢？現在已經是民國了，處處都講究男女平等，大當家看來有些年沒下山了。」

蕭天行霍然轉向羅獵，怒目而視，這廝坐在顏天心身邊，一副有恃無恐的模樣，蕭天行正欲發作。

顏天心道：「這裡輪不到你說話！」

羅獵低下頭去。

顏天心道：「蕭大當家犯不著跟他一般見識，不過您是該多出去走走，見識一下。」落井下石，暗指蕭天行落伍了，沒見識。

蕭天行道：「人到了我這個年紀就懶得動，蒼白山都走不過來了，更不用說外面。」

顏天心意味深長道：「蕭大當家不是懶得走，是太在意這座凌天堡，害怕離開這裡，有人會搶您的地盤吧？」

蕭天行哈哈大笑起來：「誰敢？誰有這個能耐？」

顏天心道：「外面興許不會有，可裡面就很難說，俗話說得好，日防夜防家賊難防，反正啊，最惦記您這把交椅的絕不是我們外人。」

蕭天行明知顏天心是在挑唆，可仍然不免暗暗心驚，顏天心的話雖然不入耳，可的確有道理，凌天堡地勢險要，易守難攻，自己現在無論是人數還是武器配備都可以稱得上蒼白山之首，甚至可以說從外界攻破淩天堡的可能性為零，但是如果內部出了問題，那麼麻煩就大了，畢竟沒有人甘心一輩子居於人下，身邊的這些人別看對自己唯命是從，可誰知道他們內心中真正的想法？聽話並不代表著服從，而是因為他們害怕，是因為他們實力不濟，有朝一日若是羽翼豐滿時機成熟，不排除他們倒戈相向的可能。

一旁琉璃狼鄭千川也聽得直皺眉頭，顏天心這番話用意非常明顯，就是在挑起蕭天行的疑心，分化他們的內部，蕭天行這個人素來疑心極重，說不定真會因此而生出別的想法。

顏天心接下來的話更是讓鄭千川心驚肉跳，她故意向鄭千川看了一眼道：「鄭先生不是經常出去，蕭大當家關於時勢方面的事情可以多請教請教他。」

鄭千川感覺膝蓋一軟，差點沒跪下去，顏天心啊顏天心，我沒得罪你啊，你坑我作甚？他慌忙道：「我對大當家從來都不會有任何隱瞞。」

蕭天行對此反應卻並不強烈，微笑道：「千川別緊張，顏掌櫃只是開個玩笑。」他的語氣越是輕描淡寫，鄭千川越是內心發冷，他早就知道蕭天行對自己有疑心，內部也有不少人在蕭天行的面前說自己的不是，顏天心難道聽到了什麼風聲，所以才故意在這一點上做文章？自己剛才實在是落了下乘，越是著急解釋，反倒越讓蕭天行生出疑心，正所謂越描越黑。顏天心這個女人果然不簡單，難怪蕭天行一心想要將她除去。

蘭喜妹格格笑道：「不做虧心事不怕鬼敲門，軍師那麼坦蕩，又怎會緊張害怕呢？」她不失時機地落井下石。

鄭千川暗罵蘭喜妹，想不到顏天心的一句話讓自己成了眾矢之的，而今之計，最好還是沉默以對，任憑你們去說，老子只當沒聽見。

還好蕭天行並沒有在這件事上繼續糾纏下去，搖了搖頭道：「這戲不好看，一點都不好看！」戲班子是顏天心帶過來的，他這麼說等於不給顏天心面子。

顏天心道：「任何事都得專心，若是三心二意自然看不懂其中的味道。」

蘭喜妹提議道：「大哥，不如由妹子表演一個給大哥助興。」

蕭天行道：「好啊！」他笑瞇瞇望著蘭喜妹道：「你要表演什麼？」

蘭喜妹道：「飛刀！」

羅獵聽她一說心中不由得一凜，今次果然是鴻門宴，宴會還未開始，對方就準備圖窮匕見，難道蘭喜妹果真敢當眾刺殺顏天心？或是因為昨晚計畫敗露，所以他們橫下一條心，決定不加掩飾了。壽宴還未正式開始，禮炮未響，軍火庫爆炸的行動尚在進行之中，不知是否順利？

蘭喜妹獲得蕭天行的首肯準備登台之時，目光卻又向顏天心望去：「只是一個人在台上耍飛刀未免不夠刺激，顏掌櫃可否將您的跟班借給我，陪我玩玩如何？」一雙嫵媚的眸子又轉向羅獵，目光中充滿了挑逗的意味。

羅獵頭皮一緊，蘭喜妹，你大爺的，果然最終還是將目標放在了我的身上，他知道蘭喜妹絕不是簡單的玩玩罷了，自己上去就是玩命，慌忙推辭道：「八當家刀法如神，在下可不敢在您面前獻醜。」

蘭喜妹格格笑道：「葉無成，何必裝模作樣，你刀法如何，我心裡清楚，不如這樣，我當靶子，你先射我，然後咱們再交換位置，我來射你，若是誰動了一下，就判他輸好不好？」

羅獵還想推辭，卻聽顏天心道：「葉無成，既然人家這麼看得上你，你若是再推辭豈不是不給她面子，今兒是蕭大掌櫃的五十壽辰，你且上台，無論輸贏，博君一樂。」

羅獵心中暗歎，這可不是輸贏的問題，蘭喜妹根本是想趁著這個機會要自己的性命，你顏天心如此精明，難道連這麼簡單的道理都看不出來？

蘭喜妹向羅獵勾了勾手指，示意他陪同自己上台，不忘向他拋了個媚眼，目光魅惑之至，周圍眾匪看到眼前一幕，同時起哄。

羅獵被逼到這個份上已經無路可退，顏天心也沒有任何為他出頭的意思，羅獵只能向戲台上走去，心中暗歎，女人果然善變，顏天心關鍵時刻卻不肯為自己出頭了，難道是礙於蕭天行的淫威，退而選擇了明哲保身？

蘭喜妹在戲台的一頭站了，拿了一個蘋果頂在頭上，她也是膽色過人，雙手托著蘋果向羅獵道：「你射我三刀，飛刀射中目標而沒有傷到我就算成功，若是你傷到了我一根頭髮，就算輸了。」

羅獵緩步來到蘭喜妹的面前，距離她一尺左右，望著蘭喜妹嫵媚動人的俏臉，低聲道：「何苦來哉，做人留一線，日後好相見。」

蘭喜妹咬了咬櫻唇，美眸流轉望著羅獵的雙目：「我吃醋了，今兒你不敢殺我，我就殺你！」

羅獵點了點頭：「既然如此，我只能殺你！」目光陡然變得殺氣凜凜，兩人的距離如此接近，蘭喜妹真切感受到那股徹骨寒意，心中不由得一顫，竟然有些害怕，可馬上她又提醒自己，就算他吃了熊心豹子膽也不敢對自己怎樣，當著那麼多人的面，若是敢射殺自己，他的下場必然是千刀萬剮。

有人端著托盤走上來，裡面擺著三柄飛刀。

羅獵逐一掂量了一下飛刀的份量，工欲善其事必先利其器，羅獵在射出飛刀之前，必須要對自己所用的武器有所瞭解，飛刀的長短重量，乃至刀尖收口的弧度，拿起三柄飛刀，來到戲台的另外一端。

現場突然之間就靜了下去，所有人的目光全都聚焦在舞台之上。

蘭喜妹雙手捧著蘋果端端正正放在頭頂，微笑道：「人家那麼喜歡你，你一定不捨得傷我對不對？」

羅獵微微一笑，右手一動，寒芒倏然射出，眾人還未來得及驚呼，飛刀已經射中了蘭喜妹頭頂的蘋果，準確無誤，刀身從蘋果的正中穿過，刀鋒從對側露出，無論角度還是力度都控制得非常得當，沒有傷及蘭喜妹一絲一毫。

蘭喜妹舉起了蘋果，向眾人展示羅獵這一刀的成果，此時眾人方才回過神來，現場掌聲雷鳴般響起，這掌聲不僅僅是送給羅獵，同時也是送給蘭喜妹，比起羅獵的刀法，蘭喜妹的膽色更讓人佩服，面對羅獵射來的一刀，她竟然不閃不避，甚至連眼睛都沒眨一下，沒有表現出半點的畏懼，誰說女子不如男。

蕭天行也鼓起了掌，他看了看顏天心道：「顏掌櫃的手下刀法果然不錯！」

顏天心只是淡淡笑了笑，望著戲台上的羅獵，心中紛亂如麻，因為剛才神秘人的那句話，她開始對羅獵的動機產生懷疑，所以蘭喜妹出來挑戰羅獵的時候，她並未阻止。然而當羅獵走上戲台，射出第一刀的剎那，顏天心的內心卻因為這一刀的光華而顫抖了一下，腦海中閃現的仍是羅獵離去時無奈和不解的眼神。

「第二刀！」蘭喜妹嬌滴滴道，她又拿了一只蘋果，將這只蘋果放在了胸口，在這個位子上，蘋果似乎變小了許多，眾人注目的地方也從蘋果落在了兩邊。羅獵皺了皺眉頭，這女人可真會作妖！

拿起第二柄飛刀準備出手之時，蘭喜妹卻嬌聲道：「等等再射！」

羅獵心中納悶，卻不知蘭喜妹又要搞什麼花樣。

蘭喜妹重新將蘋果放在托盤之中，然後將身上的綠色毛大衣脫掉。下方眾匪齊聲歡呼，八當家居然在眾目睽睽之下寬衣解帶，送上這麼豐厚的福利。然而精彩仍在繼續，蘭喜妹並沒有停下來的意思，竟然將上裝也脫了下來，僅剩了一個黑色的背心，下方歡呼聲，掌聲尖叫聲不絕於耳，有些沒出息的土匪甚至激動地連眼淚都流了下來。這些人恨不能站在台上的就是自己，戲台之上的香豔，甚至讓一些人忘記了這場競技關乎生死。

蘭喜妹將蘋果拿了回來，掌心托住，左手的食指向羅獵勾了勾，嬌滴滴道：「來啊，我準備好了！」

羅獵的笑容有些無奈，蘭喜妹真是會出風頭，目光落在蘭喜妹裸露在外的雪白肩頭，留意到在她左肩的部分露出了一片色彩斑斕的紋身，羅獵心中微微一怔，雖然看不到蘭喜妹紋身的全貌，可是單從這片紋身的色彩和紋路已經可以判斷出這紋身很可能不是中華匠人的手筆，羅獵慢慢舉起了刀。

現場再度平靜了下去，閃爍的刀光讓眾人從剛才的興奮中冷靜了下來，他們開始意識到這是一場決鬥。蘭喜妹膽色過人，她的舉動無異於在刀尖上跳舞，脫去衣服並非是為了賣弄魅力，吸引眾人的關注，現在她上身只穿著一件薄薄的背心，蘋果和她的肌膚緊貼，而且深深陷入肉中，羅獵的這一刀不但要射準，而且要將力度控制得極其精確，稍有偏差就會傷及蘭喜妹。

蕭天行皺了皺眉頭，他明顯也有些緊張了，他並不瞭解羅獵的刀法，更不瞭解羅獵的來路，如果羅獵刀法不行，又或者他當真有加害之心，蘭喜妹豈不是會有危險？

顏天心輕聲道：「蕭大掌櫃難道不怕那把刀會失了準頭？」

蕭天行目不轉睛地盯著戲台，沉聲道：「他不敢！」眼中掠過一抹凶光，若是羅獵失手，他必將此子千刀萬剮。

羅獵微笑道：「別動！」

蘭喜妹一動不動，她雖然膽大，也不敢在此時輕舉妄動，此時考校的就是膽量，羅獵的刀法應該沒有任何的問題，如果她移動半分，等若親手將自己送上死路，蘭喜妹沒那麼傻。

刀光一閃，蘭喜妹明顯感覺到蘋果向胸口壓了一下，她的眼神波動了一下，然而身軀仍然保持著剛才的站姿，紋絲不動。緩緩移開了那只蘋果，透過蘋果表皮，可以看到刀鋒的寒光，如果羅獵的力量再大一分，刀鋒就會刺破蘋果，刺入自己胸膛的肌膚，差之毫釐。蘭喜妹佩服羅獵刀法的同時，心中也不禁感到有些後怕，這一刀實在是太凶險了，羅獵的刀法未必能夠控制得如此玄妙，或許其中也有運氣的成分。

現場叫好之聲宛如潮水般響起，此時已經無人再小覷羅獵，眾匪真心為羅獵鼓掌，為蘭喜妹喝彩，甚至連蕭天行也禁不住鼓起掌來，他向顏天心道：「顏掌櫃眼光不錯哦！」

顏天心淡淡笑了笑，心中默念，還有一刀。

蘭喜妹準備將蘋果放在自己的咽喉，羅獵此時卻向她走了過來，做了一個讓所有人出乎意料的動作，拿起了蘭喜妹剛剛脫掉的軍大衣，當眾為蘭喜妹披在身上，柔聲道：「天冷，不要著涼了。」

蘭喜妹內心一怔，萬萬想不到這廝居然會對自己說出這樣一句話，唇角露出一個充滿嘲諷的笑意：「害怕死在我手上，所以這麼討好我？」

羅獵微笑道：「這一次你讓我往哪兒射？」

「隨便你！」蘭喜妹嬌滴滴道，她指了指自己潔白如玉的咽喉。

台下竊竊私語，眾人都聽不清他們在說什麼，大都偷偷發洩著心中的不滿，蘭喜妹送了那麼大一分福利給大家，還沒有來得及大飽眼福，羅獵居然就自作主張給她披上了大衣，在這幫土匪看來，刀法雖然精彩，可八當家的身材更是精彩勁爆。

羅獵卻搖了搖頭，指了指蘭喜妹飽滿的櫻唇。

蘭喜妹鳳目圓睜，這廝竟然要射這裡。

羅獵充滿挑釁道：「你不敢啊！」

蘭喜妹沒有說話，挑選了一只較小的蘋果，用嘴巴叼住。

台下眾人這才知道他們這次要做什麼，傳來一陣驚呼。

顏天心突然嘆了口氣道：「他們兩個不像是在比刀法，根本是在談情說愛。」她讓羅獵登台的真正用意是要通過兩人的對話，讀取雙方唇語，以辨明他們之間的關係，從目前得到的資訊來看，羅獵和蘭喜妹之間應當並非合作關係。

蕭天行知道顏天心的動機，微笑道：「年輕人的事情我果然看不懂了，只是顏掌櫃又因何嘆氣？」

羅獵重新走回剛才的位置，蘭喜妹咬得嘴巴都有些酸了，取下了那只蘋果，瞪了他一眼道：「你最好快些！」

羅獵嘆了口氣道：「說實話，我這次的把握不大，若是不小心射殺了你，我難逃一死。」

蘭喜妹冷冷道：「你知道就好！」「可若是不小心射不死你，射壞了你的臉，留下傷疤，你豈不是被我毀容？我的罪孽只怕更大一些！」

蘭喜妹明知他在嚇唬自己，可心中仍然有些害怕，橫下一條心道：「婆婆媽媽，哪來的那麼多廢話，你只管射就是！」

羅獵撚起飛刀道：「你最好別動，一動不動！」

蘭喜妹將蘋果叼住，卻發現羅獵閉上了眼睛，這混蛋東西竟然在此時閉上了眼睛，難道他要閉著眼睛射出這一刀？蘭喜妹不敢移動半步，甚至不敢將蘋果從嘴上取下來，她知道羅獵在閉眼之前一定將所有的位置記了個清清楚楚，她若是移動分毫，射向自己的一刀或許就會失去準頭，蘭喜妹也是極其好強的性子，即便是知道這一刀風險極大，也不肯低頭認輸。

羅獵道：「你若是害怕，只管說一聲。」

蘭喜妹心中暗罵羅獵狡詐，他想讓自己當眾認輸，還極其卑鄙地用蘋果堵住了自己的嘴巴，其實這蘋果是她自己主動叼在嘴裡的。

羅獵道：「別動，這刀若是扎在眼睛上就成了獨眼龍，若是扎在鼻子上嘴巴上也不好看！」

蘭喜妹知道這廝是故意給自己製造心理壓力，可她現在處處受制，除非認輸，否則移動分毫就是對自己的性命不負責任。

羅獵碎碎念了一番之後，終於出刀，出刀的剎那睜開了雙眼，雖然有把握閉著眼睛命中目標，可是仍然不敢冒險，倘若射傷蘭喜妹，恐怕接下來迎接他的不是蘭喜妹的飛刀，而是眾匪手中黑洞洞的槍口。

蘭喜妹感到牙關微震，甚至能夠感覺到刀鋒探入咽喉的寒意，她握住刀柄小心翼翼將口中的蘋果取下，發現刀鋒透出蘋果幾近半寸，她如釋重負地舒了口氣，忽然意識到這場比試原本沒什麼好怕，她竟然對羅獵的刀法充滿信心，更為重要的是，她算準了羅獵沒那個膽子在眾目睽睽之下殺死自己。

羅獵射出的三刀雖然博得了滿堂喝彩，可是他卻明白，如此精準的三刀將主動權已經送到了蘭喜妹的手中。

蘭喜妹笑得花枝亂顫，眾匪都佩服她的膽色，卻不知蘭喜妹的掌心全都被冷汗濕透。她也拿起了三柄飛刀，挑釁地向羅獵昂起了下頜。

羅獵撿起了一只蘋果，放在了心口處。

蘭喜妹作勢要射出飛刀，可揮了一下又將手收了回去，下方眾匪已經叫囂起來：「射死他！射死他！」

蕭天行以為形勢已盡在掌握中，暗暗鬆了口氣，一邊大笑一邊望著顏天心，顏天心鎮定如故，輕聲道：「這麼重要的日子，為何不見你的寶貝女兒？」

蕭天行聞言臉色驟變，冷冷望著顏天心道：「你說什麼？」

顏天心道：「一個女孩子，雙目失明，雖然看不到，可總還聽得到，你又怎能放心她一個人待在家裡？若是有什麼三長兩短，豈不是後悔都晚了？」

蕭天行唇角的肌肉不受控制地抽搐了一下，他竟然離席而起主動來到顏天心的身邊坐下，壓低聲音道：「別忘了這是什麼地方？」周身彌散而出的強大殺氣宛如潮水般向顏天心洶湧撲去。

顏天心並沒有被他兇神惡煞的氣勢嚇住，雲淡風輕道：「原本就是井水不犯河水的事，大家相安無事最好。」轉過頭來，清澈見底的雙眸盯住了蕭天行：「**其實死亡並不可怕，最可怕的是在懊悔和自責中度過餘生**，你說對不對？」

蕭天行握緊了雙拳，他當然明白顏天心這番話的意思，可是他無法斷定顏天心是不是在虛張聲勢恐嚇自己。

顏天心的目光投向戲台：「他若是有什麼三長兩短，同樣的事情就會發生在周曉蝶的身上！」

蕭天行胸口如同被人重擊了一拳，他感到呼吸都變得窘迫起來，此時他方才領教到顏天心的厲害，難怪顏天心膽敢來到凌天堡為自己賀壽，原來她早已準備了一系列的後招，周曉蝶是自己女兒的秘密只有少數親信知道，如果不是女兒堅持留在這裡，他甚至早已將她偷偷送去外面，只是任何事都難免百密一疏，這個秘密終究還是被顏天心知道了。

蕭天行竭力抑制著心頭的憤怒，壓低聲音道：「她若是少了一根頭髮，我就讓你求生不得求死不能！」此時已沒有必要偽裝，雙方都已亮出了自己的底牌。

顏天心輕聲道：「現在阻止還來得及！」

經她提醒，蕭天行這才想起戲台上的那場搏殺。

顏天心有句話並沒有說準，蕭天行準備開口阻止的時候，蘭喜妹已經出刀了，刀如驚鴻，拖出匹練般的光芒，筆直射向羅獵心口的蘋果，蘭喜妹同樣有三次出刀的機會，她相信自己的刀法不弱於羅獵。然而當刀尖命中蘋果的剎那，蘋果卻整個炸裂開來，這一刀的力量讓所有人都為之一驚，難道是刀氣震碎了蘋果？失去了蘋果的阻擋，刀尖直接刺入了羅獵的胸口，羅獵慘叫一聲，直挺挺就倒了下去。

現場發出一陣驚呼，顏天心也是內心為之一緊，可隨即她就明白了過來，場面雖然震撼，可真實的狀況絕不像看到的那樣凶險，蘭喜妹應該不會公開射殺羅獵，至少她不會在第一刀就射殺羅獵，她有三次表演的機會，以她虛榮的性情，又怎會浪費掉這三次人前揚威機會？顏天心本來準備在蘭喜妹射出兩刀之後才亮出自己的這張王牌，可是她終於還是忍不住提前了。

關心則亂，蕭天行當然不會關心羅獵死活，但是在女兒生死未明的狀況下他不敢冒任何風險，看到蘭喜妹這一刀直接命中羅獵的胸口，內心也是猛然一驚。

這世上沒有絕對的事情，並不是每件事都是當局者迷旁觀者清，究竟發生了什麼，戲台上的兩個人最清楚。蘭喜妹清楚自己的這一刀不可能射殺羅獵，無論出刀的力度和準度都控制得非常精確，這一刀絕不會透出蘋果，沒料到刀尖剛觸到蘋果，蘋果就炸了個粉碎，絕不是外人眼中的刀氣爆裂，只存在一個可能，那就是羅獵在飛刀刺入蘋果的刹那捏碎了蘋果，於是飛刀失去了這道阻礙，直接就扎在了他的身上，既便如此，羅獵也不可能受傷，畢竟這廝的身上還穿著棉衣，自己投擲的力度不可能穿透他的棉衣，這廝耍詐！

羅獵自然是在耍詐，他可沒有勇氣去賭蘭喜妹到底會不會狠下心來射殺自己，他也猜到蘭喜妹開頭的兩刀應該不會痛下殺手，可凡事都有例外，最好的辦法就是在第一刀就倒地不起，雖然無賴了一些，畢竟安全，關鍵時刻誰都靠不住，還得靠自己。

蘭喜妹已經將第二柄飛刀揚了起來，作勢要繼續射出，下方傳來蕭天行的大喝聲：「住手！」

蘭喜妹彷彿沒聽見一樣，第二柄飛刀仍然飛了出去，這一刀正插在羅獵頭頂上方，距離他的頭皮只有一寸的距離，蘭喜妹射完一刀仍不解恨，第三柄飛刀隨後激發，這一刀卻是瞄準了羅獵的雙腿之間，貼著他褲襠的下緣插入戲台。

雖然目標是羅獵，蕭天行卻是一陣心驚肉跳，他向來知道這位八妹喜怒無常，如果蘭喜妹當真上了性子，很有可能將事情搞砸，還好她只是嚇唬羅獵。

蘭喜妹來到羅獵身邊，抬腳在他身上踢了一下：「別裝死了，給我起來！」她當然聽到了蕭天行阻止自己出刀的命令，後面的這兩刀雖然聲勢駭人，可並無任何威脅可言。

羅獵右手捂胸，小心翼翼坐了起來，蘭喜妹射出的第一刀還插在他胸口上，低頭看了看胯下，這一刀緊貼著褲襠，再向上一點只怕就要傷了命根子。

蘭喜妹伸手將他胸前的那把刀拔了下來，正如她所料，飛刀根本沒有穿透羅獵的棉衣，這廝裝得倒是逼真，居然還誇張的慘叫起來。

蘭喜妹咬牙切齒道：「再裝，信不信我現在就一刀捅死你！」

羅獵站起身，卻聽蘭喜妹小聲道：「找個藉口趕緊滾蛋，這裡沒你的事！」

羅獵心中一怔，以為自己聽錯，蘭喜妹為何突然說出這樣的話？再想起她此前拿起茶盞想要發難卻中途放棄的舉動，心中越發迷惑，到底是誰暗中指使？

第三章

人　猿

確切地說這應該不是一個人，
他身高兩米左右，滿頭亂蓬蓬的棕色頭髮，
常年未經修理的黑色鬍鬚遮住了大半個面孔，
雙目血紅，口鼻有若猿猴，
寬闊的嘴巴兩側生有兩顆雪亮的獠牙。

麻雀活動了一下痠麻的手臂，被人控制住穴道的滋味並不好受，算起來她已經一動不動地躺在這黑暗的石室內整整四個小時了，又冷又餓，口乾舌燥。

「給你！」一個水壺遞了過來，麻雀抬頭望去，看到羅行木那張溝壑縱橫的蒼老面孔，抿了抿乾涸的嘴唇，倔強的目光跟他對視著，並沒去接對方的水壺。

羅行木看到她並不接受自己的好意，擰開瓶塞，自己灌了兩口，外面隱約傳來一聲沉悶的炮聲。

麻雀因為炮聲而顫抖了一下，首先想到的是外面可能發生了戰鬥。

羅行木漫不經心道：「別怕，禮炮！」

麻雀道：「你答應過我的！」

羅行木咧開嘴唇，露出一口參差不齊的牙齒：「羅獵那小子真是個風流情種，跟他爹一樣！」

麻雀大聲道：「你答應我會救他！」這時她首先想到的仍是羅獵的安危。

羅行木將瓶塞蓋上，重新將水壺掛在腰間，沉聲道：「跟我走！」

麻雀忽然拔下頭頂髮簪，指向自己咽喉，雙眸圓睜，一副寧死不屈的模樣。

羅行木饒有興趣地望著麻雀，落在了自己的手上，她居然還會用這一手來要脅自己。羅行木並不相信她有死的勇氣，即便是她有，在自己的面前也沒機會去死：「你想做什麼？」

麻雀道：「別忘了你答應了我什麼！」

羅行木不禁笑了起來，滿是皺褶的面孔猶如一朵盛開的菊花，只可惜沒有任何的美感，反而讓人感覺到醜陋不堪：「你不說我都險些忘了。」

「如果你不去救他，你永遠都不要想我幫你翻譯大禹碑銘！」

羅行木皺了皺眉頭，歎了口氣道：「這世上肯為別人犧牲性命的都是傻子，以你現在的處境，還是多考慮考慮自己的安危才對。」

「那是我自己的事情！」麻雀將髮簪向下壓了一些，她的舉動分明是在告訴自己有慷慨赴死的勇氣。

羅行木道：「你放心吧，我既然答應了你，就不會反悔，只是……」他的目光望向麻雀的身後，臉上浮現出錯愕的表情。

麻雀以為他故弄玄虛，可是她很快就感覺到來自於背後低沉而粗重的呼吸，麻雀緩緩轉過身去，當她看清背後的身影，嚇得魂飛魄散，沒等她尖叫出來，胸口就是一窒，卻是羅行木趁著這個機會鬼魅般衝到她面前，點中了她的穴道。

麻雀穴道再度被制，身體向地上倒去，不等她倒在地面上，剛才出現在她身後的那人已經抓住她的肩膀，揮拳準備完成一次重擊。

羅行木及時喝止了那人的舉動。

確切地說這應該不是一個人，他身高在兩米左右，滿頭亂蓬蓬的棕色頭髮，常年未經修理的黑色鬍鬚遮住了大半個面孔，雙目血紅，口鼻有若猿猴，寬闊的嘴巴兩側生有兩顆雪亮的獠牙，佝僂著脊背，如果他完全挺直腰杆，只怕身材會更加高大一些，身材比例並不協調，上身長大，雙手幾乎垂到膝蓋，手背之上也佈滿黑毛，手掌寬大，手指粗短。

麻雀直愣愣地望著眼前的這個龐然大物，內心中毛骨悚然，與其說這是人，還不如說是一頭猩猩更為貼切，只是根據她的所見，好像沒有這樣的品種，難道這是一隻人猿？

羅行木做了個手勢，人猿伸出手臂將麻雀抓起，仿若無物般扛上肩頭。

羅行木道：「他叫阿呆，別看他生得醜陋，可內心要比這世上多半人要單純得多。」

麻雀憤然道：「羅行木，你究竟在做什麼？」

羅行木輕聲道：「我是個念舊情的人，只要你乖乖聽話，我一定不會為難你，記住沒有人可以跟我談條件，更沒有人可以要脅我！」

第一聲禮炮響起的時候，瞎子和張長弓等人已經來到軍火庫外，除了他們三人之外，顏天心一方也派出了兩名好手，這兩人是兄弟倆，老大朴昌英，老二朴昌傑，兩人全都是鮮族。單單是兩人的名字都讓瞎子和阿諾兩人偷笑了好一陣子，這爹媽起名字的時候一定沒多想。

雖然兩人名字登不得大雅之堂，可是箭法卻都不一般，和張長弓一起配合乾脆俐落地清除了軍火庫外的崗哨。

軍火庫位於藏兵洞內，靠近藏兵洞的西側入口，連雲寨在事先就已經得到了凌天堡的詳細地形圖，所以他們的計畫才能進行得如此順利。第二聲禮炮響起的時候，負責把手入口的四名統一著裝的土匪全都離開了原來的崗位仰著脖子看熱鬧，這還不算，他們舉起武器朝天射擊，以此來為寨主賀壽。

張長弓點了點頭，朴氏兄弟和他同時出動，三人箭無虛發，幾乎同時將三名土匪射殺，阿諾在炮聲響起的剎那，一槍擊中另外那名土匪的腦門。反正那麼多人鳴槍賀壽，誰也不會留意到這多餘的一槍。

確信沒有被人發現之後，幾人迅速衝了過去，將土匪的屍體拖到崗亭內，偷竊搜身，原本就是瞎子的強項，就算是一大活人，眨眼的功夫他也能從頭到腳搜個遍，更不用說是已死之人，沒花費太大的功夫就找到了一串鑰匙。張長弓和朴氏兄弟，卻第一時間換上了土匪的外衣。

瞎子道：「做什麼？」說話的功夫，阿諾也將剩下的一件衣服換上。瞎子後知後覺地嚷嚷道：「我呢？還有我！」他這才明白幾人換衣服是要蒙混進去。

張長弓道：「你跟在中間。」

瞎子道：「如果穿幫了呢？」

朴昌英道：「就說你是我們的俘虜。」

瞎子怒視朴昌英：「我是說你們穿幫了！」

朴昌傑一拉槍栓：「那就開幹！」

蓬！第四聲禮炮響起。

朴昌英道：「一共五十聲炮響，我們必須要在禮炮放完之前完成任務。」今天是蕭天行的五十壽辰，狼牙寨為了慶賀，特地鳴炮五十響以示慶賀。

張長弓點了點頭：「走！」

張長弓和朴昌英舉步走在最前方，朴昌傑和阿諾兩人斷後，瞎子俘虜一樣走在中間，雙手背在身後，摸著插在後腰的兩把盒子炮，心中嘀咕著，這地方，爹媽靠不住，女人靠不住，朋友靠不住，只能指望身後的這兩把鐵傢伙了，娘的，五個人，憑啥老子要扮演俘虜？其實這可怨不得別人，誰讓他反應比別人慢了一拍，等到想起換衣服的時候，已經沒有多餘的衣服供他更換了。

張長弓利用瞎子找來的鑰匙順利打開了四名土匪守護的小鐵門，這只是諸多通往藏兵洞的出入口之一，之所以選擇這裡，是因為這裡的防守相對薄弱，藏兵洞真正的防守之重是南出口，那裡道路寬闊，可以供車輛自由出入，他們現在進入的是平時的人行通道。

鐵門關上的同時將外面的光線全都阻擋在外，五人的眼前變得漆黑一片。

朴昌英掏出了事先準備好的火摺子，瞎子不屑地切了一聲，越是伸手不見五指的地方，他的視力越是強勁，單單是這一點，他就應該帶路才對。

阿諾也想到了這一點，在後面推了推瞎子道：「你去前面帶路！」

瞎子猛然轉過身去，惡狠狠瞪了阿諾一眼，這貨居然也找到存在感了，除了開車就是喝酒，你還懂個屁！強忍住罵他的衝動。阿諾倒是意識到可能惹火了瞎子，低聲道：「你眼神好啊！」

瞎子還是蠻有大局觀的，低聲道：「把火摺子熄了，真想給人當靶子嗎？我帶路！」他主動走到了最前面。

張長弓緊隨其後，在瞎子的引領下，幾人走下台階，前方透出光線的時候，瞎子停下了腳步，向張長弓招了招手，張長弓貼在他的身邊，向拐角處望去，卻見台階盡頭站著一名土匪，那土匪手握步槍來回踱步，倒是盡職盡責。

張長弓向幾人擺了擺手，示意大家不要弄出動靜，悄悄將手槍和長弓摘下遞給了瞎子，然後從腰間抽出宰牛刀，向朴昌英使了個眼色，朴昌英馬上明白了他的意思，張長弓是要自己掩護他，以防萬一。朴昌英彎弓搭箭對準了那名土匪。

張長弓在對方轉身的剎那，躡手躡腳向對方接近，當對方再度轉過身來的時候，張長弓一個箭步飛躍而起。

對方滿臉驚詫，張口正要驚叫，張長弓已經撲到他的面前，一手捂住了他的嘴巴，將他抵在牆壁之上，手中宰牛刀乾脆俐落地刺入了對方的心口，那名土匪絕望地看著張長弓，雖然看清了他的面孔卻沒有來得及做出反抗的舉動。

等到土匪停止了掙扎，張長弓方才慢慢將他放在地上。

瞎子第一時間衝了過去，他首先想幹的事情就是想從土匪身上扒下一件衣服換上，可抓住土匪的衣服，方才發現對方居然和自己穿著一模一樣的羊皮大襖，黑燈瞎火地摸到地洞裡面居然也能撞衫。

幾人看到瞎子突然停下了扒衣的動作，這才明白怎麼回事，一個個強忍住笑，阿諾憋得辛苦，嗤的噴了一聲，瞎子無名火起，揮拳作勢欲打。

此時遠處傳來腳步聲：「毛子，咋地啦？你放屁了？」

這下該輪到瞎子樂了，對方怎麼知道發聲的是個假毛子，應當是死者就叫這個名字，想不到誤打誤撞碰上了一個英格蘭假毛子。

張長弓裝模作樣嗯了一聲，等到對方走近，猛然撲了上去，雙手擰住對方的脖子用力一轉，就折斷了他的頸椎，清脆的骨骼碎裂聲隨之響起。朴昌英和朴昌傑兄弟對望了一眼，無法掩飾住彼此目光中的震駭之色，張長弓無論是箭法還是近距離搏殺都是一流好手，他性格沉穩冷靜，出手堅決果斷。幸虧這樣的高手和他們處在同一陣營，如果彼此為敵，他們兄弟兩人就算聯手也沒有取勝的把握。

瞎子在剛死的那名土匪身上掃了一眼，這廝的身上居然穿著貂，雖然和幾名同伴的著裝不太統一，可仍然值得下手，衝上去將那土匪身上的貂扒了下來，往身上就套，套了半截就被卡住了，對方的身板實在是太過矮小，這貂雖好，可對瞎子來說根本不合身穿不上，瞎子用力一拉，嗤啦一聲，袖口已經被他給掙開了，他也算是明白了，自己今天就沒有換裝的命。

阿諾將土匪身上的幾顆手榴彈取了下來，這玩意兒威力不小，關鍵時刻應該能夠派上用場。

張長弓拍了拍心有不甘的瞎子，低聲道：「沒時間耽擱了，咱們快走。」

前方到了岔路口處，往右是軍火庫，往左還有一條通道，張長弓要過地圖，地圖之上對此卻並沒有做出正確的標注，根據地圖上的標注，左邊的通道原本並不存在。

朴氏兄弟也圍過來看了看，他們也是一臉錯愕，想不到在關鍵的地方關鍵的時候出現這種偏差，張長弓迅速做出了決定，決定由他和朴氏兄弟兩人繼續按照原有的路線去尋找軍火庫，瞎子和阿諾兩人則負責守住這裡，萬一左邊的通道發生了狀況，他們可以利用這裡易守難攻的地形進行阻擊。

瞎子和阿諾兩人原本就不想冒險去炸軍火庫，這樣的分配方案他們自然贊同，留下來總比讓他們倆去炸軍火庫要安全得多。

張長弓三人離去之後，瞎子將牆上的火炬熄滅，對他來說環境越是黑暗，看得越是清楚。阿諾將手中的手榴彈分給了瞎子兩顆，這次的舉動多少有討好瞎子的意思。

瞎子道：「金毛，你覺得那幫人可不可信？」

阿諾微微一怔，並不明白瞎子的意思。

瞎子道：「越是漂亮的女人越是不可信，顏天心也是在利用咱們，不然她為什麼會把羅獵跟咱們分開？根本是以此作為要脅，逼著咱們去炸軍火庫。」

阿諾一副聽懂的樣子，跟著點了點頭。

瞎子道：「朴昌兄弟倆跟咱們也不是一路。」

阿諾又點了點頭。

瞎子道：「你明白？」

阿諾道：「雖然不明白，可聽起來好像很有道理似的。」

瞎子心中罵了句傻逼，在他看來洋人都是一個操性，雖然人高馬大，可多數都是半個腦子，真不知道這幫半個腦子的玩意兒怎麼把中國人欺負成這個樣子。看來不是外國人厲害，而是太多國人缺少血性，要不然也不會淪落到被洋人奴役的地步。

瞎子道：「你打算就老老實實在這裡待著？一直等到軍火庫爆炸？」

阿諾畢竟當過軍人，認為軍人的天性就是服從命令，他撓了撓頭道：「老張讓咱們守住這裡……」話音未落，耳邊已傳來乒乒乓乓的交火聲。阿諾和瞎子對望了一眼，心情頓時緊張了起來。從槍聲的強弱大致能夠判斷出交火的地方距離他們應該不到二百米，應當是張長弓三人提前暴露了。

瞎子反手從身後抽出兩把駁殼槍，打開保險，瞄準了前方黑漆漆的通道，隨時準備迎擊聞訊趕來的土匪。他們已經聽到由遠及近的腳步聲，單從嘈雜的腳步聲已經能夠判斷出來人不少。瞎子低聲道：「以我的槍聲為號！」聲音中明顯透

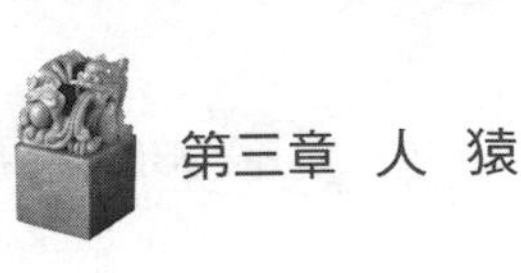

著緊張，畢竟敵眾我寡，強弱懸殊，這場遭遇戰壓力極大。

阿諾知道他的本事，就算目標老老實實站成一排讓他瞄準射擊，恐怕也不會命中一個，悄悄抽出一顆手榴彈，但是並沒有聽從瞎子命令的意思，在瞎子發出號令之前，已經全力將手榴彈擲入通道之中，蓬！一聲沉悶的爆炸聲炸響在通道內部，爆炸引起的衝擊波地動山搖，瞎子和阿諾兩人背靠在兩側的牆壁之上，仍然感覺一股灼熱的氣浪擦著他們的身邊湧過。

爆炸引發的強光中十多名土匪被炸得血肉橫飛，倖存者還沒有來得及發出慘叫，阿諾隨後將另外一顆手榴彈也扔了進去。瞎子瞪大了雙眼，自己甚至都沒來得及開上一槍，阿諾已經連續扔出了兩顆手榴彈。這貨出手可夠黑的，可至少比自己堅決果斷多了，其實這也難怪，阿諾是經過一戰洗禮的兵油子，瞎子還沒有經歷過真正意義的戰鬥，兩人之間的戰鬥素養差得實在是太多。

阿諾沉聲道：「掩護我！」他已經率先向通道中衝去。

瞎子有點不相信自己的眼睛，他一直以為阿諾是個貪生怕死的慫貨，想不到他居然還有如此勇猛的一面。阿諾衝入通道之後，瞎子方才反應了過來，跟在阿諾的身後衝了進去，連續兩次爆炸引發的硝煙未散，地上到處都是殘肢碎肉。

阿諾的戰術簡單粗暴，在抵達下一個藏身處隱蔽之後又扔出一顆手榴彈，不過這次並沒有命中目標，等到爆炸平息，瞎子偷偷望去。正看到對面一顆手榴彈向他們飛了過來，瞎子眼疾手快，危急之中也顧不上多想，揚起胖乎乎右手，一巴掌就將手榴彈給搧了回去，手榴彈倒飛回去，於半空中炸裂，四散的彈片將兩名倖存的土匪當場炸飛。這巴掌完全出自於本能反應，如果瞎子有時間考慮，他才沒那個膽子去拍手榴彈。

瞎子和阿諾被濃重的硝煙嗆得咳嗽不斷，硝煙散去，卻見前方出現了一間空曠的大廳，地面上橫七豎八躺著多具屍體，應該沒有土匪活命，只有一輛古怪的鐵傢伙停在裡面。瞎子仔細觀察了一會兒確信周圍應當沒有潛伏的土匪，這才向阿諾點了點頭，低聲道：「裡面好像沒人。」

阿諾點了點頭，低聲耳語了兩句，和瞎子一前一後衝了過去，兩人小心檢查了一遍，除了地上的幾具屍體再沒有發現倖存者，看來阿諾的狂轟濫炸還是起到了理想的效果，幾顆手榴彈已經將對手群滅。

瞎子摸了摸堅硬的鐵甲，好奇道：「這是什麼玩意兒？」覺得眼前的龐然大物有些像汽車，又像拖拉機，可又沒有汽車那樣的輪子，兩邊原本應當安放輪子的地方代之以拖拉機那樣長長的履帶，看來這鐵甲車的移動應當依靠履帶進行。

阿諾道：「坦克！」他踩著履帶爬了上去，此時遠處的槍聲越發激烈，應當是張長弓三人和土匪遭遇，正在展開殊死戰鬥。

坦克車內並沒有人在，阿諾簡單檢查了一下，就發現這輛坦克車的發動機有問題，目前還不能啟動，他讓瞎子掩護自己，打開一旁的工具箱，開始進行維修，其實這輛坦克車並沒有太大的毛病，原型就是英國製造的馬克I型坦克，阿諾在進入皇家空軍之前就接觸過，對坦克的構造極其熟悉，就算閉著眼睛也能夠知道它的機械構造。他決定儘快修好這輛坦克車，用不了多久敵人就會聞訊趕來，這輛坦克車或許就是他們逃生的唯一機會。上天送了一輛坦克給他們，絕不是讓他們擦肩而過，應該是要他們好好利用。

瞎子聽到槍聲越來越近，不禁有些緊張了，提醒阿諾道：「壞了，我看他們就要來了，咱們必須要走了。」說話的時候不停向周圍張望，卻沒有看到任何的出路，唯一的出路應當是在坦克的正前方，道路的盡頭有兩扇巨大的鐵門，瞎子來到鐵門前試圖拉開鐵門，方才發現鐵門被從外面鎖住，根本無法打開，湊近鐵門的縫隙向外望去，已經可以看到外面正有土匪不斷向這裡集結，應當是這邊接連不斷的交火聲將他們吸引而至。

這會兒功夫阿諾拎起工具箱率先進入了坦克車，瞎子也跟著爬了進去，可惜身體太胖，屁股卡在了入口處。

此時看到四名土匪已經從後方的通道出現在眼前，瞎子心中大駭，可越是著急，屁股越是下不去。伸手去摸槍，方才意識到卡住自己的正是別在腰上的駁殼槍，兩把駁殼槍都被他肥胖的身體緊緊擠壓在入口處，一時間哪能抽得出來。

土匪借著火把的亮光也看到了坦克車上的瞎子，慌忙舉槍準備射擊，瞎子慘叫道：「金毛，救命！」

生死關頭，坦克車上配備的馬克沁重機槍噴出憤怒的火舌，在震耳欲聾的突突突連擊中，機槍子彈有如落雨一般向四名土匪傾瀉而去，幾名土匪完全置身於重機槍的火力覆蓋下，壓根沒有還手之力，身體被射出一個個的破洞，血漿亂飛，轉瞬之間都已經被射成了蜂巢。

瞎子下意識地抱住了腦袋，本以為自己要成為對方的活靶子，卻想不到關鍵時刻阿諾發威，將他從死亡邊緣拉了回來。

阿諾幹掉四名土匪之後，抱住瞎子的兩條大肥腿，用力一拉，瞎子總算從入口中落了下去，兩柄駁殼槍硌得他腰痛。阿諾隨後將入口封住，向瞎子道：「你負責開火，我來駕駛。」

瞎子應了一聲，把駁殼槍抽了出來，想要從觀察口處向外射擊。阿諾橫了他一眼，不屑地罵了一聲：「你有沒有腦？放著馬克沁機槍不用，用這玩意兒？」

瞎子這會兒頭腦發懵，被阿諾呵斥之後方才稍稍清醒過來，不就是一司機，啥時候也變得如此牛逼了？等離開了這地方再說，學著阿諾的樣子來到機槍旁，他過去可沒玩過這東西，望著這威力巨大的傢伙不知該如何下手。

阿諾已經成功啟動了坦克車，震耳欲聾的轟鳴聲中對瞎子大吼道：「看清楚，千萬別傷了自己人！」

瞎子一臉懵逼，也用同樣的聲音大叫道：「這玩意兒怎麼開火？」

羅獵回到了顏天心的身邊，顏天心朝他胸口中刀的地方看了一眼，並沒有說話。早在羅獵倒地的時候，她就已經看出了其中的奧妙，越是關鍵時刻，羅獵越是表現出超人一等的鎮定和冷靜，非但如此，他的應變能力也超乎自己的想像，在剛才那種狀況下，也唯有利用這樣的手段能夠擺脫困境，面對一個已經倒地的對手，蘭喜妹總不能在眾目睽睽下趕盡殺絕，看來反倒是自己剛才反應過度了一些，過早亮出了底牌。

蕭天行冷冷望著顏天心，雙目中充滿了怨毒之色，顏天心為了救羅獵祭出了一張王牌，蕭天行目前還無法斷定她是不是在虛張聲勢，此事已經派人前去核實，如果證明女兒無恙，顏天心就是在騙自己，當然這種可能性微乎其微，從顏天心胸有成竹的模樣，蕭天行已經預感到情況不容樂觀。他不由得想起洪景天對自己的奉勸，顏天心果然不好惹，自己這次的行動未免操之過急。百密一疏，居然被顏天心抓住了自己最弱的一環，原本是自己主動的形勢在頃刻間逆轉。

端起面前的茶盞抿了一口，茶水已涼，蕭天行皺了皺眉頭，並沒有發作，人這一輩子總有許多時候要懂得隱忍，尤其是在對方掌控了自己弱點的前提下。

戲台之上密集的鼓點兒再次響起，狼牙寨六掌櫃呂長根匆匆來到蕭天行的身邊，附在他耳邊低聲耳語了一句，蕭天行的臉色變得鐵青，女兒並不在家中，雖然目前無法證實她就在顏天心的手裡，可是他卻不敢拿女兒的性命去冒險，內心中實則懊惱到了極點，為了除掉顏天心，他絞盡腦汁精心佈置，可是此前的諸多努力和準備被顏天心在最後關頭一招擊破。

在蕭天行的心中沒有人比得上這個獨生女兒，即便是整個狼牙寨也比不上，短暫的斟酌之後，他就已迅速做出決定。他看了看不遠處的蘭喜妹，端起手中的茶盞，飲了口茶放下，然後反過盞蓋放在桌上，這是他們之間預先約定的暗號，蕭天行要中止刺殺顏天心的行動，至少在女兒安全脫險之前，不可輕舉妄動。

蘭喜妹看到蕭天行的暗示，表情略顯詫異，不過隨即又恢復一臉的媚笑。眾匪似乎已經忘記了剛才驚險萬分的飛刀競技，注意力完全被戲台上拉開帷幕的精彩大戲所吸引，戲台之上唱的是一齣霸王別姬，玉滿樓唱腔淒豔哀婉，舞姿曼妙動人，一舉一動已經成功吸引了在場人的注意力。

呂長根悄悄提醒蕭天行，這場戲結束之後就應該登台接受各方賓客拜壽了。

蕭天行卻已經完全沒有了心境，朝一旁鎮定自若的顏天心看了一眼，沉聲道：「顏掌櫃送上的這齣戲真是精彩！」台上精彩紛呈，台下卻是勾心鬥角驚心動魄，蕭天行暗歎自己已經將一把好牌打得稀爛。

顏天心溫婉笑道：「您喜歡就好！」

蓬！遠方傳來一聲極其突兀的炮聲，這炮聲絕非禮炮傳來，明顯打亂了原有的節奏，眾人下意識地扭過頭去，向出口的方向觀望。

名師出高徒，瞎子在阿諾的指導下，竟然在短時間內學會了打炮，坦克車上裝備的五七公釐低速火炮被瞎子成功啟動，這一炮正轟擊在藏兵洞的大門之上，兩扇大鐵門被從中轟開，其中一扇因爆炸的威力騰空飛了出去，守在正門外的兩名土匪躲避不及，被炮彈爆炸引起的氣浪掀起，身體拆分成殘肢碎肉四處紛飛。

阿諾啟動坦克，履帶摩擦地面發出轟隆隆的巨響，緩緩向大門駛去。這邊的動靜馬上引來了眾多土匪的注意，十多名土匪已經圍攏上來，這輛坦克雖然被運到山上已經有一年之久，可是從來沒有公開露面，一直被收藏在藏兵洞內，除了少數人外大都沒有見過坦克的真容，看到這渾身鐵甲的龐然大物出現，多半土匪都搞不清這是什麼怪物。

看到坦克從掩體內駛出，一個個舉起手中的武器瞄準了坦克進行射擊。可惜他們的子彈根本無法穿透坦克堅硬厚重的裝甲，密集的彈雨傾瀉在坦克外裝甲之上，只聽到劈哩啪啦的撞擊聲，至多也就在裝甲外部留下一道淺淺的彈痕。

阿諾駕駛坦克加速向前方駛去，一名不及躲避的土匪被碾壓在履帶下，剛學會如何操控機槍的瞎子扣動扳機大殺四方，馬克沁重機槍向周圍瘋狂掃射，眼看著周圍土匪哭號著倒下，子彈高速射入對方的軀體，激出的血霧彌散在空氣中，當然大部分子彈還是錯失了目標，射在地上、牆上，留下一個個清晰的彈坑。

剛剛聞訊趕來的土匪馬上意識到憑藉他們手中的武器根本無法阻擋這火力強大的鋼鐵怪物，慌忙四處逃竄，尋找隱蔽的地點，誰也不敢戀戰，只恨爹媽少生了兩條腿。

阿諾深諳戰術之道，一輪迅猛的火力攻擊之後，馬上又駕駛坦克退回到藏兵洞內。

瞎子頗為不解，他殺得正過癮，大吼道：「衝出去幹翻他們，你躲進來作甚？」躲在坦克內，簡直等於開了無敵外掛，這種暢快淋漓的感覺還是有生以來頭一次，渾然覺得自己已經成為了所向披靡天下無敵的高手。

阿諾提醒瞎子道：「老張他們還沒出來！」

相比這邊瞎子和阿諾的威風八面，張長弓三人前往爆炸軍火庫的任務進行得並不順利，剛剛進入那條前往軍火庫的通道就遭遇到土匪火力的迅猛阻擊，軍火庫原本就是凌天堡防守重中之重，並沒有因為蕭天行今天的壽宴而放鬆戒備，在剛剛的那一輪交火中朴昌英不幸被一顆流彈爆頭，屍體就躺在一邊，朴昌傑看到親哥哥被殺，眼睛都紅了，大吼著要衝上去拚命，張長弓一把將他拉住，前方密集的火力將他們完全壓制住，現在衝上去等於白白送死。

張長弓雖然英勇果敢，可是並非愚魯之人，明白在眼前的情況下想突破對方火力防線，炸掉軍火庫已經沒有可能，提醒朴昌傑道：「撤退！」

朴昌傑徹底殺紅了眼，大叫道：「我不走！」大哥的死已經讓他悲痛欲絕。

張長弓心中暗歎，看朴昌傑現在的樣子，想要說服他很難，再說形勢也不允許他這樣做，趁著朴昌傑不備，一掌擊在他的頸後，將朴昌傑打暈過去，然後扛起了朴昌傑，迅速向後方撤退。

在軍火庫指揮戰鬥的人是狼牙寨的七當家遁地青龍岳廣清，在和試圖潛入軍火庫的張長弓三人戰鬥之時，他已經聽到來自於藏兵洞內的炮聲，派去觀察情況的手下很快就驚慌失措地跑了回來，將看到的情況稟報了一遍。

岳廣清聽說坦克被人開走，對方利用火炮和機槍給己方造成了慘重死傷，他幾乎不能相信自己的耳朵，如果說對方潛入坦克中，啟動了火炮和機槍並不稀奇，可是對方竟然可以開走那輛坦克實在是匪夷所思，他花費了一年的時間都沒有將坦克成功啟動，請來的技師最終判斷毛病出在發動機上，用來替代的發動機尚未採購回來，不知對方用什麼辦法將坦克啟動，岳廣清決定親自去看看。

坦克表現出的強悍戰鬥力嚇破了土匪的膽子，阿諾將坦克退回藏兵洞之後竟然沒有土匪敢於繼續跟進發動進攻，瞎子透過觀察口觀望著後方的情景，終於看到一個魁梧的身影出現在入口處，硝煙中，張長弓背著已經暈厥過去的朴昌傑逃了回來，張長弓看到眼前的鋼鐵怪物也是吃了一驚，慌忙尋找隱蔽。瞎子掀開上方的出入口，揮手大叫道：「張大哥，是我們！我們在裡面！」

聽到瞎子的聲音張長弓這才放下心來，扛著朴昌傑奔到坦克前，瞎子幫忙將朴昌傑接了進去，然後張長弓也跳入坦克內。他向兩人搖了搖頭，表示爆炸軍火庫的任務以失敗告終。

瞎子道：「不妨事，咱們先去接應羅獵！」擁有了這輛威力強大的坦克，瞎

子也變得信心倍增，首先想到要幫助他最好的兄弟突圍。其實他們幾人都不明白炸軍火庫的意義何在？在他們看來，炸軍火庫只是和顏天心交易的一部分，顏天心利用他們做這件事是為了毀掉狼牙寨的軍火儲備。

禮炮已經發射到四十一響，外面的槍炮聲卻明顯變得嘈雜起來，交火的聲音來自於軍火庫的方向，蕭天行早已覺察到了異常，既便如此，他仍然沒有表現出任何的驚慌，該來的始終要來，對他而言最壞的事情已經發生，情況再壞又能壞到哪裡去？呂長根再度來到蕭天行的身邊，向他密報軍火庫那邊發生了狀況，蕭天行陰森可怖的雙目審視著鄰桌的顏天心，他幾乎能夠斷定，今日凌天堡發生的一切都和這個女人有關。此時他方才明白顏天心為何敢於冒著風險前來凌天堡給自己拜壽，她是要借著這個機會搗毀自己的軍火庫，削弱自己的實力。

俏羅剎顏天心依然安之若素，事情發展到現在雖有所波折，可局勢仍然在她的掌控中。不入虎穴焉得虎子，此次前來凌天堡拜壽她經過了周詳的計畫。項莊舞劍意在沛公，她早已識破了蕭天行的動機，若無足夠的把握又怎敢深入敵後？

羅獵心底已經打起了退堂鼓，兩虎相爭必有一傷，他雖然並不清楚顏天心的真正動機，可是他卻意識到蕭天行和顏天心今日十有八九要拚個你死我活，軍火庫那邊的戰鬥已經打響，這邊的局勢一觸即發，自己如果繼續留下，很有可能會淪為雙方的炮灰，這裡沒有人會介意自己的死活。目光在蕭天行胸前掃了一眼，七寶避風塔符近在咫尺，可是卻又遙不可及，在眾目睽睽之下想要得到這枚避風塔符，幾乎沒有任何可能。

耳邊聽到顏天心平淡如常的聲音：「若是想走，你可以先走！」

顏天心的目光仍然盯著舞台，稍稍側了側俏臉，以傳音入密向羅獵道。羅獵心中暗暗下定決心，現在絕不是逞英雄的時候，他緩緩站起身來，顏天心平靜無波的美眸中泛起一絲漣漪，內心中也生出一種莫名的失落，雖然是她開口讓羅獵離開，可是羅獵的舉動卻仍然讓她感到失望，大難臨頭各自飛，其實這也正常，自己和羅獵之間原本就是相互利用的關係，自然談不上什麼生死與共的患難之情。

「大王！」戲台之上虞姬發出一聲悲悲切切的呼喊，旋即揚起手中利劍反手向頸部抹去，現場傳來一陣陣歎息之聲，多半土匪還沒有意識到外界的變化，仍然沉浸在舞台上精彩的表演之中。

蕭天行在此時主動起身，來到顏天心的身邊坐下，沉聲道：「我給你一條生路！」話說得雖然強硬，可事實上已經開始主動讓步。給別人讓出一條路，自己

才能緩一口氣，君子報仇十年不晚，只要能夠保證女兒平安回來，這筆帳以後再算，蕭天行已經默默拿定了主意。

顏天心靜靜望著蕭天行因為憤怒和仇恨幾乎就要噴出火焰的雙目，淡然道：「我無所謂！」輕描淡寫的一句話是在告訴蕭天行，在今天的事情上，你已經沒有發言權。

呼！槍聲陡然響起，槍聲來自於舞台，原本已經倒在霸王懷中的虞姬，竟然掏出了手槍，瞄準了蕭天行，一槍正中蕭天行的胸膛，發出噹的一聲悶響，蕭天行龐大的身軀受到槍擊之後，仰首向身後倒去。

顏天心美眸圓睜，俏臉充滿詫異之色，她並沒有想到中途會發生這樣的變故，刺殺原本就不在她的計畫之中。

扮演楚霸王的那名男子幾乎在同時從戲服下掏出了衝鋒槍，這是由德國伯格曼兵工廠生產的衝鋒槍MP18，槍械的設計者為胡戈·施邁瑟，採用自由機槍原理，該閉鎖系統採用了魯格手槍使用的九公釐口徑派拉貝魯姆手槍彈。為能有效散熱採用開膛待機方式，槍機通過機匣右側的拉機柄拉到後方位置，卡在拉機柄槽尾端的卡槽內實現保險。這樣的固定方式不夠保險，時常意外受到某種震動時拉機柄會從卡槽中脫出，導致槍機向前運動擊發而造成槍彈發生走火。

MP18最醒目的特徵是槍管上包裹套筒，套筒上佈滿散熱孔，連續射擊有利散熱，MP18衝鋒槍只能全自動射擊。德軍突擊隊的士兵把MP18衝鋒槍稱為子彈噴射器，足見此槍火力之迅猛。

楚霸王端起MP18瞄準戲台下開始瘋狂射擊，火力集中射向顏天心和蕭天行所在的位置。

事發倉促，顏天心甚至來不及反應，在她準備匍匐在地的剎那，身軀已經被旁邊的一人推倒在地上，卻是剛才已經抽身離去的羅獵，羅獵並未來得及走遠，他離去的時候，忍不住轉身看了一眼，正是這一眼讓他在第一時間發現戲台之上玉滿樓竟然伸手探入戲服內，超人一等的洞察力讓羅獵迅速反應了過來，他預料到會發生什麼，於是衝向顏天心將她推倒在地。幾乎在同時，蕭天行也中槍倒地。衝鋒槍噴射出的子彈貼著他們的身體呼嘯而過，有不少子彈射擊在桌椅上，馬上留下一連串冒煙的槍洞，一時間木屑亂飛，硝煙瀰漫。如果顏天心再遲上一秒倒地，絕逃不過密集掃射的子彈。

現場土匪雖然很多，可是因為是蕭天行的壽辰，除了少數人外，大都不允許攜帶武器，扮演虞姬的花旦玉滿樓從長裙下抽出勃朗寧BAR輕機槍，槍口吐出瘋狂的火舌，子彈向蕭天行和顏天心所在的位置傾瀉而去，十多名不及躲閃的土匪已經被射殺當場。

羅獵和顏天心匍匐前進，逃到右前方的立柱旁邊隱蔽，顏天心此時也失去了鎮定，眼前的一切並非是她在幕後策劃，在她的計畫中，並未有刺殺蕭天行的環節。而且玉滿樓想殺的不僅僅是蕭天行，還有自己。

蕭天行雖然中了一槍，可是並沒有致命，他連滾帶爬地向東南方的角落逃去，子彈在身後連番響起，蕭天行身軀雖然魁梧，可是並不妨礙他靈活的身手，子彈追逐著他的腳步，在後方激起一連串噴薄而出的泥土，又有幾名土匪為了掩護蕭天行而被當場射殺。

蕭天行氣喘吁吁地逃到戲台入口的牌坊處，一連串的子彈射擊在牌坊下方的石墩之上，激起一片煙塵，蕭天行滿頭都是冷汗，他摸了摸自己的身上，確信沒有被流彈擊中，然後從胸口掏出一塊鋼板，鋼板之上已經多出了一個凹陷的彈痕，剛才正是這塊鋼板為他擋住了致命的子彈，饒是如此他的胸口也如同被人重擊了一拳，好半天都緩不過氣來。

在最初的慌亂過後，六當家呂長根已經指揮手下和玉滿樓等人展開了槍戰。雖然事發倉促，可畢竟他們人多勢眾，很快就將對方的火力壓制住。

蕭天行深深吸了一口氣，從腰間抽出兩柄九公釐口徑盧格P-08手槍，看到不遠處，羅獵和顏天心兩人正混在人群中逃走，蕭天行咬牙切齒，怒吼道：「賤人！我殺了你！」在他看來，今天的所有一切都是顏天心策劃，此女心腸實在歹毒，不但綁架了自己的女兒，而且還想利用戲班子的成員暗殺自己。

蕭天行連續扣動扳機，子彈大都飛向了羅獵，他雖然心中恨極了顏天心，可是畢竟投鼠忌器，並沒有忘記女兒仍在顏天心的控制之中，自己若是殺了顏天心只怕寶貝女兒也要凶多吉少，所以所有的怒火都向羅獵發洩。

羅獵身法靈活，在蕭天行射擊之時已騰空越過前方的矮牆，躲在矮牆之後。因為他吸引了大半火力，顏天心逃走反倒比他從容得多，兩人先後藏身在矮牆之後，子彈乒乒乓乓射擊在矮牆之上，激起陣陣煙塵。

戲台之上的虞姬和霸王兩人憑藉著手中武器強大的火力射殺數十名看客，土匪們在最初措手不及的慌亂之後，迅速穩定了陣腳，現場攜帶武器負責安全的土匪開始在呂長根的指揮下進行反擊，漸漸將戲台上的火力壓制住，玉滿樓和他的同伴不得不開始尋找掩護邊打邊撤。

三當家琉璃狼鄭千川和二當家洪景天兩人全都來到蕭天行的身邊，試圖保護蕭天行撤退先行離開這裡，蕭天行卻殺紅了眼，一把將洪景天推開，舉槍向羅獵和顏天心藏身的地方衝去。

顏天心和羅獵兩人手中都沒有武器，現在他們所能依仗的只有用來隱蔽的那道不到一米高度的矮牆。

蕭天行宛如瘋魔，一邊向矮牆射擊一邊怒吼著：「賤人，給我出來！」憤怒的子彈全都落在矮牆之上，子彈落在矮牆上發出噗噗噗的聲音，隨之激起數尺高的煙塵。

羅獵和顏天心彼此對望，顏天心這才發現羅獵的右肩已經被鮮血染紅，卻是在剛才的逃亡過程中被流彈擊中，她歎了口氣，本想說話，可話到唇邊卻又意識到現在說什麼都沒用，只不過剛才因羅獵棄她而去的失落和埋怨已經蕩然無存了，生死關頭，正是羅獵義無反顧地衝了回來將她從死亡的邊緣救起，如果不是羅獵在戲台前及時將自己推倒在地，恐怕她已經死在玉滿樓的槍下。

琉璃狼鄭千川指揮手下人四散開來，向矮牆後方展開包圍行動，局勢似乎重新回到了掌控之中。他悄然回過頭去，獨目投向東南方的碉堡。

碉堡之上一名身穿俄制軍大衣的男子靜靜潛伏在那裡，身軀背著陽光，手中的步槍仍然是他慣用的毛瑟九八，旋轉後拉式槍機，口徑七點九二公釐，固定式彈倉，五發橋式彈夾裝彈。透過四倍目鏡瞄準，他可以清楚鎖定四百米內任何的目標，而此刻出現在瞄準鏡視野中的正是蕭天行。

螳螂捕蟬黃雀在後，陸威霖在瀛口狙擊劉公館準備撤離的時候遭遇了阻擊，他本以為自己必死無疑，然而在最後一刻，有人挽救了他，就算陸威霖絞盡腦汁也不會想到救他的那個人竟然是狼牙寨的三當家，有蕭天行手下第一智將之稱的琉璃狼鄭千川。

鄭千川不惜殺死了自己的同伴，放走了陸威霖，從那時開始陸威霖方才明白葉青虹的心機遠比他們看到的要更深。以葉青虹的智慧，又怎麼肯將雞蛋放在同一個籃子裡？自己沒有看透，羅獵也沒有看透，除了他們之外，葉青虹還有其他可打的牌，不到關鍵時刻，絕不輕易使用。

羅獵雖然精明過人，可是他只是用來吸引別人注意力的一顆棋子，只要葉青虹願意，隨時可以將這顆棋子棄去。自己的槍法雖然厲害，可葉青虹只是將他當成了一件武器，她真正的合作夥伴是鄭千川，鄭千川才是她用來擊垮蕭天行的終極殺器。

如果沒有鄭千川的幫助，他根本無法順利混入淩天堡。

狙殺蕭天行原本就是他們定下的計畫，他們要把蕭天行的生辰變成忌日，然後將這件事推到連雲寨的頭上，一切就會變得理所當然，沒有人會懷疑到鄭千川的身上，而鄭千川也可以趁機上位。陸威霖雖然並未介入核心的計畫，可是他現

在已經能夠猜到計畫的全部。

鄭千川舉起左手，拇指和食指圈起，做出了一個極其西式的手勢，周圍人很少有人留意到他的這個動作，即便是留意到也不會明白其中隱藏的真正含義。

蕭天行就站在他的右前方，手握雙槍朝著矮牆不斷射擊，囂張跋扈，不可一世，在黑虎嶺，在淩天堡，他才是唯一的主宰，他要將局面一點點扳回來，他要將這些冒犯自己的傢伙全部幹掉。

顏天心聽著越來越近的槍聲，咬了咬櫻唇，局面已經徹底失控，玉滿樓掀起的這場刺殺並不在她的計畫之中，這場突發事件讓她此前的精心謀劃功虧一簣，而現在她唯一能夠依仗的只有周曉蝶這張牌。

羅獵向她笑了笑，因為失血而變得蒼白的面孔明顯有些憔悴，低聲道：「軍火庫那邊好像進行得並不順利。」

顏天心點了點頭，輕聲道：「我抓了蕭天行的女兒！」

羅獵聞言一怔，原本絕望的內心重新萌生出一線希望，顏天心果然還有後招，只要手握這張牌，他們就還有反轉逃生的機會。由此也能夠看出，顏天心坐在連雲寨頭把交椅之上絕非偶然，甚至可以稱得上未達目的不擇手段。

蕭天行射完了槍內的子彈，他的憤怒也隨之減輕了不少，內心漸漸回歸理性，女兒還在顏天心的手裡，他不可能對女兒的安危坐視不理，冷靜之後，開始意識到今天的事有些蹊蹺，顏天心為何要這樣做？她原本已經佔據了主動，掌控了局勢，為何又將滿手的好牌打成廢牌？蕭天行緩緩更換彈夾。

此時顏天心的聲音從矮牆後傳來：「蕭大掌櫃，今日之事與我無關……」她的話還未說完，就已經被一連串的槍聲打斷。矮牆上塵土飛揚，她烏木般黑亮的秀髮之上已經蒙上了一層浮塵，蕭天行此時還不願聽她的解釋。

羅獵更是灰頭土臉，他活動了一下右肩，雖然疼痛難忍，好在子彈只是穿透肩頭的肌肉，並未傷及骨骼，也算得上是不幸中的萬幸。轉過頭去，正遇到顏天心關切的目光，羅獵笑了笑，顏天心也極其難得地露出一絲笑容。對彼此的想法都心領神會，此時並無交談的必要。顏天心手中的那張牌並未失去效力，蕭天行的子彈只是傾瀉在矮牆之上，以此來宣洩心頭的憤怒，但是在無法確定女兒安全之前，他不敢妄動殺機，更不敢拿自己女兒的性命冒險。

二當家赤髮閻羅洪景天快步來到蕭天行的身邊，充滿焦慮道：「大當家，您千萬要冷靜！」

蕭天行霍然轉過頭去怒視洪景天，女兒的被劫已經讓他亂了方寸，此時還談什麼冷靜？你洪景天到底站在哪一邊？

陸威麟透過瞄準鏡，十字準星鎖定了蕭天行的額頭，稜角分明的唇角微微向上揚起，然後因為抿嘴的動作而迅速向下牽拉，他的表情也陡然變得冷酷，果斷扣動了扳機，他對槍有著非同一般的感情，手中槍幾乎成為了身體的一部分，他能夠清晰感覺到子彈滑出槍膛的全過程。

子彈射出槍膛的剎那，金黃色的彈殼跳脫出來，陸威麟雙目的瞳孔驟然收縮，剎那間迸射出異常狂熱的光華，他彷彿看到了一道無形的軌跡，每當射殺目標的時刻，他都會產生這種無法描摹的興奮和愉悅感，他從心底期待看到對方腦漿迸裂的場景。

然而蕭天行卻偏偏在此時猛然回過頭去，舉起手槍對準矮牆再度發射，突如其來的移動讓他避過了爆頭之危，子彈錯失了原本的目標，擊中了他的右耳，蕭天行的整個耳廓因數彈的射擊而血光四濺，蕭天行不知發生了什麼。洪景天卻在第一時間反應了過來，他不顧一切地向蕭天行撲去，利用自己的身體為他掩護。人在生死關頭根本來不及多想，此時的選擇往往出自本能。可以說他成就了蕭天行，正因為如此，他絕不能眼睜睜看著自己的成就被別人毀去。

陸威麟兩道劍眉擰結在眉心，他並沒預料到目標會突然移動，一槍落空，馬上進行第二次瞄準，蕭天行被洪景天擋住，想要命中目標，必須首先清除障礙。

陸威麟毫不猶豫果斷射擊，接連兩槍，一槍擊中洪景天的左胸，一槍射中他的前額，狙殺蕭天行是他今日唯一目的，為了實現這一目的，他會掃除任何阻礙。

洪景天心口中槍，身軀劇烈抽動了一下，然後前額又被子彈射中，鮮血和著腦漿從洞穿的腦後噴射而出，染了蕭天行一頭一臉，蕭天行發出一聲悲吼，卻不敢在原地停留片刻，趁著洪景天犧牲性命為他創造的片刻生機，縱身一躍，竟然飛過矮牆。

陸威麟舉槍再射的時候，蕭天行的身影已經消失在矮牆之後，成功逃出了他的射殺範圍。陸威麟緩緩搖了搖頭，此時看到有土匪向他藏身的位置迅速靠近，他的藏身處應該已經暴露，陸威麟心底暗自歎息了一下，端起狙擊槍瞄準了鄭千川的左肩，扣動扳機。

鄭千川本以為今天馬到功成，卻想不到蕭天行如此命大，竟然在最後關頭躲過狙擊，洪景天又拚著性命為他擋住了子彈，創造了逃生的機會，眼看著功虧一簣，鄭千川心中懊惱到了極點。就在他苦思下一步行動的時候，子彈射中了他的左肩，疼痛讓鄭千川回到現實中來，這是他預先計畫的一部分，苦肉計！唯有如此才能最大限度地洗清自身的嫌疑。

鄭千川發出一聲極誇張的慘叫，然後撲倒在地，大聲叫道：「抓住殺手！」

第四章

獵　物

顏天心秀眉微顰，眼前這幕不知是誰在幕後導演，
狼牙寨內部發生了問題，而她的內部也是暗潮湧動，
剛才在戲台前，玉滿樓分明要將她和蕭天行一起清除掉，
事態不可避免地走向失控，她和蕭天行都已經成為獵物。

如果不是沒有了其他的選擇，蕭天行絕不會逃到矮牆之後，兩害相權，取其輕，至少顏天心目前不會置他於死地。他雙腳剛落地，一柄尖銳的木製飛刀就抵住了他的頸側動脈，羅獵不會給他留下喘息之機，第一時間出手制住他的要害。

蕭天行的臉上不見絲毫畏懼之色，冷冷望著羅獵，沉聲道：「你敢動手，我就讓你們死無葬身之地！」畢竟是一方梟雄，縱然身處逆境仍然氣魄不減。

羅獵笑了起來，笑聲中帶著幾分嘲諷，伸出手去，握住蕭天行胸前懸掛的七寶避風塔符，猛一用力將紅繩扯斷。葉青虹交給他的任務他並沒有忘記，剛才蕭天行遭遇狙擊的時候，他首先想到的就是陸威麟，雖然沒有親眼見到狙擊手，可是羅獵總覺得這件事是葉青虹在背後佈局，今天發生的事情和瀛口劉公館有著異曲同工之妙，正是葉青虹慣用的手法。

蕭天行沒有反抗，死死盯住羅獵，他的呼吸粗重，但是節奏絲毫未變，稜角分明的面孔籠罩著一層冷冽的殺氣，猶如一頭被人縛住手腳的猛虎，羅獵奪走了他的避風塔符，從這件事基本上能夠鎖定對方的來路，只是他目前還無法猜透顏天心和羅獵之間的關係，更不清楚顏天心真正的動機。

顏天心突然一拳擊打在蕭天行的小腹，看似出拳並不太重，可是一股陰柔的內勁卻隨著她的出拳送入蕭天行的丹田氣海，蕭天行感到小腹一涼，然後一種被千萬根鋼針由內而外刺入的感覺擴展開來，蕭天行臉色一變，捂住小腹強忍劇痛，因為疼痛額頭滲出黃豆般大小的汗珠。顏天心的這一拳散去蕭天行的內勁，讓蕭天行在短時間內喪失戰鬥力，沒有三五日的調息休養，無法恢復正常，這也是為了以防萬一，蕭天行之所以能夠在黑虎嶺稱霸，其過人的武功也起到了相當的作用，想要控制這隻老虎，首先要解除對方的戰鬥力。

顏天心隨即解除了蕭天行的武裝，將其中一把盧格P-08手槍遞給羅獵，羅獵猶豫了一下，終於還是搖了搖頭。

顏天心秀眉微顰，她冰雪聰明，馬上就明白羅獵不肯用槍。

蕭天行等到腹內疼痛稍減，深深吸了口氣道：「顏天心，交出我的女兒，我放你們離開！」

顏天心道：「交出薩滿金身。」

蕭天行聞言一怔，雙目瞪得滾圓，愕然道：「我要一具屍體作甚？這件事跟我又有什麼關係？」

顏天心看到蕭天行的樣子不像說謊，心中也是一愣，難道當真是自己的情報有誤，舉起手槍抵住蕭天行的太陽穴：「蕭天行，你枉為一寨之主，既然做了為何不敢承認？」

蕭天行呵呵冷笑道：「我蕭天行生平做過的壞事無數，又有哪件事不敢承認？什麼狗屁薩滿金身？除了你們這幫女真族的子孫在乎，就算你送給我，老子還嫌晦氣呢。」

羅獵聽到這裡方才摸清了大概的來龍去脈，原來顏天心今次前來並非是為了給蕭天行賀壽，而是要找回薩滿金身，從蕭天行的話中能夠知道，顏天心應該是女真後人，這尊薩滿金身應當是他們族人的聖物。正是因為聖物被盜，所以顏天心才不得不前來凌天堡，此番賀壽背後的真正用意是奪回聖物，可是從蕭天行的反應來看又不像在說謊，難道盜走薩滿金身的另有他人？

陸威麟接連射殺幾名土匪之後，迅速撤離了藏身之處，等到其餘土匪來到他剛才狙擊的地方已經是人去樓空，在清除背後障礙之後，鄭千川指揮手下分成左右兩翼向矮牆包抄，此時又有數百名土匪聞訊趕來，將羅獵三人的藏身之處重重包圍。

羅獵和顏天心雖然手中有蕭天行這個人質，但是局勢並不樂觀，現場的情況非常複雜，有人想要趁機除掉蕭天行，如果蕭天行死了，這筆帳勢必會算在他們的身上，一旦這種狀況發生，他們就算插翅難飛了。

外面響起琉璃狼鄭千川的聲音，他吩咐手下不要開槍，以免誤傷蕭天行，表面上關心蕭天行的死活，可內心深處卻巴不得蕭天行即刻死了才好，陸威霖已經離開了剛才潛伏的地方，看情形是放棄了射殺蕭天行的計畫。任何人放棄鄭千川卻不可以，如果蕭天行躲過今次的劫數必然會將今天發生的事情徹查到底，天下沒有不透風的牆，難保不會查到自己的身上。不過蕭天行目前的處境不妙，被顏天心所制。

鄭千川正在思索如何將顏天心蕭天行一網打盡之時，突然聽到槍聲再度響起，心中不由得暗喜，以為陸威霖轉移陣地重新尋找隱蔽再度射擊。第一反應卻是怒斥道：「誰讓你們開槍的？」

這一槍卻是從羅獵三人藏身處的後方射來，他們的身後並無掩體，這顆子彈正中蕭天行的左肩，鮮血四濺，蕭天行匍匐在地，意識到這一槍來自自己的身後，內心惶恐無比，今日這場局撲朔迷離，想對付自己的不僅僅是顏天心，真正可怕的敵人卻是來自於凌天堡內部。

顏天心和蕭天行同樣迷惘，她計畫周詳，本以為可以掌控局面，卻沒有料到她和蕭天行一樣也成為了對方的獵物。他們現在的處境進退維谷，如果繼續留在原地，不可避免地成為狙擊手的靶子，如果冒險衝出這裡，卻要面對外面數百名土匪，形勢已經完全失去了控制。

羅獵第一時間判斷出了這一槍和此前不同，這次的射擊並未經過消音，他從槍聲傳來的方向判斷出槍手潛伏的地方，就在西北側的碉堡，凌天堡被稱為七星連珠的七座碉堡之一，沒有人可以輕易潛入這七座碉堡的內部，除非是狼牙寨的內部出了問題。

蕭天行面如死灰，他也意識到了這個嚴峻的問題，想要除掉自己的人很可能就是自己的部下之一。

八當家蘭喜妹站在碉堡之上，手中端著的李—恩菲爾德步槍，後端閉鎖的旋轉後拉式槍機，安裝固定式盒型彈匣，雙排彈夾裝彈，這樣就有十發子彈，提高了持續火力，是實戰中射速最快的旋轉後拉式槍機步槍之一，三倍瞄準鏡，透過碉堡的射擊孔，端槍的姿勢讓她額前的一縷秀髮垂落下來，遮住她的半邊俏臉，昔日嫵媚的面孔變得冷酷無情。鎖定了蕭天行所在的位置，第一槍並沒有射中蕭天行的要害，她的槍法顯然還沒精確到百發百中的地步。蘭喜妹有些遺憾地咬了咬嘴唇，然後深深吸了口氣，抬起手將秀髮掠到耳後，繼續瞄準，獵物已經進入了陷阱，現在她需要做的只是耐心收割。

蓬！一聲震耳欲聾的炮聲響起，蘭喜妹還沒有搞清怎麼回事，就感到整座碉堡劇烈震動了起來，一顆炮彈擊中了碉堡的下半部，雖然並不足以摧毀碉堡堅實厚重的外牆，可是這劇烈的震動也讓蘭喜妹立足不穩，她的身體一個踉蹌重重撞在牆壁上，等她重新站穩了腳步，端槍瞄準目標的時候，卻發現一輛鋼鐵戰車已經出現在下方的戰場之上，擋住了她想要射殺的目標。

這一變化是在場所有人始料未及的，眾人望著這突然出現的鐵甲怪物，一個個目瞪口呆，多半人都不清楚這是什麼東西。蕭天行也被這近距離的炮聲震驚，雙耳因炮聲而鳴響，他自然認得這輛鐵甲戰車屬於自己，只是老七岳廣清不是說這輛鐵甲戰車目前還無法啟動，可為何會出現在這裡？難道岳廣清也欺騙了自己？蕭天行原本就生性多疑，今天發生的一切更讓他疑心重重，此時甚至認為整個狼牙寨上上下下全都背叛了自己，再無可信之人。

坦克內，張長弓配合瞎子迅速裝填炮彈，搖升炮筒瞄準蘭喜妹藏身的碉堡再度發射。

蓬！鐵甲戰車炮筒中噴出一道暴怒的光焰，炮彈以驚人的速度向碉堡射去。

蘭喜妹透過瞄準鏡清晰地看到炮彈出膛的一幕，一雙美眸因為惶恐而瞪得滾圓，她頓時放棄了繼續射擊的打算，第一時間撲倒在了地面上，幾乎在同時炮彈擊中了碉堡的一角，炮彈落處，碉堡磚石的粉屑四處飛濺，煙霧瀰漫中，一角已然崩塌，蘭喜妹被爆炸引發的震動紙片兒一般摔到了牆上，痛得她骨骸欲裂，呼吸中全都是塵土和硝煙的味道，她蓬頭垢面地從地上艱難爬起，意識到當務之急是離開這個凶險之地，如果坦克繼續炮擊，只怕她不會像前兩次那麼幸運。

羅獵和顏天心都已經明白他們的援軍到了，他們在坦克的掩護下開始撤退，在共同的危機面前，蕭天行居然表現得很配合，低聲道：「向西北走，先退回軍火庫。」他之所以做出這樣的選擇，是因為他對外面的這群手下已經不敢信任，他現在需要做的是擺脫眼前的亂局。放眼黑虎山，最值得他信任的洪景天剛才為了掩護他而慘死，剩下的一個就是老七岳廣清，雖然這輛鐵甲戰車的出現讓蕭天行對他的信任有所動搖，可是在眼前的局面下，他也沒有其他更好的選擇，唯有心不甘情不願地選擇和羅獵一方暫時合作。

羅獵和顏天心同時點了點頭，蕭天行大吼道：「不許開槍，沒我的命令，任何人都不許開槍！」

坦克緩緩移動，掩護著三人向軍火庫的方向撤退。

鄭千川望著那輛坦克，唇角泛起一絲陰冷的笑容，他下令道：「全都不許開槍！」此時六當家呂長根，五當家黃皮猴子黃光明，兩人全都趕到近前，看到眼前情景也都焦急不已，黃光明提議道：「軍師，我找人炸掉那輛鐵甲戰車。」

鄭千川搖了搖頭，低聲道：「那戰車配備數挺馬克沁重機槍，還有火炮，咱們的人只怕沒靠近就會被射殺，再說……」他停頓了一下，看了看兩人，話雖然沒有說完，可是幾人都已經明白，現在老大蕭天行在對方的控制中，如果他們輕舉妄動很有可能會危及到蕭天行的性命，如果蕭天行有了三長兩短，這筆帳勢必會算在他們的頭上，如果蕭天行能夠逃出生天，以他的性情必然會清算今日之事，誰敢輕舉妄動，他十有八九就會把這筆帳記在誰的頭上。

呂長根眼珠轉了轉，他的頭腦遠比黃光明要靈活，論智慧心計，整個狼牙寨他僅次於鄭千川，他深諳木秀於林風必摧之的道理，平日裡在山寨內處處保持低調，尤其是在鄭千川面前，天塌下來個高的頂著，今日之事還是保持低調的好，看看他鄭千川如何處置？

黃皮猴子黃光明忽然驚呼道：「那是誰？」

眾人循著他所指的方向望去，卻見前方旗杆之上懸掛著一個身影，那人腳底距離地面三丈左右，瘦弱的身軀在山風中來回擺動。宛如寒風中戰慄的小草，鄭千川獨目閃爍，寒光凜凜，他的目力本來就比正常人要弱，從腰間掏出望遠鏡，調節之後，影像終於變得清晰，鄭千川萬萬沒有想到被懸掛在旗杆上的那人竟然是周曉蝶。他將手中的望遠鏡遞給了呂長根，內心中充滿了喜悅，看來今日不止自己在佈局，想要趁機除掉蕭天行的也不止是一個。鄭千川驚呼道：「小姐！」

他生性沉穩，向來處變不驚，這聲小姐真正的用意卻是要提醒蕭天行，引起蕭天行的注意。

其實就算鄭千川不喊，蕭天行也已經從身影中判斷出被吊在旗杆上的人是誰？父女連心，縱然女兒不承認自己這個父親，可是身為父親又怎能割捨自己的這塊心頭肉。

看到女兒命懸一線，蕭天行再也顧不上自身的安危，暴吼一聲向旗杆的方向衝去，羅獵一把將他的手臂抓住，低聲道：「你難道不要性命了？」

蕭天行怒吼道：「有種就朝我開槍！」他猶如一頭暴怒的雄獅，誰敢阻攔他解救女兒，他就會不惜一切代價將對方撕碎。

羅獵道：「難道你看不出這是一個局，他們要將你引出去，然後幹掉你！」

蕭天行緊咬鋼牙，他何嘗看不透這件事，虎目惡狠狠盯住顏天心，顯然認為這一切都是顏天心佈置。

顏天心秀眉微顰，她雖然親手策劃了劫持周曉蝶的事情，卻並沒有讓人將周曉蝶懸掛在旗杆之上，眼前的一幕不知是誰在幕後導演，狼牙寨的內部發生了問題，而她的內部也是暗潮湧動，剛才在戲台前，玉滿樓分明要將她和蕭天行一起清除掉，事態已經不可避免地走向失控，她和蕭天行無疑都已經成為獵物。

周曉蝶身上裹著一塊白布，白布之上有人用鮮血寫了一行觸目驚心的大字。

「第七槍！殺！」

蕭天行內心一沉，此時東南方傳來第一聲清脆的槍響，他的心臟也隨著這聲槍響劇烈抽搐了一下。

顏天心輕聲歎了口氣道：「如果我是你，就不會選擇在此時出去。」她雖然想要用周曉蝶作為反制蕭天行的王牌，卻沒有想要加害於這可憐的女孩，而現在掌握周曉蝶命運的人正在利用她將蕭天行逼入死角。

蕭天行望著她道：「這件事是不是你做的？」他對自己最初的判斷已經開始動搖，以顏天心的頭腦不會做出這種兩敗俱傷玉石俱焚的事情，殺掉自己至少在目前對顏天心沒有半點好處，自己死了她也要留下來陪葬。

顏天心搖了搖頭，目前只存在兩種可能，一種是她派出去的手下背叛了她，還有一種可能就是她的部下被另外一股力量伏擊，任務失敗，周曉蝶被他人掌控，有一點能夠確定，無論發生了那種狀況，對她而言都不是好事，對蕭天行更不是什麼好事。

蕭天行點了點頭，他已經明白，有人想要借著今天這個機會將他們兩人一網打盡，他和顏天心都是他人的目標，一種難言的挫敗感湧上心頭，蕭天行霸道一生，想不到今日竟淪落到這種任人擺佈的地步。

槍聲再度響起，這一槍卻來自正北的方向，羅獵根據槍聲傳來的位置判斷出，開槍者絕不是一個人，沒有人能夠在這麼短的時間內完成這樣迅速的移動。

蕭天行的目光鎖定在碉堡之上，這裡是他的地盤，就算閉上雙目他一樣可以判斷出自己所在的位置，辛苦經營七年，這裡的一草一木，一磚一瓦都已經刻上了他的印記，他忽然明白對方為何會選擇在第七槍射殺自己的女兒，因為這七座碉堡全都潛伏著槍手。這被他稱為七星連珠的碉堡，一直是凌天堡最為堅固的一道防線，一夫當關萬夫莫開，蕭天行曾經認為，就算千軍萬馬也無法正面攻破凌天堡，除非是內部出了問題，而這一幕恰恰在他眼皮底下發生了。

羅獵低聲道：「留得青山在不怕沒柴燒，他們未必真會動手……」連他自己都不相信自己說的這句話，可是他卻知道，蕭天行從坦克的掩護下走出去就必死無疑。

顏天心充滿同情地望著蕭天行，雖然她一直都不齒蕭天行的為人，可是她也不願看著蕭天行在這樣的情況下送命。

蕭天行用力握緊了雙拳，深深吸了口氣，然後揚聲道：「諸位兄弟，你們都給我聽著，今日之事和顏掌櫃無關，無論我發生了什麼事情……」

第三聲槍響打斷了他的話，這一槍射在旗杆之上，木屑紛飛，嚇得周曉蝶尖叫起來，她雙目失明看不到周圍的情景，可是仍然可以感覺到自身的危險處境，近在咫尺的槍聲激起了她內心深處的恐懼，她清晰感覺到子彈射入旗杆的震動。

蕭天行不愧是一方梟雄，他仍然繼續高聲道：「任何人不得為難他們，誰要是對顏掌櫃他們不利，就是謀害我的真凶！」第四槍、第五槍從不同的方位響起，槍聲的間隔越來越短，對方顯然失去了耐心，要逼蕭天行儘快現身。

顏天心暗自歎了口氣，蕭天行之所以說這番話是有原因的，他知道只要走出去，等待他的就是死亡，蕭天行一死，狼牙寨所有人就會把這筆帳算在他們的頭上，縱然他們有坦克掩護，可是面對狼牙寨數千匪徒，逃出生天的機會也是極其渺茫。蕭天行並不糊塗，留下這番話的用意不僅僅是留給顏天心他們一條生路，也希望手下人能夠明白，想要謀害自己的人其實來自內部。

羅獵卻認為蕭天行的這番話起不到太大的作用，幕後黑手既然能夠控制凌天堡的七座碉堡，敢於布下這樣的圈套，自然不會在乎他們這幾個外人的死活，事實上蕭天行已經失去了對狼牙寨的控制。

第六槍響起，被懸掛在旗杆上的周曉蝶已經開始無助地哭泣，聽到隨風送來的嗚咽，蕭天行心如刀絞，梟雄也有柔腸時，他毅然決然地走了出去，昂首挺胸，龍行虎步。人縱然做了再多壞事，可心中總有溫柔的一面，一個人縱然再自私，總有甘心奉獻的時候，蕭天行這一生最放不下的就是這唯一的女兒，為了她，他上刀山下火海不會皺一下眉頭，為了她，就算犧牲性命又有何妨？

坦克車的頂部突然被打開，瞎子從裡面掙扎著爬了出來，大叫道：「小蝶，我來救你！」

蕭天行顯然被這意外的插曲給嚇了一跳。

羅獵也被嚇到了，畢竟瞎子在此時出現目標過於明顯，等於將他自己暴露於所有人的槍口之下，還好現在所有人關注的焦點並不是他，沒有人主動發起攻擊，甚至少有人留意到這突然出現的胖子。

蕭天行看了一眼這身材臃腫，圓臉小眼的小子，居然露出少有的欣賞表情，能在生死關頭敢於站出來的人並不多，人不可貌相，原來這世上除了自己以外，還有甘心為女兒捨棄性命的傢伙？蕭天行向他點了點頭，遞過一個鼓勵的眼神，然後繼續向前方走去，只是他偏離了旗杆的方向。因為他知道女兒並不是對方的目標，自己距離女兒越遠，女兒才會安全。

呯！槍聲響起，這一槍正中蕭天行右臂，蕭天行感到如同被蚊蟲叮咬了一下，他腳步不停仍然向前方走去，呯！一槍射擊在蕭天行的左膝，子彈擊碎了蕭天行的膝蓋骨，他的左腿無法承受住身軀的重量，單膝跪倒在地面上，不過他很快就倔強地站了起來，他是凌天堡的王者，他是狼牙寨的大當家，在這裡他不會向任何人下跪。

「大當家！」土匪之中不乏忠義之人，看到蕭天行中槍，有人已衝出佇列，想要去營救蕭天行，可是沒等他們靠近，就被高處射來的子彈擊中，命喪當場。

蕭天行怒吼道：「誰都不許過來！」

瞎子卻在此時拚命向旗杆跑去，羅獵啟動的速度雖然比他要晚，可是他前進的速度卻比瞎子要快很多，顏天心咬了咬櫻唇，在她看來這兩人都已經瘋了，渾然已經將生死置之度外，只要有任何一人想要殺他們，都可以輕易命中目標。幸運的是，現在並沒有人開槍。顏天心跟了上去，既然局面已經由不得他們掌控，又何必在乎生死？她只是沒有料到早已心如止水的自己居然也會陪著羅獵他們一起做如此瘋狂的事情。

阿諾控制坦克，最大限度地跟上三人的腳步，利用坦克為他們做掩護。

鄭千川叫了一聲大哥，獨目流下淚來，只有他清楚自己此時流淚的感覺是何其幸福，蕭天行必死無疑，這場局天衣無縫。只要除掉了這個心腹大患，他就能夠取而代之，未來的黑虎嶺乃至整個蒼白山都將臣服在自己的腳下。

槍聲再度響起，準確擊中了蕭天行的右膝，蕭天行雙膝都被子彈擊碎，雖然他意志堅強，身體卻再也無法承受住這樣的痛楚，終於跪倒在堅硬的凍土之上。

蕭天行大吼道：「載祥！我知道是你！既然來了，為何不敢現身相見？載祥！你這小人！」

羅獵心中微微一怔，載祥不就是弘親王？他曾經從劉同嗣那裡聽說過這個名字，難怪會如此熟悉。

瞎子的身上偶爾會迸發出一股勇往直前的狠勁，一旦狠勁上來，他可以捨生忘死，羅獵瞭解瞎子，認為這世上瞎子可以為兩個人拚命，一個是他姥姥，一個是自己，卻沒有想到原來這世上又多了一個人可以讓瞎子不惜代價豁出性命。

羅獵雖然沒見過周曉蝶，也不想看她死，但是羅獵卻絕不可以看著瞎子送命，為了瞎子他可以豁出自己的性命，於是他來了，而且很快就把瞎子甩到了身後，第一個衝到旗杆下，為了朋友他無所畏懼。

顏天心從來都是一個理智的人，身為連雲寨的大當家，她遇事冷靜，臨危不亂，從不意氣用事，然而今天卻破了例，既不是為了周曉蝶，也不是為了瞎子，在她跟著一起衝出來的時候，她甚至也不願承認是為了羅獵，可她第二個來到旗杆下，目光始終關注著羅獵的左右，也只有在此時她方才意識到自己對這個相識不久的傢伙還是有些關心的。

阿諾駕駛著坦克行駛在左側為他們掩護，剛好隔開了他們和蕭天行，也隔開了狼牙寨的大部分土匪，張長弓和朴昌傑各自控制一架馬克沁重機槍，他們嚴陣以待，隨時準備開火。

瞎子只有此刻才肯承認自己的體重是個硬傷，本來是要勇往直前衝在第一，可這身贅肉卻讓他完成了被同伴的兩次超越，瞎子從腰間抽出一柄匕首，氣喘吁吁道：「接著……」匕首朝羅獵扔了過去。

羅獵一把接住，隨即向斜上方投去，匕首正中吊著周曉蝶的繩索，刀光閃處，繩索從中切斷，周曉蝶尖叫一聲，從高處落下。羅獵第一時間衝了過去，展開雙臂將周曉蝶的身體抱住。

顏天心手握雙槍審視周圍，生怕有人會在此時偷襲他們，瞎子氣喘吁吁地趕到近前，伸出雙臂，羅獵將周曉蝶交到他的懷中。

蕭天行被坦克擋住視線，他本想說句什麼，一顆子彈卻在此時追風逐電般射中了他的前額，蕭天行雙目圓睜，身軀緩緩倒在了地上，他似乎看到女兒被人救到了坦克車內，似乎聽到女兒的哭聲，似乎聽到女兒在叫爹的聲音……腦海中彷佛看到漫山遍野的鮮花，山花爛漫之中，一位身穿白色旗袍的美麗少婦牽著珠圓

玉潤蹣跚學步的可愛女孩向自己婷婷走來……人這一生總有甘心赴死的時候，蕭天行笑了，看到漫山遍野的紅，如此瑰麗，如此動人……

槍聲過後，所有人方才回過神來，紛紛向蕭天行湧了過去，望著倒在血泊中的蕭天行，他們又不約而同的停下腳步。老五黃光明悲吼道：「兄弟們，把顏天心幹掉給大哥報仇！」他的話頓時點燃了所有人的憤怒，眾人舉起武器向坦克開始射擊。

蕭天行的死儘管突然，但並不是毫無價值，他有效地吸引了所有人的注意力，在眾人都將目光集中在他身上的時候，羅獵等人冒險救下周曉蝶，並順利逃入坦克車內。

這輛坦克雖然笨重，可內部的空間不小，七人全部進入坦克，仍然不顯侷促。羅獵最後一個進入坦克之後，外面數百支武器同時向坦克發起射擊，密集的彈雨傾瀉在坦克的裝甲之上，撞擊出猶如爆竹般乒乒乓乓的聲音。

除了久經沙場的阿諾之外，所有人都因為外面密集的火力攻擊而變得心驚肉跳，萬一子彈射穿裝甲，他們恐怕就只有死路一條了。阿諾大吼道：「老張！瞎子！你們傻了？」在瞎子奮不顧身爬出去救人之前，他負責火炮，張長弓和朴昌傑各自守住一架馬克沁重機槍。聽到阿諾的大吼，幾人方才同時清醒過來。

張長弓和朴昌傑兩人扣動扳機，兩架重機槍先後吞吐出憤怒的火舌，使用這種威力巨大的武器根本無需過分追求精確度，火力波及的範圍內幾乎無可抵擋。

來自土匪的進攻剛組織起來，就被兩挺機槍織成的火力網打得七零八落，因首領被殺而激起的些許鬥志也在子彈鞭撻下蕩然無存，瞎子在羅獵幫助下裝填好炮彈，漫無目的一炮轟出，炮彈四十五度飛向天空，不知落到何方，儘管如此，這震耳欲聾的炮響也將所有人的勇氣給徹底擊潰，土匪們潮水般向後方撤去。

顏天心從觀察孔中看了看外面，看到原本迫近他們的土匪已經開始撤退，內心稍安。

羅獵和張長弓大聲交換彼此的意見，他們必須選擇一條退路，儘快逃出土匪的包圍圈，坦克雖威力巨大，可終究彈藥有限，僅憑著坦克很難從正面突出重圍，即便是能夠衝出去，他們也無法放下纜車從凌天堡逃離。對他們來說最現實的選擇就是先尋找一個安全的地方，暫避鋒芒，然後再考慮下一步的脫身計畫。

「藏兵洞！」久未說話的顏天心開口道，幾人的目光同時被她吸引，顏天心重複道：「通往凌天堡的道路原本就不止一條。」

陸威霖並沒有逃出太遠，甩開身後追兵，重新找到藏身之處，他不是一個輕言放棄的人，在他準備完成自己使命的時候，卻目睹蕭天行被人槍殺的場面，陸威霖透過瞄準鏡望著血泊中的蕭天行，看到他已經失去生命力的雙眼，然後向下遊移，發現原本掛在蕭天行胸口的七寶避風塔符已經不見。內心中升起無盡的失落，他並沒有因為蕭天行的死而難過，只是蕭天行的下場卻讓他感慨萬分，他突然意識到自己和羅獵幾人一樣，只不過是別人手中的棋子，難道一切都是葉青虹在幕後操縱？

不遠處一道身影匆匆閃過，陸威霖一眼就認出，那人影竟然是狼牙寨八當家蘭喜妹。蘭喜妹應當是受了傷，走路一瘸一拐，她的手中還拎著一杆李—恩菲爾德步槍。陸威霖皺了皺眉頭，他轉移到這裡已經有一段時間，始終觀察著周圍的狀況，蘭喜妹應當是從西北方向過來的，從她手中步槍上方的瞄準鏡，陸威霖能夠判斷出她也是潛伏在暗中的狙擊手之一，她剛才藏身的地方應該是西北方的碉堡，那座碉堡半邊已經坍塌，碉堡上仍然冒著滾滾硝煙。陸威霖腦補出蘭喜妹在碉堡上狙擊蕭天行幾人的場景。

他吸了口氣端起了毛瑟九八，輕易就鎖定了蘭喜妹的眉宇，右手的食指輕輕落在槍機之上。

蘭喜妹仍然沒有從爆炸的衝擊中恢復過來，坦克的炮火擊毀了她所藏身的碉堡，也讓她狙擊蕭天行和顏天心等人的計畫落空，趁著所有人的注意力都在戰場之上，蘭喜妹倉皇逃出碉堡，她腦海中渾渾噩噩甚至忘記了丟掉這杆李－恩菲爾德步槍，正是因為這個原因，才被陸威霖輕易判斷出了身分。對於危險，蘭喜妹有著極其敏銳的嗅覺，這或許是源於她的本能，她突然就停下了腳步，然後慢慢抬起頭來，美眸遭遇到一道來自於瞄準鏡的強烈反光，她的瞳孔也因此驟然縮小，然後又因為內心的恐懼迅速擴展開來。

身為一流槍手，蘭喜妹自然明白那道炫目的反光意味著什麼，心跳和呼吸瞬間暫停，她甚至嗅到了死亡的味道，對死亡的惶恐讓她的俏臉變得煞白，她呆呆望著陸威霖藏身的方向，然後慢慢張開雙臂，閉上了雙眼，缺乏隱蔽，全身的要害都暴露在對方的槍口下，她沒有任何可能逃過對方的射擊，唯一的選擇就是靜待死亡。

透過四倍瞄準鏡，陸威霖能夠清楚看到蘭喜妹每一個表情的細節，槍機已經被他的手指溫暖，這一槍卻仍然沒有射出。陸威霖猶豫了一下，終於還是扣動了扳機。

蘭喜妹並沒有聽到預料中的槍響，只聽到子彈高速掠過空氣的尖嘯聲，那顆子彈射中了她手中的步槍，蘭喜妹感到一股無形的力量猛然將手中的步槍奪了過去，然後狠狠丟到了她的身後。

瞬息之間，卻已經從死到生走了一個輪迴，一個真正的殺手絕不會輕易浪費任何一顆子彈，也不會多浪費一分力氣，早在蘭喜妹殺第一個人的時候，她就已經體會了這個道理，這一槍讓她明白，對方打消了殺死她的念頭，心頭湧起一陣慶幸，她想都不敢多想，轉身就逃，生怕對方會突然改變念頭。

陸威霖露出一個欣賞的表情，此時那輛坦克車已經重新駛入了軍火庫。以退為進，羅獵的大局觀不次於自己，現在冒險逃離等於自尋死路，選擇進入藏兵洞，才可以暫時躲過外面鋪天蓋地的火力。只是躲得過土匪的子彈，卻躲不開這口黑鍋，蕭天行的死應該會算在他們的頭上。

鄭千川表現出超人一等的冷靜，狼牙寨核心人物共有九人，如今大當家蕭天行二當家洪景天全都被殺，鄭千川事實上已經成為當仁不讓的老大，他原本就是狼牙寨的頭腦，在狼牙寨的地位僅次於蕭天行，鄭千川分出小部分兵力圍困坦克的同時，將主力投入到清查凌天堡七座碉堡的行動中，唯有控制住這七座碉堡，才能在最短的時間內掌控凌天堡的全域，重新將紛亂的局面平定下來。相比較而言，鄭千川並不擔心顏天心和羅獵等人的死活，他們逃入軍火庫，暫時不可能離開凌天堡，就算他們逃出去也沒什麼要緊，剛好給他們扣上畏罪潛逃的帽子，狼牙寨今日的這筆血債反正有了著落。

連鄭千川都不清楚最終射殺蕭天行的是誰？他只是負責配合陸威霖等人進入凌天堡，卻沒有安排這些人進入碉堡，今天發生的一切證明，除了他們之外，還有一股神秘的力量在悄然行動，這才是鄭千川感到可怕的地方，眼看就要唾手可得的地位，他絕不可以輕易失去。

被稱為七星連珠的七座碉堡包括整個凌天堡的防禦一直都是疤臉老橙程富海在負責，程富海做事嚴謹，一絲不苟，按理說不會出現這樣的偏差，除非……

鄭千川此時方才有時間考慮問題究竟出在什麼地方，遠處疤臉老橙和呂長根兩人已經陪同著蘭喜妹向他走了過來，望著蘭喜妹躊躇滿志的面孔，他忽然明白了什麼。

坦克兩出兩進，又回到了最初停靠的地方，原本留守軍火庫的土匪已經全部離去，這裡人去樓空。確信周圍安全之後，顏天心第一個從坦克內爬了出去，然後是羅獵，最後一個離開的是阿諾，坦克內配備的彈藥幾乎用盡，繼續留在裡面已經沒有意義。

瞎子小心翼翼地將周曉蝶接下坦克，握住周曉蝶的小手，感到她的手幾乎沒有溫度，舉目望去，周曉蝶滿面淚痕，她雖然看不到，可是並不意味著她不清楚發生了什麼事情。

顏天心取出一張藏兵洞的內部構造圖，借著牆壁火炬的光芒看了一會兒，找到他們所在的位置，確定他們準備離開的路線，然後開始行動，她走在隊伍的最前方，為眾人帶路。阿諾轉過身去，看到瞎子仍然陪著周曉蝶在後面磨嘰，忍不住催促道：「瞎子，你倒是快點兒！」言者無心，聽者有意，換成平時瞎子當然不會因為別人稱呼他的這個諢號而急眼，可他是諢號，周曉蝶卻是真正的雙目失明，聽到阿諾如此說話，頓時怒目相向。

羅獵悄悄拍了阿諾一下，提醒這廝口不擇言說錯了話。阿諾吐了吐舌頭，趕緊向前快走幾步。

張長弓放慢腳步，選擇斷後。他很快就發現顏天心所選擇的方向和軍火庫相反，低聲將這一發現告訴了羅獵。羅獵沒有說話，心中卻猜到顏天心今天炸軍火庫的目的只是為了吸引狼牙寨土匪的注意力，這次她帶來的人馬不少，應當是分頭行動，有她負責牽蕭天行的注意力，玉滿樓所帶領的戲班原本是負責接應並保護她的安全，朴氏兄弟和張長弓、瞎子、阿諾負責爆炸軍火庫吸引凌天堡匪徒的注意力，還有一支人馬前往劫持周曉蝶，由此可見顏天心心思縝密，來此之前已經做足了功夫，幾乎考慮到了每一個環節，行動開始也進行得頗為順利，一度掌控了大局，然而人算不如天算。玉滿樓的背叛成為整起事件的轉捩點，聰慧如顏天心也不得不面對局面失控的現實。

其實事件的發展已超出了大多數人的預料，狼牙寨擁有第一智將稱號的鄭千川短時間內也經歷了心情由高峰到低谷的失落，蕭天行和洪景天的死雖然掃除了他前行路上的障礙，可是短暫的驚喜過後，他就意識到自己的處境卻變得危險，蕭天行的死絕非偶然，顏天心雖然和蕭天行鬥智鬥勇，但是顏天心目前並沒有剷除蕭天行的必要，自己雖然計畫狙殺蕭天行，但是陸威霖的子彈被洪景天擋住，他錯失了目標。利用周曉蝶引出蕭天行，進而將之射殺的真正元兇另有其人。

凌天堡周圍這被成為七星連珠的七座碉堡守衛森嚴，外人很難混入其中，最早的時候陸威霖就曾經提出過要混入其中的一座碉堡，如果能夠藏身在碉堡之上射殺蕭天行無疑會事半功倍。鄭千川雖然認同他的想法，可是卻不敢冒險做出這樣的安排，凌天堡的防禦全都牢牢掌控在疤臉老橙程富海的手裡，想要混入碉堡，必須過得了他那一關。鄭千川斟酌之後，最終放棄了這個想法。

射殺蕭天行的子彈最終還是來自於碉堡之上，如無疤臉老橙的配合，這些槍手又豈能從容地混入其中。

鄭千川能夠看出其中的玄機，其他的首領也一定能夠。狼牙寨共有九位首領，除去死掉的兩位，還剩下七人，這七人之中鄭千川的地位最高，可是鄭千川和其他六人卻不是結義兄弟，鄭千川突然有種木秀於林的危機感，老大和老二都已經死了，下一個會不會輪到自己？

蘭喜妹跟程富海和呂長根耳語了幾句，然後笑盈盈向鄭千川走了過來，鄭千川頓時緊張了起來，蘭喜妹性情殘忍，喜怒無常，不知她會不會對自己出手？

鄭千川的目光向不遠處看了一眼，一個疤臉漢子跟他交遞了一下目光，然後迅速將頭顱低了下去，那是他的心腹張五成，曾經隨同他前往瀛海，策劃過劫持麻雀並和羅獵有過交手的經歷。鄭千川早就開始著手發展自己的力量，一直認為自己在狼牙寨內部的實力僅次於蕭天行，不過在他目睹蕭天行被殺之後，這個想法開始動搖了。餓虎架不住群狼，他從直覺上判斷蘭喜妹和程富海、呂長根三人是一路，這三人掩飾得實在是太過高妙，連自己居然都被他們騙過。

蘭喜妹來到鄭千川面前停下腳步，笑容嫵媚妖嬈，從她的臉上看不到半點的憂傷，足見蕭天行和洪景天的死並沒有帶給她半分的影響，從而更證明她策劃這起暗殺的可能。

鄭千川沒有笑，臉上仍然拿捏出憂傷的表情，獨目望著蘭喜妹充滿了不解和迷惑。

蘭喜妹撒嬌地努了努嘴，小聲道：「鄭先生，咱們去碉堡上說句話好不好？」這個稱謂是對鄭千川的尊敬，也同時代表著他們之間的距離，狼牙寨九位掌櫃，鄭千川和其他八人並不是結拜關係，這並不是因為他不想加入其中，而是蕭天行並沒有這個意思，蕭天行活著的時候對他始終充滿戒心，雖然欣賞他的能力，卻沒有給予足夠的信任。

鄭千川內心一沉，射殺蕭天行的子彈就來自於碉堡內，蘭喜妹很可能設了個圈套讓他鑽。

蘭喜妹看到他猶豫的表情，不由得格格輕笑起來，率先向碉堡內走去，和鄭千川擦肩而過的時候，用只有他能夠聽到的聲音道：「放心，若是我對你有加害之心，你以為自己能夠活到今天？」

鄭千川眉頭皺起，蘭喜妹這句話充滿了暗示，的確，蘭喜妹若想剷除自己，剛才在射殺蕭天行的時候就能夠這樣做，沒必要等到現在，想到這裡，他向張五成悄悄遞了個眼色，暗示張五成不要輕舉妄動，這才跟隨蘭喜妹走入碉堡內。

蘭喜妹站在碉堡之上，整個凌天堡盡收眼底，一陣冷風吹來，她不由得打了個冷顫，忽然想起剛才的驚魂一刻，今日若非是那槍手手下留情，自己此刻已經

成了一具死屍。

鄭千川謹慎而緩慢的腳步聲在她身後響起，蘭喜妹輕輕拍了拍碉堡堅固的垛口，小聲道：「大當家死了，然而群龍不可無首，軍師以為，誰才是帶領兄弟們的合適人選？」

鄭千川沒有說話，站在碉堡的最高點，風力明顯比下方強勁了許多，山風捲著零星的殘雪從身後拍打著他的身軀，有些冰粒和雪花還鑽入了他的衣領之中，讓他感到透徹骨髓的寒冷，蘭喜妹絕不是他平日所認識的那個衝動易怒的女人，或許此前的一切只不過是她刻意偽裝的保護色，她究竟是誰？又有怎樣的背景？

蘭喜妹緩緩轉過身來，臉上的嫵媚似乎被冷風吹得乾乾淨淨，她揚起左手，食指上掛著一枚勳章，黑色翼龍的圖案在掌心泛著深沉的金屬反光。

鄭千川的獨目迸射出不可思議的光芒，他突然雙膝跪了下去，雙手放在冰冷而堅硬的地面上，頭顱低垂，幾乎抵到地上。

蘭喜妹輕聲道：「鳩山一鳴，我早就知道了你的身分，只是因為任務需要所以無法向你說明，你現在應當明白發生什麼事情了？」

「哈伊！屬下必盡忠職守，效忠天皇！」鄭千川萬萬想不到蘭喜妹竟然和自己來自於同一組織，而且她的身分要凌駕於自己之上，想起此前的種種，暗歎自己有眼無珠。

蘭喜妹若無其事道：「起來吧，狼牙寨內只有你和我才是自己人。」

鄭千川又因她的話而迷惑起來，今天的事情單憑蘭喜妹一人之力絕對無法完成，別的不說，程富海肯定參與了刺殺事件，蘭喜妹既然向自己表明身分，應該在這件事上不會有所隱瞞，看來程富海等人並非組織成員。

蘭喜妹道：「**這世上每個人心中都是有欲望的，有人喜歡金錢，有人喜歡權力，有人喜歡美色，只要有欲望就會有缺點……**」她停頓了一下又道：「我們不同，我們擁有效忠天皇的無上信念，為了心中至高信念，我們可以毫不猶豫地犧牲一切！」

鄭千川再次跪拜。

蘭喜妹道：「我之所以沒有過早表露自己的身分，是擔心你的計畫會受到影響，蕭天行的這個位子你來頂上，不會有任何問題。」

鄭千川低聲道：「屬下何德何能……」

蘭喜妹打斷他的話道：「論身分，論資歷，論計謀你都是唯一人選，更何況你新近和北滿少帥搭上了關係，我們的下一步計畫還要靠你來實現。」

「哈伊！」鄭千川的聲音中充滿了激動。

第五章

岩洞戰

阿諾回過神來，要剎車已經來不及了，
唯有橫下一條心衝過去，想要衝過那段中斷的鐵軌，
前提是速度到達一定的地步，否則也會失敗，
阿諾放開剎車，礦車失去束縛，速度再度提升，
轉瞬間已經來到那斷裂的鐵軌前方……

眾人的希望全都寄託在顏天心手中的地圖上，相信顏天心可以帶他們順利找到出路，逃離凌天堡。四周靜得可怕，並沒有土匪馬上追趕上來，他們走過的這段路也沒有遭遇伏擊。

然而每個人卻都不敢放鬆警惕，瞎子已經走到了隊伍的最前方，這群人中只有他擁有夜間視物的能力，雖然顏天心有火把在手，可是借著火光，目力終究有限。瞎子卻在這種黑暗的環境下有了脫胎換骨的變化，他的目力比起白日裡提升了十倍有餘。

幾人在一道鐵門前停下腳步，鐵門並未上鎖，羅獵和瞎子走過去合力將鐵門拉開。一股陰風從裡面驟然吹來，眾人不由自主打了個激靈，顏天心手中的火把也被風吹得獵獵作響，火苗撲向後方，顏天心下意識地將火把舉高了一些。火把即將燃盡，張長弓走上前來，將沾了汽油的布條纏繞其上，火焰迅速由弱轉強。

瞎子向裡面探了探頭，不由得發出一聲驚歎，羅獵雖然竭力睜大雙眼，仍然看不清裡面到底有什麼，還好此時顏天心來到他身邊將火炬探身出去，火光照亮前方，一條棧道蜿蜒探伸向前方，羅獵心中暗奇，山洞之中為何會架上棧道？等到他的雙目適應了裡面的光線，方才看出，這是一個巨大的空曠山腹，下方就是深不可測的空谷，不知深度幾許。那些棧道是貼著岩壁建成。

瞎子的聲音在耳邊響起：「這好像是一座礦井。」他說話的時候明顯顫抖了起來，瞎子畏高，坐吊籃上凌天堡的時候就把他嚇了個半死，眼前這些棧道基本上都是用木板凌空架起，最寬的地方也不足一米，更可怕的是，棧道依靠山崖而建，沿著岩壁螺旋形向下，棧道和崖壁之間也是用圓木支撐，旁邊連扶手都沒有，稍有不慎就會跌落深谷摔上一個粉身碎骨。

顏天心已經率先走上棧道，以她輕盈的體重踩在棧道之上，木板都發出吱吱嘎嘎的聲音，讓人禁不住擔心這木板很可能會隨時斷裂。

瞎子倒吸了一口冷氣，兩隻腿已經顫抖得如同抖篩一般，羅獵出於安慰拍了拍瞎子的肩頭，瞎子嚇得慘叫了一聲。

羅獵道：「不用怕，你扶著我的肩膀，不必看腳下就是！」

瞎子苦著臉道：「我死都不下去，我這體重，這薄板兒根本承受不住。」

顏天心已經走到棧道的拐角處，阿諾和朴昌傑兩人隨後跟上，張長弓負責照顧周曉蝶，自然不能兼顧瞎子，羅獵示意他們先走，自己和瞎子斷後，卻想不到周曉蝶忽然道：「安大哥，你陪我走好不好？」

瞎子看了看周曉蝶，又看了看深不見底的谷底，吞了口唾沫。

周曉蝶道：「除了你，我誰都不認得……」說到這裡，心頭一酸，禁不住落下淚來。

瞎子看到周曉蝶面頰上晶瑩的淚水，突然一股勇氣湧上心頭，他重重點了點頭，牽著周曉蝶的手向棧道走去，羅獵和張長弓一前一後為他們兩個保駕護航。

顏天心越走表情越是凝重，從眼前的一切來看，這裡應當是一座礦井，而且還在開採之中，顏天心並不關心這座礦井開挖的是什麼東西，讓她憂心忡忡的是，這座礦井在她的地圖上並沒有標注。

前方突出一塊岩石，眾人必須要低頭通過，瞎子這會兒似乎已經克服了心理上的恐懼，伸出手掌，為周曉蝶遮住頭頂的石頭提醒她小心通過。

羅獵轉身望去，臉上不禁浮現出會心的笑意，瞎子居然也懂得體貼別人了，更讓他驚喜的是，瞎子居然能夠克服心底的恐懼，陪著他們一起走上凌空棧道，當然這絕非是自己的緣故，羅獵的目光落在周曉蝶身上，對這個剛剛失去父親的盲女充滿了同情，此時心頭卻又浮現出另外一個身影，麻雀！自從麻雀被蘭喜妹抓走之後就失去了消息，自己選擇和顏天心合作的條件之一就是救出麻雀，可現在看來，顏天心已經是自身難保，又有什麼能力去救麻雀？

想起很有可能還留在監牢中的麻雀，羅獵心中生出一陣難言的歉疚，他們難道就這麼走了？不管麻雀的死活，任她自生自滅？

瞎子輕輕咳嗽了一聲，羅獵這才從短暫的沉思中驚醒。

瞎子拍了拍他的肩頭道：「留得青山在不怕沒柴燒，先活下來再說吧！」和羅獵自幼相識，瞎子雖然不能保證看透羅獵，可對他的瞭解總比其他人要多一些，瞎子顯然猜到羅獵此刻在想什麼。

羅獵笑了笑，不錯，先活下來再說吧，如果堅持去救麻雀，必然會造成更多的犧牲，他不可以因為自己的決斷而讓所有同伴跟自己重新陷入危險的境地，麻雀吉人天相，這麼好的女孩兒應該得到上天的眷顧。

他們花費近半小時方才走過棧道，出口在岩壁上，顏天心在寬闊處停下，等到羅獵跟上，方才小聲對羅獵道：「這裡的通路和地圖上好像完全不同。」

羅獵從她的手上接過那張繪在羊皮上的古舊地圖，定睛看了看，這和他認知中的地圖不同，他有些尷尬地將地圖還了回去：「這地圖什麼時候的？」

「大宋靖康年間！」

羅獵一臉震驚地望著顏天心，她竟然拿著一份大宋年間的地圖來尋找出路，要知道從靖康年間到現在都快八百年了，凌天堡多次易主，不知其中經歷了怎樣的變遷。

顏天心也有些不好意思了，小聲道：「我也沒想到這裡會有那麼大的變化。」地圖上並沒有標記出這座巨大的礦井，凌天堡的下方幾乎要被挖空。

羅獵道：「誰都不是料事如神的神仙，不過他們既然在這裡開礦，就應當有輸送礦物的途徑，單憑上方的棧道不可能。」

前方傳來阿諾驚喜的聲音：「軌道！軌道！」

幾人全都圍攏上去，果然看到前方出現了兩條軌道，瞎子眨了眨眼睛，然後撓了撓後腦勺道：「難道這山洞裡面還有火車？」在他的認知中，鐵軌自然是用來跑火車的。

阿諾一臉不屑地望著瞎子，搖了搖頭道：「你傻啊！這是礦車軌道，用來輸送礦石的。」

如果換成平時瞎子也就忍了，可當著這麼多人的面，尤其是周曉蝶的面，阿諾居然敢說自己傻，是可忍孰不可忍，他呸了一聲道：「金毛，你當老子真不知道？我是故意考考你，就知道你喜歡顯擺，我呸！礦井裡當然是礦車。」

羅獵慌忙制止兩人繼續爭吵下去，這倆貨沒有一個省心的角色，現在可不是爭吵的時候。接過顏天心手中的火把，觀察了一下鐵軌，鐵軌光可鑒人，應該經常使用，可奇怪的是周圍並沒看到一輛礦車，不過沿著石壁倒是放著不少礦燈。

顏天心也留意到了這一點，低聲道：「咱們還是小心為上！」

瞎子雙腳落在了實地上，再不像剛才那樣提心吊膽，再加上有心在周曉蝶面前表現出他的英勇無畏，呵呵笑了一聲道：「有什麼好怕？槍林彈雨都闖過來了，這裡連個人影子都沒有還怕什麼？怕鬼嗎？」

顏天心沒有理會他，向朴昌傑道：「小傑，你去前方探路，看看有沒有礦車！大家原地休息。」

朴昌傑點了點頭，拎起一盞嘎斯燈點燃，綠色的火苗躥升出來，隨即一股刺鼻難聞的味道彌散在甬道之中。

瞎子的小眼睛又被強光刺激到了，他有些厭惡地皺了皺鼻子，然後掩住口鼻，卻看到周曉蝶獨自一人摸索著在鐵軌上坐下，背朝眾人，形單影隻。瞎子正想走過去，卻被羅獵一把抓住手臂，羅獵搖了搖頭示意他不要過去，現在最好給周曉蝶一個獨自冷靜的空間。

張長弓趁著這一時機整理弓箭，阿諾笑瞇瞇湊了上來：「老張，有時間教我射箭！」

張長弓點了點頭：「好啊，你教我開坦克！」

「沒問題。」

瞎子掏出兩顆手雷遞給羅獵，羅獵愣了一下，瞎子道：「知道你跟耶穌發誓不肯用槍，這玩意兒是手雷，不違背你的原則，關鍵時候比飛刀頂用。」

羅獵這次沒有拒絕，從他手中接了過來。

顏天心將火炬插入石縫之中，靠著岩壁坐下，俏臉之上浮現出一絲疲憊，她的內心遠不如她的表情平靜，此番前來凌天堡，絕非是為了給蕭天行拜壽，而是為了尋找薩滿金身，顏天心本名完顏天心，乃是金國女真人的後裔，她的祖上乃是金國大將完顏鐵心，凌天堡被蒙古人所破，完顏家族僥倖保留一脈，後來建立了連雲寨，成為蒼白山諸多土匪中最為古老的一支，而連雲寨一直以來都過著和外界與世隔絕的日子，他們雖然依靠打劫為生，但是並不危害普通百姓，在蒼白山的口碑素來不錯，也從未有過稱雄爭霸之心。

然而野心勃勃的蕭天行卻容不得這樣一支力量的存在，終於將他的魔爪伸向了連雲寨。顏天心想起蕭天行死前的那番話，從他說話神情來看應當沒有撒謊，可是如果竊走薩滿金身的當真不是他，又會是誰？是誰將自己引入了這個困境？

一道身影遮住了她的雙目，顏天心抬起雙眼看到了羅獵，此時她對羅獵已經沒有了警惕和敵意，她看出羅獵和自己一樣是被人引入了這個圈套，無論他們能否從這裡逃出去，他們都將背負殺死蕭天行的罪責。

羅獵道：「他還沒回來！」距離朴昌傑離開已經過去了十分鐘，他仍然沒有返回，周圍也沒有傳來任何的動靜。

顏天心道：「再多些耐心。」她本想說你儘管放心，可話到唇邊卻又改變了念頭，她本以為自己帶來凌天堡的人全都忠心不二，可現實卻極其殘酷，屬下的背叛導致她全盤皆輸。

羅獵從顏天心目光的微妙變化猜到了她心中所想，他沒有說話，在顏天心的身邊坐下。

顏天心咬了咬櫻唇，歉然道：「對不起！」

羅獵轉過臉來，望著顏天心的雙眸。

顏天心道：「你夫人的事情我沒能兌現承諾。」

羅獵抬起頭，後腦枕在堅硬的岩壁上，他並不願提起這件事，更沒有將麻雀的事情歸咎到顏天心的身上，他低聲道：「我的錯，和其他人沒有關係。」

此時遠處傳來腳步聲，前去探路的朴昌傑安然返回，他來到顏天心的面前，呼吸比起剛才已經有些急促，這段時間他走出很長一段距離，朴昌傑發現了礦車，就在前方兩里左右的地方，有不少礦車停在那裡，周圍並沒有看到人在。

詢問詳情之後，眾人再次出發，跟隨朴昌傑來到礦車停放的地方，這片區域非常寬闊，除了十多輛停在軌道上的礦車之外，周圍還有不少的推車。

阿諾檢查了一下其中一輛礦車，馬上就明白了構造原理，這些礦車依靠軌道行動，因為軌道本身就是傾斜向下，所以能夠利用重力驅動，無需借助外來的動力，每輛礦車前方都有一根鐵棍，上方插著木柄，這是礦車的手剎，利用對手剎的拉動可以起到控制礦車速度的作用。

羅獵和幾人商量了一下，決定利用礦車前進，現在他們只能走一步算一步，相信蕭天行在凌天堡下進行那麼大的工程，一定會有便捷的通道通往外界。

他們沿著礦車向前走去，準備利用最前方的幾輛礦車離開。

就在此時，忽聽一個東西叮叮噹噹落在了地上，眾人循聲望去，卻見落在地上的竟是一顆冒著白煙的手榴彈，那手榴彈距離顏天心不到兩米，瞎子驚呼道：「小心！」

話音未落，朴昌傑第一個撲了上去，利用身體壓住了那顆手榴彈。

蓬的一聲手榴彈炸響，朴昌傑的身軀被炸得四分五裂，周圍幾人紛紛匍匐在地，顏天心被爆炸引發的氣浪掀起，重重撞在身後岩壁之上，比起身上的疼痛，她內心的痛苦更甚，如果不是朴昌傑捨身為她擋住這顆手榴彈，她難免一死。

其實朴昌傑保護的不僅是她一個，幾人相距不遠，羅獵也被這次爆炸震得頭昏腦脹，張長弓距離最遠，借著爆炸引發的光芒，他看到又一顆手雷從上方向他們拋了過來，張長弓眼疾手快，彎弓搭箭，一箭射出，鏃尖於半空之中和手雷相撞，爆炸引發的火光和氣浪將周圍空氣向四方壓榨而去，宛如排浪般洶湧澎湃。

瞎子目力驚人，用身體掩護周曉蝶的同時鎖定了襲擊者的位置，大聲道：「羅獵，你九點鐘方向石壁上的洞口裡。」

羅獵循著他所說的方向望去，借著爆炸引起的火光，揚起瞎子此前給他的手榴彈全力丟了出去，手榴彈劃出一道拋物線，準確無誤地投入到那狹小的洞口之中，對他而言根本毫無難度。

手榴彈於洞內爆炸，火光和煙霧帶著殘肢碎肉從洞口中噴射出來。

羅獵從地上爬起，大吼道：「快走，儘快離開這裡！」他一伸手將不遠處的顏天心拉了起來，顏天心在剛才的襲擊中受了輕傷，走路一瘸一拐，羅獵乾脆展臂將她橫抱了起來，顏天心還沒有反應過來，嬌軀就已經離開了地面，有生以來她還從未和異性如此親近過，一顆芳心突突直跳，還好在黑暗之中，不然自己的窘態必然要讓羅獵看個清清楚楚。

兩旁的洞穴之中傳來密集的槍聲，早已潛伏在這裡的土匪同時發動攻擊。

阿諾拎著一盞嘎斯燈沒命奔跑，可是子彈仍然追逐著他的腳步，這貨慌忙中竟然忘了丟掉嘎斯燈，搖晃的燈火已經讓他成為礦井中最明顯的目標。

瞎子牽著周曉蝶向前狂奔，一邊叫道：「金毛，你個傻子，把燈丟了，把燈丟了！」

阿諾經他提醒這才想起為什麼自己這麼吸引火力，慌忙將手中的燈拋了出去，礦燈剛飛出就被一顆子彈擊中。宛如放了一顆煙花，火花四射，絢爛無比。

張長弓臨危不亂仍然在隊伍的最後負責斷後，他抽出兩把匣子炮，利用礦車的掩護向後方漫無目的發射，雖然黑暗中無法準確射殺目標，可畢竟牽制住敵方的部分火力，為同伴逃走創造了良機。

羅獵抱著顏天心來到第一個礦車前，先將顏天心放了進去，然後拉開礦車的手剎，用力一推，礦車沿著軌道向前方駛去，羅獵快跑幾步跳上了礦車。

瞎子學著羅獵先將周曉蝶送入礦車，拉開手剎，全力一推，準備隨後跳上礦車的時候，卻發現礦車已經飛速前進了，瞎子撒開兩條腿沒命地追，大叫道：「小蝶，等等我……」

周曉蝶雙目失明，根本不知如何操控這輛礦車，聽到瞎子的聲音方才知道這廝根本沒有來得及跳上礦車，她手足無措地扶著礦車的兩邊，不知如何讓這輛礦車慢下來，驚呼道：「安翟！」

瞎子把吃奶的勁都使了出來，眼看一點點追上那輛礦車，可前方卻突然出現了一個陡峭的下坡，礦車陡然加速，周曉蝶瞬間失重，感覺整個人幾乎就要被凌空拋了出去，嚇得她死命抓住礦車的兩側發出一聲尖叫：「救我！」

瞎子大叫道：「剎車，你剎車！」他也知道自己叫得再響也是徒勞無功，周曉蝶根本看不到手剎在什麼地方。

關鍵時刻顏天心拉住手剎，讓他們所乘的礦車強行減速，周曉蝶所在的礦車重重撞擊在前方礦車的後部，她因為撞擊的慣性整個人從礦車內飛了出去。

羅獵早就料到會發生這樣的狀況，展開臂膀將周曉蝶攔住，幸好他們出手及時周曉蝶並未受傷，饒是如此也嚇得花容失色，連話都不會說了。

瞎子氣喘吁吁地跑到近前，趴在礦車上，上氣不接下氣道：「還好……沒事……」

羅獵幫助瞎子將周曉蝶重新送入礦車內，此時身後槍聲非但沒有減弱，反倒變得激烈起來，阿諾操縱礦車，張長弓趴在礦車後方，兩把駁殼槍輪番發射，阻止後方追擊他們的敵人。

羅獵從顏天心手中接過剎車，啟動礦車，礦車向前方迅速駛去，三輛礦車排著整齊的佇列前進，幾人很快都熟悉了礦車的操縱方法，速度也是越來越快，身後槍聲漸漸平息，穿過前方的甬道，前方卻出現了岔道，瞎子雖然在後方可眼睛卻看得真切，提醒羅獵道：「道閘，那是道閘！」沒吃過豬肉也見過豬跑，瞎子雖然是頭回玩礦車，可坐火車不知多少次，對道閘的作用非常清楚。

羅獵減緩車速，來到道閘旁，搬動道閘之前看了顏天心一眼，他也拿不準應該扳還是不扳，顏天心道：「你別看我，憑直覺就是。」這種時候智慧已經遠不如運氣更加重要。

羅獵點了點頭，一伸手將道閘搬動，前方鐵軌變幻，重新啟動的礦車沿著新的路軌向下方行去。可沒行出太遠，就看到前方甬道突然變得寬闊起來，他們的右側竟然有另外一條軌道並行。後方傳來刺耳的剎車聲，張長弓在後方大聲道：「壞了，他們追上來了！」

他的話剛剛說完，右側的軌道上已經出現了一輛礦車，礦車之上坐著三名土匪，一人負責操控，另外兩人端著步槍向他們瘋狂射擊。

幾人同時伏下身去，子彈大都射擊在礦車的車體上，堅硬的鐵板擋住了子彈，還有一些射空，從他們的頭頂呼嘯掠過。

羅獵等到對方火力剛一平息，又掏出手雷一揚手就丟了出去，這顆手雷正拋在對方的礦車之上，三名土匪嚇得慌不擇路，一人從礦車上跳了下去，旁邊卻是深不可測的深淵，可謂是從火坑跳到了地獄，另外兩人也好不到哪裡去，根本沒來得及逃離，手雷於礦車內爆炸，將礦車炸了個底兒朝天。

後方又有一輛礦車追到，看到前方發生爆炸急忙剎車，可仍然高速撞擊在前方燃燒的礦車上，兩輛礦車同時脫軌而出，在一陣慘叫聲中墜入深谷。

然而危險並沒有過去，後方又有土匪乘坐礦車爭先恐後地追了上來。

羅獵在岔道口處扳動道閘，改換軌道，瞎子隨後來到，慌忙之中竟然又扳了回去。

羅獵驅車前行，負責觀察身後情況的顏天心卻發現同伴都沒有跟上來，慌忙將這件事告訴羅獵。羅獵轉身望去，此時一輛礦車出現在他們的視野中，卻並不是原本跟在他們後面的瞎子，車內坐著土匪，兩名土匪舉槍輪番發射。

顏天心舉起盧格P-08予以反擊，從蕭天行手中搶來的大口徑手槍威力不凡，配合上顏天心精準的槍法，一槍就幹掉了負責駕車的土匪，對方的礦車失去了控制，於拐彎處無法減速，高速衝出了軌道。

羅獵哈哈大笑，可隨即就遭遇了一個陡峭的斜坡，礦車以驚人的速度向下方衝去。

顏天心提醒他小心駕駛，畢竟前方路況複雜，彎道眾多，必須要控制好車速方才能夠安全通過。一個急轉彎出現在不遠處，羅獵慌忙減速，礦車的四隻小鐵輪在軌道上摩擦出無數火星，一顆顆向後方飛去，形成一條條燦爛的拋物線，遠遠看上去，如同四隻燃燒的風火輪。

羅獵用力將手剎後扳，車輪和軌道急劇摩擦發出刺耳的嘯叫，假如以目前的速度衝過去，等待他們的必然是脫軌的下場。顏天心也緊張到了極點，雙目緊緊盯著羅獵的雙手，突然看到羅獵的身體向後一仰，那根手剎竟然被他掰斷，礦車頓時失控，重新加速奔向前方。

羅獵心中大駭，關鍵時刻竟然出現這種致命意外，呆呆望著手中斷裂的手閘，顏天心驚呼道：「要出軌了！」

換成平時羅獵聽到這句話說不定早就大笑起來，可現在他覺得一點都不好笑，就算有人撓他的咯吱窩，他也笑不出來，距離前方的拐彎越來越近，失控的礦車仍然在瘋狂加速。

羅獵第一個念頭就是爬出礦車用鞋底抵住車輪，可看來已經來不及了，他急中生智，大叫道：「趴過去，趴過去！」他趴在礦車的內側，身體竭力下壓，這是根據物理原理，增大礦車的向心力，以免礦車脫軌，顏天心也明白了他的意思，學著他的樣子，兩人身體的重量全都施加在礦車的內側。

礦車在兩人的壓力下發生了傾斜，右側的車輪竟然完全脫離了軌道，僅僅以左側的車輪在單軌上極速運行。顏天心感覺礦車正在他們的壓力下不斷傾斜，她看到了下方深不可測的山淵，感到他們隨時都會隨著顛覆的礦車跌落下去，顏天心不敢再看，緊緊閉上了雙眸。

生死關頭，羅獵總會表現出超人一等的冷靜和鎮定，沒有時間去精確計算作用力和反作用力，他所能依靠的只有感覺，想要順利通過前方的急轉彎必須掌握平衡，而**平衡是這世上最微妙的東西，增一分則長，減一分則短，在絕壁深淵之上玩平衡，玩的就是膽量，玩的就是心跳**，羅獵認為這礦車還可以傾斜一些，一個簡單的道理，在礦車沒有顛覆的狀況下，向內側傾斜的角度越大，他們過彎時抵消的離心力就越大，換句話來說他們安全通過的可能性也就越大。

顏天心感覺礦車的角度又傾斜了一些，以為即將翻車，一顆心頓時提到了嗓子眼，睜開雙目，卻見礦車幾乎和軌道平面呈四十五度夾角，更可怕的是，速度絲毫不減，耳邊響起羅獵的聲音：「要是怕，喊出來就好！」

顏天心抓緊了礦車，重新閉上了雙眼，忽然發出了一聲尖叫。

喊叫是一種發洩，不但顏天心在大叫，羅獵也叫了出來，這種狀況下說不害怕那是假的，礦車僅僅依靠左側的車輪高速進入前方的彎道，兩人即將感到要翻車的時候，一股無形的力量拖拽著礦車，將傾斜的礦車，向外牽拉。

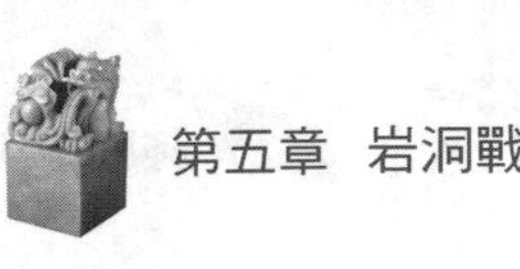

羅獵和顏天心的身體竭力向內側傾斜，以此和這股無形的離心力對抗，然而兩人的力量仍然比不上這股強大的離心力，礦車被這股強大的離心力拉了回去，四輪重新回到了軌道，旋即，內側的車輪因強大的離心力而脫離了軌道，礦車僅靠右側的兩輪行駛在單軌之上，左右輪互換之間，礦車以驚人的速度通過了彎道，羅獵感覺自己隨時都可能被這股無形的離心力狠狠拋出去，他能做的只有緊緊抓住礦車，礦車在向右傾斜三十度之後終於止住了勢頭，隨著通過彎道，四輪重新回到了雙軌之上，顏天心整個人形同虛脫，雙腿都已經毫無力量，再看羅獵，他仍然表情鎮定，心中不由得暗暗佩服，真不知道他是不是人，這樣的狀況下仍然可以保持臨危不亂，這是一種怎樣強大的心態。

羅獵的內心卻不敢有絲毫的放鬆，對他們來說危機遠未過去，礦車並未減速，仍然在高速前進，用不了太久的時間，他們就會遭遇第二次危機，或許下一次就不會有這樣的幸運。

瞎子扳動道閘純屬頭腦發熱，礦車向前跑出一段的距離方才發現前方已經失去了羅獵的身影，稍一琢磨就明白應當是自己剛才誤扳了道閘，現在和羅獵已經分道揚鑣。

回頭望去，發現身後也不是張長弓和阿諾，一輛礦車正在不斷迫近他們，車上是幾個陌生面孔。瞎子頓時緊張起來，他放鬆了手剎，儘量加快礦車的速度。

周曉蝶雖然看不見周圍的情景，卻從瞎子突然的靜默中感到了讓人緊張窒息的氣氛，她默默抓緊了礦車的邊緣。

呼！一顆子彈從後方射來，擊中了車體，迸射的火星灼痛了周曉蝶白嫩的小手，出於本能反應，她迅速將手收了回來。

瞎子關切道：「低下頭，抱住我！」

周曉蝶沒說話，低下頭去，默默抱住瞎子的身軀，瞎子虎背熊腰，雖肥厚有餘，孔武不足，可是擁在懷中，溫暖安心，周曉蝶驚慌的情緒居然平復了下來。

瞎子一手握著手剎，一手從腰間掏出了一枚手榴彈向後拋了出去，手榴彈落在鋼軌之上蹦跳了一下，旋即落入下方的深淵，於下方五米左右爆炸，爆炸掀起的氣浪，讓後方追擊他們的礦車劇烈顛簸起來，幾名土匪同時發出驚恐的大叫，不過他們幸運地渡過了這次危機，衝過氣浪重新出現在瞎子身後。這顆手榴彈激起了三名土匪的憤怒，他們舉起手槍瞄準前方的礦車瘋狂射擊。

瞎子不得不縮回手去，和周曉蝶一起蜷曲在礦車之中，耳邊聽到礦車因被子彈射中而發出密集如雨的乒乓聲。忽然心中生出一種聽天由命的感覺，也許他命該如此。周曉蝶輕聲道：「我們會不會死？」

瞎子因她的這句話而忽然驚醒，自己身為一個男人，怎麼可以就此放棄，他搖了搖頭，伸手摸到了腰間的最後一顆手榴彈，低聲道：「不會！」在槍聲停歇的剎那，瞎子猛然坐起身來，揚起這顆手榴彈，瞄準了後方的礦車全力扔了過去，他對自己的目力相當自信，這次自己不會看錯。

瞎子黑暗中視物的能力超人一等，可是他手上的準頭卻實在太差，尤其是在高速運動的礦車上，差之毫釐失之千里，他雖然瞄準了後方的礦車，但是忽略了一個關鍵的問題，礦車是在運動的，所以他扔出的這顆手榴彈越過幾名土匪的頭頂，落在了他們的身後，爆炸將兩道鐵軌炸得中斷橫飛。

爆炸的衝擊波沿著鐵軌遠遠送了出去，相互追逐的兩輛礦車在鐵軌上劇烈顛簸起來，幾名土匪嚇得也顧不上射擊，齊齊抓住了礦車。瞎子看到錯失目標，唯有護住周曉蝶，保證她瘦弱的身體別從礦車內顛簸出去。

張長弓和阿諾其實就尾隨在後方，那輛土匪乘坐的礦車是在前方岔路口突然殺入的，他們追殺瞎子的時候，張長弓和阿諾也在竭力加速追趕，瞎子扔出那顆手榴彈的時候，張長弓已經站起身來彎弓搭箭，正準備從後方給土匪致命一擊，突入其來的爆炸，讓張長弓嚇了一跳，他不得不暫時放棄射擊。

阿諾看到前方爆炸，下意識地剎車，此時看到一根黑乎乎的東西朝他高速飛了過來，阿諾嚇得趕緊低頭，張長弓也在同時俯下身去，那東西落在他們身後，撞擊出噹的一聲巨響，張長弓看得真切，飛來的那東西竟然是一節斷裂的鐵軌。他馬上意識到發生了什麼，瞎子扔出的那顆手榴彈並沒有炸到敵人，只是炸斷了鐵軌，反倒給他們製造了天大的麻煩。

阿諾看到前方因爆炸而燃燒的鐵軌，也意識到發生了什麼，雙臂抓住剎車拚命向後牽拉，試圖在礦車到達前停下，張長弓卻大吼道：「放開，衝出去！」

阿諾聽到他的大吼，方才回過神來，在目前的速度下剎車已經來不及了，唯有橫下一條心衝過去，想要衝過那段中斷的鐵軌，前提是速度到達一定的地步，否則也會失敗，阿諾完全放開了剎車，礦車失去束縛之後，速度再度提升，轉瞬之間已經來到那斷裂的鐵軌前方，阿諾大叫著向張長弓撲去，張長弓以為這廝是被嚇怕，卻不知阿諾這樣的舉動另有深意，他本來就是一流車手，自然明白如何越過障礙，撲向張長弓絕非是因為害怕，而是要改變重心，他和張長弓兩人都是身高體壯，重心的改變讓礦車的前部翹起，礦車高速脫離軌道，越過中斷的部分，然後重重落在對側的鐵軌之上，車輪和鐵軌劇烈撞擊之下迸射出無數火星，車身也因為劇烈的震動而來回扭動，張長弓和阿諾的身體不受控制地撞擊在一起。幸運的是這輛礦車在軌道上左右掙扎了一會兒之後，很快就找回了自己的軌道，沿著軌道繼續向前衝去。

阿諾從礦車內爬起來，雙手重新抓住手剎，張長弓也不禁哈哈大笑，死裡逃生，這種驚險過後的愉悅只有親身經歷才能夠體會。

瞎子那邊的情況已經危在旦夕，手雷已經用完，卻沒有成功命中目標，後方土匪駕駛著礦車迅速逼近，他們是駕輕就熟，而瞎子卻是第一次接觸這種礦車，熟練程度顯然無法和對方相比。連周曉蝶也感覺到這迫在眉睫的危機，悄悄牽住瞎子的衣角。

呯！呯！槍聲不斷響起，土匪已經將距離拉近到不足二十米，而前方再度出現一個急轉彎，瞎子不得不選擇減速。千鈞一髮的時刻，張長弓和阿諾風馳電掣般追了上來，張長弓弓如滿月，咻！咻！咻！連發三箭，箭無虛發，三名土匪所有的注意力都集中在瞎子和周曉蝶的身上，並沒有留意到後方的危機已經來臨。

瞎子減速通過彎道，追擊他們的那輛礦車因土匪被張長弓射殺而失去了控制，高速進入彎道，然後脫軌衝了出去，瞎子只看到那輛礦車脫軌飛出，並沒有看到張長弓射殺那三人的情景，還以為對方在彎道失控，歡呼一聲，心中慶幸不已，他的歡呼聲尚未平息，就看到另一輛礦車駛過彎道，瞎子嚇了一跳，以為追兵又至，不過他馬上就辨認出後方礦車是阿諾在操縱，此時方才意識到自己暫時安全了。右手繼續控制車速，左手在空中揮舞，招呼道：「金毛，我在這裡！」

阿諾咬牙切齒道：「瞎了你的狗眼，居然用手雷丟我！」

羅獵和顏天心乘坐的礦車因為剎車損壞，已經徹底失控，剛剛逃過一次危機，可馬上又面臨一個陡峭的長坡，速度不停加快，羅獵示意顏天心轉移到礦車尾部，自己從礦車頭部爬了過去，他要利用雙腳來減慢速度。

顏天心讓自己的身體盡可能貼到車廂後部，她的視野中出現了一個傾斜向下的彎道，美麗的瞳孔因為驚恐而擴展，如果羅獵無法在抵達彎道之前將車速減緩下去，他們就無法安全通過。

羅獵的身體已經來到礦車外，雙手緊緊抓住礦車前緣，原本挺拔的身軀此刻佝僂得就像一隻大號的蝦米，抬起雙腳小心翼翼地貼在瘋狂運轉的前輪上，用鞋底逐漸增加的力量來增大車輪的摩擦力，其實和剎閘的原理相同，但是力量的掌握必須循序漸進，如果踩得過死，礦車會因為急劇減速而傾覆，羅獵慶幸自己穿著厚底皮靴，雖然如此，鞋底剛一接觸到瘋狂旋轉的車輪，就因為高速摩擦而散發出一股濃重的皮革焦糊味，隨著他腳底力量的加大，這股味道越發濃重，雙腳和兩隻前輪接觸的地方冒出大量白煙，羅獵很快就感到一股燒灼的痛感從足底傳來，礦車的速度在他的努力下終於一點點減緩下來，成功通過了彎道。

顏天心卻突然驚呼起來：「你後面！」

羅獵轉身望去，只見前方距離自己還有不到一百米的地方，排列著一排礦車，羅獵大驚失色，以目前的速度和那些礦車相撞，自己只怕會被擠成肉泥，如果他選擇重新爬回礦車，礦車的速度肯定會再度飆升，高速撞擊之下，他和顏天心逃生的機會依然渺茫，當前的狀況進退兩難，唯有拚死一搏，羅獵橫下一條心，足底加大了力量，唯有在相撞之前將礦車停下，他們才能成功逃生。

顏天心望著羅獵因為痛苦而幾近扭曲的面孔，能夠體會到他此時雙腳灼燒的痛苦，可現在她卻只能眼睜睜看著，愛莫能助。距離被迅速拉近到五十米、二十米、十米……

顏天心已經不敢再看，緊緊閉上了雙目。

羅獵爆發出一聲低吼，他感覺自己的腳底就快燃燒起來，後背重重撞擊在後方的礦車上，隨即前方礦車也積壓了過來，胸腹間的空氣幾乎都被壓榨了出去，羅獵感覺自己在瞬間被抽空，肋骨間傳來劇烈的疼痛，可能他的肋骨斷了。不過他應該沒死，礦車停下來了，又一點點後退，原來是顏天心從礦車內第一時間跳了下去，用盡全力向後牽拉礦車，將夾在兩輛礦車之間的羅獵釋放出來。

「你沒事吧？」顏天心的聲音中充滿了關切。

羅獵沒有回答，現在他連呼吸都感到陣陣刺痛，根本說不出話來，艱難爬到了身後的礦車之中，然後就躺了下去。

顏天心等到他爬到礦車內，方才將礦車緩緩釋放，沿著礦車來到羅獵身邊，看到羅獵四仰八叉地躺在礦車裡，捂著胸口，皺著眉頭，正在小心翼翼地呼吸，把剛剛被壓榨出去的空氣一點點吸回自己的體內，讓自己被壓癟的肺慢慢復甦。

顏天心拿出一顆綠色的藥丸，塞入羅獵的口中，芬芳撲鼻入口即化，羅獵感到一股清涼滑入胸腹，疼痛在瞬間似乎減緩了許多。

顏天心道：「這是百花冰露丸，可以減緩疼痛。」

羅獵眨了眨眼睛表示感謝。

顏天心的唇角露出一絲淡淡的笑意，輕聲道：「你不用擔心，我不會把你丟下。」說這句話的時候，俏臉沒來由熱了。

羅獵的表情卻突然變得驚恐起來，顏天心從他的目光中意識到了什麼，猛然回過頭去，卻見一個渾身生滿棕黑色毛髮的怪人出現在後方的礦車之上，血紅的雙目死死盯住了自己，身軀魁梧，口鼻寬闊，獠牙雪亮，雙腿保持著彎曲的狀態。蓄勢待發，下一步就是發起攻擊。

顏天心第一時間反應了過來，以驚人的速度掏出兩把盧格P08手槍，對準那怪人連番射擊。

怪人猶如一道黑色閃電，騰空躍離了礦車，長臂抓住上方支架，利用支架擺動自己的身軀，靈猿般跳入一旁山崖的陰影中。

顏天心的子彈如影相隨，卻終究慢上了一步，並沒有準確射中目標。所剩的子彈已經不多，怪人的身法和行動速度已經超越了常人能夠達到的極限，顏天心咬了咬櫻唇，危險的陰影籠罩著她的內心，他們必須儘快離開這個地方。

羅獵此時已經掙扎著從礦車中爬起，他已經意識到面臨的凶險，顏天心右手挽住他的手臂，幫他爬過這輛礦車，左手卻不敢離開手槍，目光注視左右，生怕那怪人會突然殺出。

按照他們的想法，進入最前方的礦車，然後啟動礦車沿著軌道離開這個地方，然而事與願違，當他們艱難爬到第一輛礦車內時，方才發現前方軌道已經到了盡頭，顏天心舉起嘎斯燈，借著燈光望去，前方出現了一道吊橋，吊腳連接著對面山崖的絕壁，另外一端有一個黑乎乎的洞口，那裡目前是他們的唯一通路。

羅獵左胸的肋骨斷了兩根，憑感覺判斷應該沒有出現移位，這也算得上是不幸中的萬幸，他展開右臂搭在顏天心的香肩之上，並非是故意要占她的便宜，因為這樣的方式可以讓顏天心給他最大的支撐和幫助。

顏天心並沒有表現出任何的抵觸，攙扶著羅獵，走上吊橋，吊橋用繩索和木板構造而成，走在上面搖搖晃晃，走出一段距離，顏天心忍不住向後望去，卻見身後並沒有那怪人的身影，這才稍稍放下心來，或許那怪人被她的槍聲嚇走。

羅獵此時疼痛減輕了不少，他鬆開顏天心的臂膀，低聲道：「我想我可以自己走過去。」向前走了一步，腳下卻發出咔嚓一聲，木板竟然被他從中踩斷，羅獵的左腿從破裂的地方陷落下去。

顏天心因為擔心而發出一聲嬌呼，慌忙上前伸手牽住羅獵的右臂，準備將他拉回橋面。

此時一道黑影舒展雙臂，抓著吊橋底部的繩索，以驚人的速度來到羅獵身下，單臂抓住羅獵的大腿猛然用力牽拉，羅獵此時即將爬回橋面，只剩下一隻腳還在下面，突如其來的牽拉讓他的身軀再度下沉，為了對抗這股力量，他的右腿下意識地增大了力量，腳下的木板卻因為無法承受而再度斷裂。腳下一空，身體再度下沉。

第六章

七寶避風塔符

顏天心看到羅獵掏出七寶避風塔符已經猜到他想要做什麼。
她雖然並不知道這塔符於羅獵的真正意義，
可是從蕭天行貼身攜帶來看，這件東西極其重要，
她也早已猜到羅獵潛入凌天堡的目的就在於此，
羅獵竟然將如此重要的東西拋棄，一種難言的滋味湧上心頭，
若非為了營救自己，羅獵怎會做這樣的選擇？

顏天心竭力抓住羅獵的手臂，卻被這股強大的下墜力拖倒在了橋面上，透過橋面的空隙，她看到羅獵的雙腿被那怪物死死抓住，用力向下拖拽，怪物的雙足卻攀援在吊橋的繩索之上，那怪物應該是猿猴的一種，顏天心還從未在蒼白山領域見過體格如此龐大的猿類，震撼之餘又為羅獵的安全擔心。

羅獵被那猿人抓住雙腿，感覺猿人力量奇大，雙爪如同鐵箍般勒住自己的足踝，羅獵雙手抓住吊橋底部的繩索，竭力和猿人抗爭，他不敢鬆手，一旦鬆手免不了被猿人丟下深淵，這樣的高度摔下去必然粉身碎骨。

在死亡的面前，肋骨的疼痛也變得微不足道，羅獵奮起全身的力量屈起雙腿狠狠向後蹬踏。

顏天心一手抓住羅獵的手臂，一手舉起手槍瞄準吊橋下方的猿人射去，呯的一聲槍響，子彈穿透吊橋地步的木板，擦著猿人的身體掠過，猿人雖然沒被射中，也吃了一驚，手臂一鬆，羅獵從牠的束縛中掙脫出來，雙腿併攏狠狠踢在猿人的醜怪面門之上，猿人挨了一腳，利用雙腿的力量，身體回縮，然後如同一縷黑煙，貼著橋底向遠處飛掠而去。

顏天心追逐著猿人逃走的方向接連發射，怎奈那猿人的速度實在太快，這幾槍又接連射空。

羅獵趁著這難得的時機重新爬回吊橋，他雖然膽大，可是看到那吊橋上破出的大洞，也不禁心有餘悸，剛才命懸一線，如果不是顏天心及時出手，恐怕自己已經被那猿人拖入深淵。

顏天心已經將一柄手槍中的子彈打光，隨手將空槍丟掉，然後掏出另外一把手槍，檢查了一下彈夾，這支手槍也只剩下了三顆子彈。如果子彈全部打完，他們就必須要短兵相接面對那隻猿人的攻擊。

羅獵低聲道：「什麼怪物？」

顏天心小聲回應道：「好像是猿人！」

羅獵皺了皺眉頭，根據他的瞭解，蒼白山一帶從未聽說過有猿人出現，沒想到凌天堡的藏兵洞內竟然藏著這樣的怪物。兩人不敢掉以輕心，迅速通過吊橋，來到吊橋中心的時候，他們感到吊橋劇烈晃動起來，猿人手足並用再度從吊橋下方向他們追趕而來。

羅獵大聲道：「快跑！」他率先向吊橋對面跑去。

顏天心也跟隨他身後竭力狂奔，眼看距離對面越來越近，吊橋卻因承受不了這劇烈的晃動，從中崩斷，顏天心一聲嬌呼，腳下一空向下方墜落，幸虧她及時抓住吊橋上的一塊木板，方才及時止住下墜的勢頭，斷裂的吊橋帶著他們的身體重重撞擊在岩壁之上，羅獵死死抓住吊橋的繩索，低頭望去，看到顏天心也抓住了吊橋，稍稍放下心來，可是沒等心頭的這塊石頭落地，就看到下方一團黑影猶如鬼魅般從下向上方攀升而來，迅速向顏天心接近。

羅獵大吼道：「下面！」

顏天心雖然沒有低頭，可是從吊橋的劇烈晃動中已經意識到了什麼，那猿人並未落入深淵，正在以驚人的速度向自己靠近。顏天心用手臂纏在吊橋的繩索之上，回頭舉槍，瞄準了猿人射出一槍。

猿人動作的靈敏程度讓人歎為觀止，兩米左右的魁梧身軀在懸崖之上如履平地，健步如飛，顏天心舉槍射擊的時候，牠利用雙足在岩壁上用力一蹬，拖拽著吊橋的繩索宛如蕩秋千一般向虛空中蕩去，顏天心的這一槍隨之落空，羅獵和顏天心的身體全都掛在吊橋上，他們的身體也隨著吊橋蕩起，吊橋飛起一定的距離又重新撞向岩壁，羅獵因為在上部還好，此次的衝擊力並不算大。顏天心可沒有他這樣的幸運，身軀重重撞在岩壁上，手槍也拿捏不住，失手落下深淵。

猿人來勢洶洶，發出淒厲的嗚叫，一雙血紅的雙目瞪得滾圓，暗夜之中宛如兩團熊熊燃燒的烈火，顏天心唯有拚命向上爬去，可是她的速度又怎能和猿人相提並論，右踝一緊已經被猿人抓住，牠用力一拖，顏天心發出一聲嬌呼，右腿在猿人的大力拖拽下幾欲斷裂。

羅獵距離上方的洞口只有不到一米的距離，吊橋頂端楔入岩壁的鐵栓因為下方劇烈的蕩動，此時正一點點從岩壁中露出，如果鐵栓脫離了岩壁，他們就會隨著斷裂的吊橋一起墜入深淵。羅獵並沒有猶豫，他非但沒有繼續向上攀爬，反而向下攀去，試圖去幫助顏天心。

顏天心顯然也意識到了迫在眉睫的危機，她大聲道：「快逃！」與其兩個人全都死在這裡，不如讓一個人有逃生的機會。

羅獵手中並無武器，如果他有一把飛刀，或許能夠轉敗為勝。他忽然想到了什麼，他的手落在胸前，握住了那枚從蕭天行那裡得來的七寶避風塔符，這枚利用玉化硨磲製成的七寶避風符形同圓錐，應該可以用來傷敵。腦海中不由得想起自己此番前來的任務，他們一行費盡辛苦深入敵後，不就是為了這枚七寶避風塔符，費了九牛二虎之力方才從蕭天行處得到，難道又要將它丟掉？羅獵心中雖有不捨，可是他卻沒有絲毫的猶豫，揚起那枚七寶避風塔符瞄準了猿人血紅的眼珠，用盡全身的力量射了過去。

顏天心看到羅獵掏出七寶避風塔符已經猜到他想要做什麼，她雖然並不知道這塔符於羅獵的真正意義，可是從蕭天行貼身攜帶來看，這件東西必然極其重要，她也早已猜到羅獵潛入凌天堡的真正目的就在於此，眼看著羅獵竟然將如此重要的東西拋棄，心中不由得一緊，一種難言的滋味湧上心頭，若非為了營救自己，羅獵怎會做這樣的選擇？

羅獵對射中猿人並沒有抱太大的希望，畢竟猿人狡詐敏捷，連顏天心近距離射出的子彈牠都能夠躲過，自己的刀法雖然一流，可所用的塔符威力畢竟比不上子彈，更何況他現在身體受傷，出手受到了極大的影響。

很多時候運氣是極其重要的一個因素，猿人似乎根本沒有將羅獵的攻擊放在心上，又似乎多半的注意力都集中在顏天心的身上，想要將她拖下吊橋，等牠意識到攻擊到來之時，那塔符已經盡在咫尺，牠看到一個白色圓錐體旋轉飛來，想要躲開已經來不及了，噗的一聲，避風塔符螺旋射入牠的右眼之中。

避風塔符就如同一支瘋狂旋轉的鑽頭，旋轉貫入猿人右眼眼眶之中，猿人的眼球爆裂，玻璃體內的漿液四處迸射，疼痛讓猿人用力一扯，顏天心在大力撕扯之下，手中的繩索崩斷，驚呼一聲，向下墜落，還好羅獵及時伸出手去，緊緊握住她的手臂，將顏天心從死亡的邊緣拉了回來。

猿人負痛，哀嚎一聲放開了顏天心，失去右眼的驚恐讓牠放棄了繼續攻擊，如果牠在此時發動攻擊，羅獵和顏天心萬難倖免。牠從吊橋之上騰躍了出去抓住岩壁的裂縫，一邊嚎叫一邊攀援遠去，身影消失在黑暗之中。

羅獵的左臂抓住顏天心，因為顏天心下墜的力量牽動了左肋的斷裂處，疼痛讓他險些暈厥過去，心中一個聲音反覆在提醒自己，千萬不可以鬆懈，如果他在此時放棄，顏天心必死無疑。

顏天心緊咬櫻唇，感到有東西滴落在自己的俏臉之上，抬頭望去，卻是羅獵額頭之上的冷汗簌簌而落，從羅獵痛苦的表情和艱難的呼吸聲中她真切感受到了他的痛苦。連接吊橋的鐵條和岩壁發出刺耳的摩擦聲，又一截鐵條從岩壁內冒了出來，留給他們的時間已經不多了。

顏天心低聲道：「你快走，來不及了！」

羅獵笑了起來，在這種時候仍然能夠笑得出來的人世上絕對不多，顫聲道：「不想我陪著你死，就跟我一起爬上去！」

顏天心抿了抿嘴唇，沒有說話，堅毅的目光卻已向羅獵表明了決心，她重新抓住了吊橋繩索，羅獵確信她抓穩後，方才向上爬去，他每爬升一段距離，鐵條就從岩壁裡脫出一點，羅獵知道顏天心並沒有跟隨他爬上來，如果兩人同時攀爬，恐怕鐵條脫出的速度會更快，顏天心保持靜止不動方才有逃生的機會。

羅獵的手終於攀上了洞口的下沿，他揚起手抓住鐵條，用盡全力將鐵條重新塞入岩縫之中。

爬到洞口中，羅獵在疼痛的折磨下整個人幾近虛脫，然而他卻仍然不敢放鬆，直到顏天心爬到岩洞之中，他方才無力躺倒在冰冷的地面上默默喘息。

顏天心有些憐惜地望著癱軟在地的羅獵，默默回到洞口，觀察那猿人並沒有追蹤而至，這才用力將鐵條拔出，讓已經斷裂的吊橋落入深淵之中，輕聲道：「看來咱們走岔了！」

有這種想法的不僅僅是他們兩個，瞎子四人也來到了軌道的盡頭，瞎子從礦車內將周曉蝶扶了出來。張長弓和阿諾兩人也跳出礦車，他們此時方才意識到羅獵和顏天心不知去了什麼地方。

瞎子四處觀望，他目力雖然很強，但是仍然找不到羅獵的身影，低聲道：「壞了，羅獵沒到這裡來！」

張長弓點了點頭，沉聲道：「應該是在扳道閘的時候選擇了不同的道路。」

瞎子道：「要不要留下來等他？」

張長弓搖了搖頭道：「他應該去了不同的地方，沒可能返回這裡，走吧，咱們先找到出路再說。」

幾人都知道他說得有道理，當前的狀況下追兵隨時可能到來，他們還是先找到出路再考慮其他事，或許羅獵會跟他們殊途同歸，在中途相逢也未必可知。

唯一的地圖在顏天心的手中，他們雖然此前看過，可是這藏兵洞下因為開礦的緣故結構改變巨大，就算地圖在手參考的價值也不大。張長弓打獵出身，經驗豐富，瞎子又擁有一雙常人無法比擬的夜眼，他們兩人在前方探路，阿諾負責照顧周曉蝶。

離開礦車向前走了沒多久就看到一片被開挖的礦場，張長弓在地上搜索了一會兒，從地上撿起了一小顆藍色晶石，用手指撚起在眼前端詳了一會兒，瞎子和阿諾同時湊了過去，瞎子好奇道：「什麼？」

張長弓搖了搖頭，他是個出色的獵手，卻不是地質學家。

瞎子道：「寶石！」

阿諾從張長弓手裡接過那東西，在手中掂量了一下，又湊近看了看道：「有些像水晶。」

瞎子聽到水晶兩個字心中不由得一動，藍水晶會不會很值錢？他低頭望去，準備順手撿幾塊帶回去，卻聽到身後傳來周曉蝶的驚呼聲，幾人只顧著觀察礦石，卻忽略了身後的周曉蝶，周曉蝶摸索前行，不小心踩在礦石上，腳下一滑，險些摔倒。

瞎子慌忙奔去周曉蝶身邊，一時情急沒有留意腳下，感覺踩到了軟塌塌的一坨，旋即聞到一股臭氣。

周曉蝶道：「我沒事！」

瞎子暗歎，你沒事，我有事，抬起腳掌低頭望去，自己竟然如此走運，在藏兵洞的地下居然踩到了一坨屎。

張長弓嗅覺靈敏，也聞到了臭味，霍然轉過身來。

瞎子罵道：「媽的，這幫土匪也太沒道德了，居然在這裡拉屎！」阿諾聽說他踩到了屎，頓時感到幸災樂禍，哈哈大笑起來。

張長弓快步來到瞎子身邊，借著嘎斯燈的光芒望去。

瞎子罵罵咧咧走到一邊，在地上拚命摩擦鞋底，利用這種方式清除乾淨。

阿諾有些奇怪地望著張長弓，不明白他為何對一坨屎表現出如此大的興趣。

張長弓低聲道：「這是狼糞！」

幾人同時一怔，張長弓經驗豐富，應該不會看錯，只是這藏兵洞內因何會有狼出沒？阿諾不由得想起自己在廢墟遭遇的血狼，頓時感到害怕起來，顫聲道：「老張，你別嚇我們，這裡怎麼會有狼？」

張長弓沒有說話，在周圍搜尋了起來，很快就從地上撿起了一縷血紅色的毛髮，湊近鼻翼聞了聞，他敢斷定這毛髮來自血狼。

瞎子和阿諾都看到了那縷狼毛，兩人同時咽了口唾沫，瞎子並未親眼目睹血狼的凶悍，阿諾卻是從狼吻下經歷生死一刻，他暗叫不妙，本以為逃生在望，卻想不到竟然又在藏兵洞內遇到血狼。

瞎子雖然沒有張長弓如此豐富的經驗，可是從剛才踩中的狼糞也能夠判斷出，血狼應該從這裡離去不久，糞便還是軟的。

張長弓的話果然驗證了他的猜測，張長弓道：「狼糞非常新鮮，據我看血狼離開這裡不到半個小時，這裡和外面的廢墟很可能是相通的。」他曾經在廢墟中追逐血狼的蹤跡，後來因為道路錯綜複雜，擔心迷路才不得不放棄。張長弓之所以答應羅獵前來黑虎嶺冒險，很重要的一個原因就是因為麻雀的那句話，血狼曾經出現在黑虎嶺六甲岩。

阿諾已經猜到了張長弓的心思，在他們四人之中張長弓的戰鬥力無疑最強，羅獵和顏天心不知所蹤，張長弓顯然已經成為他們臨時的領袖和主心骨，如果張長弓選擇追蹤血狼而不是儘快尋找逃生之路，那麼無疑會將整個隊伍帶入危險之中。阿諾道：「不如咱們先離開這裡再說。」

張長弓沒有說話，只是吸了吸鼻子，然後大踏步向右前方走去。

瞎子和阿諾對望了一眼，兩人心中都是一涼，張長弓這個人可不是他們兩人能夠左右的，瞎子道：「張大哥，羅獵還沒找到呢。」

張長弓蹲下身去，就像一隻即將捕食的貓，他壓低聲音道：「別說話，血狼就在咱們附近。」

一個出色的獵人可以根據獵物留下的蛛絲馬跡追蹤獵物的藏身之處，張長弓剛才說血狼離開這裡不到半個小時只是保守的說法，他嗅覺敏銳，根據找到的那縷狼毫已經掌握了血狼的氣息，這股獨特的氣息彌散在周圍的空氣之中。

瞎子和阿諾將周曉蝶護在中間，瞎子舉目四處搜尋，阿諾抽出兩把手槍，將其中一把遞給了瞎子，兩人雖然平時口角不斷，可是真到了關鍵的時候，彼此之間還是相互幫助的。

過了好一會兒，張長弓方才揮手示意他們繼續前進，事實上瞎子和阿諾的擔心都是多餘的，前方只有一條道路，他們並沒有其他的選擇。

沿著曲曲折折的道路走出半里餘地，前方道路中斷，張長弓舉起嘎斯燈照亮下方，他們所站的地方距離下方約有兩米高度，下方是一個天然的岩坑，岩坑裡面白森森一片，仔細一看，卻全都是乾枯的骨骼，張長弓悲憤莫名，或許自己母親的屍骨就在其中。他率先跳了下去，眼前至少有二十具骨骸，從骨骸的形狀來看，有人也有動物，不少骨骸之上還戴著飾品。其中還有不少散落的兵器，張長弓從中撿起一把鏽跡斑斑的鐵劍看了看，這柄鐵劍應當不是當下鍛造，有了很長的歷史。他想起蒙古人攻陷凌天堡的那段歷史，看來這些遺骸十有八九屬於當時住在凌天堡中的女真人。

瞎子目光敏銳，小眼睛很快就捕捉到白骨堆中的珠光寶氣，馬上對這些古人遺留下來的首飾產生了興趣，忍不住開始順手牽羊，正在從白骨上擄寶石戒指的時候遭遇到張長弓冷酷的目光，瞎子訕訕放下了白骨的手掌，乾咳了一聲道：「我就是想看看他們的身分。」

還好張長弓並未點破，大踏步向前方走去，瞎子又拽了一下，這次將死者的指骨拽斷，可戒指仍然深陷其上。

在阿諾的身上充分體現到了近墨者黑的道理，看到瞎子這麼幹，這廝也感到手癢，偷偷撿了兩個金鐲子塞入口袋之中。

周曉蝶不知他們兩人在做什麼，輕聲道：「安翟，你在哪裡……」

瞎子抬起頭來，整個人卻如同泥塑一般定格在原地，在他們的身後，一頭通體血紅的狼正站在那裡，牠頭部低垂，雙目色彩各異，一隻藍色，另外一隻卻是黃色，雙肩聳起，脊背如弓，保持著攻擊之前的架勢。

阿諾也在同時感到了異常，轉身看到身後的那頭血狼，險些叫出媽來。

張長弓距離血狼的距離最遠，發動攻擊卻是最早的一個，他以驚人的速度彎弓搭箭，一轉身，放鬆緊繃的弓弦，隨著嗡的聲響，羽箭追風逐電般射向血狼。他出箭時，血狼已經彈跳而起，空中的血狼很難避開張長弓志在必得的一箭。

血狼猶如一道紅色的閃電，色彩各異的雙目死死盯住射向自己的鏃尖，在羽箭距離牠還有兩尺距離的時候，牠的脖子竟然不可思議地向下一沉，羽箭錯過了牠的頭顱，射中血狼高聳的背脊，鋒利的鏃尖撞擊在長滿紅色長毛的背脊上，卻無法突破血狼堅韌的皮膚，發出一聲近乎金石般的鏘聲。

張長弓幾乎無法相信自己的眼睛，全力射出的一箭如同撞在了堅硬的山岩上，從血狼的身體彈射飛出。

血狼攻勢不減，撲向白白胖胖的瞎子，在動物的眼中，滾圓肥膩的瞎子成了牠的首要選擇。

瞎子情急之中抓起一具骨骼擋在自己面前，雖然擋住了血狼的利爪，卻無法抵消血狼居高臨下全力一撲的力量，被血狼隔著骨骸撲倒在了地上，地上累累白骨硌得瞎子骨骸欲裂。

張長弓暴吼一聲，大步奔來，從腰間抽出宰牛刀，騰空撲向血狼，宰牛刀在空中劃出一道森寒的白光，直奔血狼的面門插去。

血狼顯然意識到來者並不好對付，放開了瞎子，避開張長弓的攻擊，轉而衝向阿諾。

阿諾舉槍連射三槍，卻槍槍落空，血狼已經來到他的面前，張開血盆大口，阿諾嚇得差點沒尿褲子，乞求道：「我不好吃……我身上太臭……」

不知是血狼聽懂了他的話，還是因為血狼當真受不了他的體味，嘶吼了一聲，竟然放過了阿諾，雙目森然盯住了張長弓。

張長弓手握宰牛刀站在累累白骨之上，一雙虎目也死死盯住了血狼，一人一狼彼此對望，似乎已經忘記了他人的存在。張長弓沉聲道：「先走！」有生以來他遭遇過形形色色的獵物，可是像血狼一樣的動物卻是頭一次遭遇，這頭血狼非但動作敏捷，而且似乎擁有著超出同類的智慧，牠孤傲而冷漠，就像一個孤獨的鬥士，張長弓從牠的眼神中讀到了一種默契，他甚至相信血狼不會攻擊其他同伴，因為在血狼心中已經鎖定了他這個對手，牠要跟自己決鬥，一對一，像真正的武士一樣公平決鬥。

阿諾哆哆嗦嗦從血狼的身後走過，每走一步腳下的骨骼就劈啪作響，他擔心會驚動血狼，再度吸引牠的注意力，然而血狼並沒有回頭，雙目自始至終盯住張長弓。

瞎子帶著周曉蝶離開，掌心中周曉蝶的小手已經變得冰冷，瞎子也好不到哪裡去，掌心中滿是冷汗。走出一段距離，他低聲向阿諾道：「找機會就開槍！」

張長弓沉穩的聲音響起：「這是我自己的事情，你們誰都不要插手！」

瞎子有些無奈地望著張長弓，看來張長弓並沒有將血狼當成一個普通的獵物來看，在他心中或許已經將血狼當成了一個真正的對手。

血狼頸部的毛髮一根根豎立起來，這讓牠修長的身軀看起來似乎膨脹了許多，微微張開的嘴吻露出點點寒光，尖銳的獠牙可以撕裂開任何對手的咽喉。

張長弓躬身，左手張開，右手以刀鋒朝下的姿勢握著宰牛刀。

血狼的頭顱緩緩低了下去，在張長弓看來，這是進攻的前兆，他表現出超人一等的耐心，面對一個狡詐的對手，他必須擁有超越牠的耐心，才能捕捉到牠的破綻，以靜制動，一擊必中！

但是張長弓這次並沒有猜對，血狼沒有馬上發動進攻，只是緩緩側向移動，牠正在想方設法牽制對手，張長弓如果保持原地不動，處境就會對他不利，張長弓隨之移動腳步，事實上已經是被血狼所牽制，血狼的狡詐由此可見一斑。

張長弓近距離觀察著對手，剛才射出的一箭並沒有能夠穿透血狼堅韌的皮膺，手中的宰牛刀也未必鋒利到可以刺入血狼心臟的地步，他琢磨著血狼的弱點，血狼的眼應該是牠的弱點，還有就是牠的嘴巴和咽喉，想要正面刺中血狼的可能性並不大，就算他可以將宰牛刀刺入血狼的嘴，也未必有把握命中咽喉。

血狼仍然在不緊不慢的移動，圍繞張長弓耐心地轉著圈子，牠似乎和張長弓抱著同樣的想法，牠也在等待張長弓露出破綻。

張長弓決定結束這無休止的消耗戰，他搖晃了一下手中的宰牛刀，然後做了一個讓所有人意想不到的舉動，宰牛刀噹啷一聲掉落在地上，看起來似乎他在關鍵時刻失手，其實卻是張長弓有意為之。

張長弓已經不再將血狼當成一個動物看待，他有種奇怪的感覺，這頭血狼的智慧絕不次於自己。

身後傳來瞎子和阿諾的驚呼聲，他們仍然沒有走遠。

血狼在宰牛刀落地的剎那終於啟動，對手失去武器對牠而言是發動進攻最好的時機，如同一團火焰撲向了張長弓，張長弓的左臂向前方格擋，利用長弓擋護住面部和頸部的要害，血狼張開血盆大口，一口咬住張長弓前伸的長弓，獠牙用力，堅韌的弓身被牠從中咬斷，一雙前爪搭在張長弓的左臂之上，雖然張長弓穿著厚厚的皮襖，鋒利的狼爪仍然將皮襖撕裂，尖銳的爪尖如同刀刃一般劃開了張長弓左臂的皮肉。

張長弓似乎忘了和他貼身肉搏的是一頭凶殘的血狼，流血的左臂繼續探身出去，渾然不顧狼爪的抓撓，死命卡住血狼的脖子，右手從箭囊中抽出一支羽箭，從下至上照著血狼尾部狠狠戳了進去，箭杆深深穿透，只有一根尾羽留在外面。

血狼發出一聲哀嚎，用盡全力掙脫開張長弓的束縛，羽箭深入牠的腹部，戳穿了牠的內臟，鮮血沿著火紅色的長尾不斷流出。

張長弓的左臂被撕裂多處，鮮血染紅了他半邊身軀，他足尖一動，將地上的宰牛刀挑起，再次握刀在手，凜冽的殺氣將處在痛苦中的血狼籠罩。

血狼色彩不同的雙目中出現了前所未有的恐懼，牠發出一聲嗚嗚，似乎在感歎自己將要結束的命運，然而牠卻又搖搖晃晃站直了身子，昂起了頭顱，用盡全力發出一聲淒厲的嚎叫。

張長弓一步步逼近血狼，就在此時，遠方傳來一陣陣的狼嚎，張長弓的臉色忽然變得鐵青，此時的狼嚎絕不是血狼嚎叫的迴響，牠還有同伴就在附近。一頭血狼就已經讓他付出了流血的代價，如果來的是一群，其戰鬥力不可想像。

張長弓雖膽大，也不禁動容。他放棄了誅殺這頭血狼的打算，向後退了幾步，然後轉身迅速向瞎子幾人跑去，大吼道：「快跑！快跑！趕快離開這裡！」

血狼雕塑般站在那裡，望著張長弓遠去的身影，牠並沒有追趕，因為牠已經無力追趕，黑色的尾羽在牠的身後不斷顫抖著，鮮血染紅了腳下的累累白骨，血狼的後腿盤踞在白骨之上，一雙前腿卻仍然倔強支撐著牠的身體，牠的頭顱。漆黑的洞窟中傳來一聲淒厲的嚎叫，這是血狼在用盡牠最後的生命吶喊……

羅獵在顏天心的攙扶下在黑暗中摸索前進，他們都聽到了遠處傳來的嚎叫，那聲音距離他們有些遙遠，傳入耳中並不清晰，讓人無法確定那聲音究竟是來自野獸，還是因為山風通過岩石裂縫而產生的聲音。

羅獵停下腳步，傾耳聽去，隱約聽到此起彼伏的聲音：「你聽到了沒有？」

顏天心點了點頭，秀眉微顰道：「好像是狼嚎的聲音。」她心中頗為不解，難道藏兵洞還藏有狼群？

羅獵想起阿諾此前在廢墟的遭遇，張長弓為了尋找血狼還特地深入廢墟，難道這狼嚎的聲音就是來自於血狼？仔細聽了一會兒，嚎叫聲越來越遠，到最後幾乎完全消失，他向顏天心笑了笑道：「希望咱們的運氣會好轉起來。」

顏天心也被他樂觀的情緒感染了，小聲道：「一定會。」腳下傳來清脆的響聲，顏天心低頭望去，看到下方磷光閃爍，路面上鋪滿白骨。

羅獵望著這條用白骨鋪成的道路也感到觸目驚心，沿著這條道路走了近百米仍然沒有走出白骨的範圍，可見這暗無天日的地洞之中遊蕩著多少亡魂。白骨之上還散落著不少的兵器，羅獵從中拾起了幾把匕首，總算有了襯手的武器。顏天心挑選了兩杆長矛，一杆給羅獵充當拐杖，另一杆用來防身。

顏天心道：「凌天堡被攻破之後，蒙古鐵騎大開殺戮，凌天堡內的將士退入藏兵洞，蒙古人利用煙薰火燎想要將他們逼出藏兵洞，可是這藏兵洞構造巧妙，有通風口和排煙道，蒙古人用盡辦法沒能奏效之後決定冒險攻入藏兵洞，倖存的百姓和將士在藏兵洞內和蒙古人展開搏殺，雙方死傷慘重，八百年過去，這些骨骸已經分不出究竟是蒙古人還是我們的族人了。」

羅獵點了點頭，心中暗忖，當年蒙古人滅了金國滅了大宋，入侵中原，成立元朝，雖然輝煌一時，可最終仍然沒能逃脫短命王朝的命運，若是站在歷史的高度，爭來鬥去無非只是中華民族之間的內鬥罷了。如今已經是大中華的時代，各族之間需要捐棄前嫌，攜起手來共同抵禦外敵。

顏天心看到羅獵始終沒有說話，還以為他在遭受疼痛的折磨，關切道：「你傷勢如何？」

羅獵笑道：「你的百花冰露丸非常靈驗，現在好多了。」臉上雖然做出一副從容的表情，可是歷經連場激戰，剛剛緩解的傷勢又被牽動，一時間豈能平復。

顏天心看出他在強撐，小聲道：「反正已經到了這種地步，不急著走，多休息一會兒，我幫你處理一下傷勢。」

羅獵點了點頭，顏天心幫他解開身上的皮襖，連貼身的內衣也全部解開，露出健碩的身軀，顏天心面對羅獵的半裸上身，心中雖然有些羞澀，可是表情依然古井不波，他們的目光已經適應了地底的黑暗，儘管比不上瞎子的視物能力，可是借著周圍骨骸的磷光，已可清晰看到對方的表情變化，顏天心發現羅獵身體的膚色有些蒼白，在他的頸部和身體之間有一道清晰的分界，她馬上明白羅獵一定是經過了易容，春蔥般的手掌輕輕按壓羅獵的左胸，確定羅獵肋骨斷裂的所在，然後從隨身鹿皮革囊中取出金創藥，為羅獵塗抹在患處，最後又貼上特製的骨傷膏藥。羅獵感到患處先是感到沁涼一片，很快就開始發熱，最後傷口處暖烘烘好不受用，疼痛自然減輕了許多。

顏天心的這些金創藥和膏藥全都是連雲寨有不死神醫之稱的卓一手所製，說起來這卓一手的外號由來就是不管什麼嚴重的病人到了他手裡總能救活，可前提是當時救活，未必能夠解除病人的痛楚，未必能夠保證以後不死。

確信羅獵沒有其他受傷的地方，顏天心伸手搭在他左手的脈門之上，羅獵微微一怔，內心中警示頓生，雖然他和顏天心經過這段的同生共死，兩人已經建立起相當的默契，可是彼此之間還沒有到完全信任的地步，再者說，兩人來到蒼白山原本就各自抱有不同的目的，脈門被制等於性命就被對方掌控，顏天心如果對自己心存歹念，那麼現在自己根本沒有反抗的機會。

顏天心從羅獵突然一凜的眼神已察覺他的心思，淡然道：「你不用擔心。」羅獵臉皮一熱，的確自己有些過慮了，顏天心若是當真想害自己，根本不用等到現在，又何必多此一舉地為自己療傷？

顏天心真正用意卻是為羅獵診脈，看看他是否受了內傷，不過從羅獵的脈相中卻另有發現，她默默放下羅獵的手腕，輕聲道：「你此前受過很重的內傷？」

羅獵笑而不語，在顏天心看來已經是一種默認，她幽然歎了口氣道：「難怪，你的刀法一流，可是內力卻極不相符，正因為此你始終無法向前再進一步成為高手，原來是這個緣故。」

羅獵道：「我並非受過內傷，而是幾年前生了一場大病，如果不是遇到了貴人，我只怕早就已經死了。」

顏天心點了點頭，小聲道：「有沒有找人治過？」

羅獵咳嗽了一聲，再次牽動了肋骨的傷痛，有些痛苦地皺了皺眉頭，緩了口氣低聲道：「能夠活著已經是一件很開心的事情，又何必強求呢？人生在世如果事事完美，那該是多大的遺憾呢？」

顏天心沉默了下去，羅獵的話聽起來矛盾，可是細細一品卻又充滿了人生的哲理，人生一世又豈能事事如意？

羅獵道：「走吧！希望能夠遇到他們幾個。」

顏天心悄悄來到他的右側挽起他的手臂，羅獵發現這位冷若冰霜的女寨主實際上卻有著不為人知的體貼溫柔一面。

越往前走道路越是崎嶇，剛才在和猿人的搏鬥中失落了唯一的嘎斯燈，現在可以用來照亮環境的只有羅獵隨身的打火機，他們每來到一處岔道，才會點亮打火機對照地圖，雖然有這幅地圖在手，可是八百年前的這幅地圖顯然起不到太大的作用，周圍到處都是地洞，並沒有太明顯的特徵，乍看上去幾乎一模一樣。不過羅獵和顏天心兩人都是極有耐心之人，他們相互扶持前行並沒有絲毫抱怨。

已經是第二次休息，羅獵靠在岩石上，顏天心再次將地圖取出，希望對照環境找到他們目前所在的位置，這裡應該已經遠離了礦場，這些山洞沒有開鑿的痕跡，或許古地圖上已經有了標記。

羅獵先掏出了煙盒，抖了兩下，用嘴唇噙住一支，顏天心舉起打火機，準備

點燃，羅獵卻突然揚起了手，示意她不要動，顏天心美眸眨了眨，屏住呼吸，此時隱約聽到遠處傳來人聲，她沒有聽錯，的確是說話的聲音。

羅獵指了指他靠著的那塊岩石，顏天心從他身邊悄悄爬了上去，來到岩石的頂端，然後又伸手將羅獵拉了上去，兩人從縫隙中向遠方望去，只見遠處變得空曠，有兩個身影在那裡坐著，其中一人拿出旱煙，摸出火石將旱煙點燃，煙火明滅，照亮那人的面孔，羅獵借著火光看清那人的面孔，讓他意想不到的是，那人竟然是羅行木。

另一人背朝著他們，所以看不清面目，突然聽到那人道：「羅行木，你不守信用，如果羅獵有事，你休想從我這裡得到任何秘密。」那聲音竟然是麻雀。

羅獵又驚又喜，同時心中又有些感動，喜的是麻雀安然無恙，驚的是她如今落在了羅行木的手裡，居然首先想到的還是自己的安危，又怎能不讓他感動。

顏天心意味深長地看了羅獵一眼，心中暗忖，他們兩人果然是伉儷情深。

羅行木抽了口煙，吐出一團煙霧，然後桀桀笑道：「他的死活跟我又有什麼關係？」陰惻惻的雙目盯住麻雀道：「你喜歡他對不對？」

麻雀啐道：「哪有？你休要胡說八道，我跟他就是普普通通的朋友關係……不！雇傭關係！」她又怎會想到羅獵就藏在暗處，一句話將兩人之間的冒牌夫妻關係揭露得乾乾淨淨。

顏天心又忍不住看了羅獵一眼，暗責他是個騙子，原來他和這個花姑子根本就是假扮夫妻，同時心裡又有些欣慰，不過她很快就意識到自己不該生出這樣的念頭，俏臉不禁紅了起來，還好在黑暗中，羅獵沒有留意到她的表情變化。

羅行木道：「朋友也罷，夫妻也罷，都跟我沒有半毛錢的關係，麻雀，你爹畢竟和我有師生之誼，念在他的份上，我也不會為難你，不過你須得將這本東西給我老老實實翻譯一遍，若是敢有半點欺瞞，當心你的小命。」

麻雀怒道：「我才不怕你威脅，除非你將羅獵救出來，否則我就是死也不會幫你破譯任何一個字。」

羅獵心中暗暗感動。

羅行木發出一聲怪笑：「想死還不容易，就怕求生不得求死不能！」他將手中的旱煙熄滅，插入後腰之中，周遭頓時陷入一片黑暗。

羅獵窮盡目力也看不清現場的狀況，只聽到麻雀發出一聲尖叫：「你想做什麼？」旋即又聽到衣衫破裂之聲。羅獵心中大怒，雖然顏天心握住他的手臂提醒他要鎮定，可羅獵在這種狀況下再也無法保持冷靜，怒吼道：「羅行木，你欺負一個女孩子作甚？」

黑暗中傳來麻雀驚喜萬分的聲音：「羅獵！」

一盞燈光在麻雀身邊亮起，卻是羅行木點燃了一盞嘎斯燈，溝壑縱橫的面孔上露出陰森可怖的笑容，他並沒有感到任何意外，似乎早已預料到羅獵的出現。

麻雀的衣袖被撕裂了一塊，露出潔白的棉絮，羅行木此刻關注的目標已經不再是她，坐在那裡，不緊不慢地從右耳上取下親手製作的煙捲兒，含在嘴裡點燃，用力啜了口煙，嘶啞著喉頭道：「看來我還是低估了你。」

羅獵的掌心扣著兩塊石頭，關鍵時刻可以用來作為武器，羅行木的武功他早已領教過，就算是在自己受傷之前，也不可能是他的對手，更何況現在。比起羅行木深不可測的武功，他的心機更加可怕。他利用自己將麻雀引入局中，又層層佈局，將麻雀引到凌天堡。只是羅行木和凌天堡之間又有怎樣的關係？

羅行木深邃的目光打量著羅獵，並不掩飾對他的欣賞，微笑道：「不愧是老羅家的子孫！」

羅獵道：「羅家子孫行得正站得直，對得起列祖列宗，對得起天地良心。」

羅行木呵呵大笑道：「黃口孺子，你又知道羅氏的祖上做過什麼？這世上最不值錢的就是良心這兩個字，在性命面前，良心更是不值一提！」

羅獵道：「念在你我同宗同族，今天我且放你一馬，你走吧！」

羅行木的表情充滿了嘲諷的意味，他冷笑道：「小子，你又有什麼資格說這句話？」

羅獵道：「我們有三個，你只是孤家寡人！」他在給羅行木施加壓力，己方雖然在人數上占優，可是真正的實力未必是羅行木的對手。

顏天心點了點頭，舉起早已射光子彈的手槍，虛張聲勢很多時候也能夠起到意想不到的奇效。

羅行木掃了一眼槍口，並沒有流露出絲毫畏懼，他緩緩站起身來，伸出手掌輕輕落在麻雀的頭頂，道：「你敢開槍，我就一掌擊碎她的腦袋！把槍扔了！」

顏天心暗自歎了口氣，羅行木老奸巨猾，果然沒那麼容易嚇倒他，反正這手槍中也沒有子彈，隨手將手槍丟在了地上。

羅行木向前走了幾步，嘶啞著喉頭道：「顏寨主如此智慧出眾的人物，怎麼也淪落到這暗無天日的地洞之中？」

顏天心內心劇震，此人緣何認識自己，而且這番話似乎飽含深意。

麻雀雖然無法動彈，可是看到羅獵平安無恙地出現在自己面前，一顆芳心欣喜異常，她驚喜道：「羅獵，你沒事，羅獵你居然沒事！」

羅獵聽她這樣說真是哭笑不得，歎了口氣道：「難道你巴不得我出事嗎？」

麻雀咬牙切齒道：「沒良心的東西，只顧著自己風流快活，根本不管我的死活！」說話間目光充滿敵意地向顏天心望去。

顏天心感受到麻雀毫不掩飾的嫉妒，俏臉不禁一熱，心中暗忖，這丫頭一定是誤會了。

羅獵緩步向羅行木走去：「你挖空心思設了這個局，又有什麼意義？看你的樣子只怕來日無多了吧？」

羅行木嘴巴一撇，不屑道：「你懂什麼？」

羅獵心中一動，如果羅行木當真必死無疑，那麼他又何必搞出那麼多的事端，難道羅行木尋找的東西和他的性命息息相關？他之所以想方設法將麻雀引入甕中，是因為他認為在麻博軒死後麻雀已經成為唯一可以破解夏文的人？

顏天心以傳音入密向羅獵道：「此人武功高強，你務必小心，我來吸引他的注意力，你尋找機會營救花姑子。」

羅獵其實和她一樣想法，不過是想自己引開羅行木，讓顏天心去營救麻雀。

羅行木微笑道：「你們不必竊竊私語，你們都要死！」他的右手從背後舒展出來，一條黑色長鞭緩緩垂落在了地上。長鞭握持的地方有兒臂粗細，長約兩丈，越往鞭梢，鞭身愈細，通體烏黑油亮，鞭身之上花紋密密匝匝宛如魚鱗，更奇怪的是，鞭身佈滿細密的倒刺，遠遠望去猶如手中拎著一條巨大的蜈蚣。

顏天心點了點頭：「那得看你有沒有那個本事！」

話音剛落，羅獵已經一刀射出，匕首宛如長虹貫日，直奔羅行木的咽喉射去，他這一動頓時牽動了傷勢，肋骨斷裂處因為摩擦而產生難忍的劇痛。

羅行木右手一抖，長鞭宛如靈蛇般活動起來，啪地一聲，鞭梢毫無偏差地擊中匕首，匕首被長鞭所縛，一點寒星有若毒蛇吐信，直奔羅獵，顏天心在羅獵出手剎那，揮動長矛，一個箭步衝向羅行木，長矛一抖，於虛空中化成萬點寒星。

矛尖和匕首接連碰撞，每次碰撞都激蕩得火星四射，顏天心自幼習武，內力已經有了相當根基，長矛對軟鞭，本以為在力量上會佔據優勢，可是卻沒想到，每一次碰撞，就有一股強大的潛力隨著槍桿送來，震得她雙臂發麻，虎口隱隱作痛，羅行木的武功之強實在超乎想像。

顏天心並不是要和羅行木分出勝負，按照她的想法，只要牽制住羅行木，給羅獵創造足夠的機會去營救麻雀。

羅獵在關鍵時刻頭腦絕不糊塗，更不會拖泥帶水，顏天心的武功要在自己之上，由她牽制羅行木，他們救出麻雀的機會才更大一些。所以在顏天心出手之後，羅獵第一時間衝向麻雀。

顏天心手腕抖動，此時羅行木手中的長鞭已經如同常春藤般纏繞到了她的長矛之上，兩人同時用力，這種硬碰硬的力量比拚，顏天心明顯落在下風，羅行木充滿得意，顏天心在他的全力牽拉之下，雙足在地上拖行。

顏天心暗暗叫苦，正準備棄去長矛之時，突然留意到羅行木的雙目之中生出無數細小黑色的脈絡，她鬆開長矛向後退卻，驚呼道：「你究竟是什麼人？」

羅行木滿臉獰笑，溝壑縱橫的面孔籠上一層慘澹綠色，雙目之中黑色的脈絡迅速滋生，看上去似乎全是黑色，眼白都被籠罩，他陰惻惻道：「自尋死路！」

羅獵眼看著就要來到麻雀身邊，麻雀看到自己即將獲救，驚喜萬分，口中呼喊著羅獵的名字。突然之間，一道黑影無聲無息從上方撲了下來，直奔羅獵身後，生滿棕黑色長毛的雙臂高高揚起，狠狠砸在羅獵的後心之上。

麻雀看到那猿人的時候已經來不及提醒羅獵。

羅獵被猿人突襲，砸得他撲倒在地上，不等他從地上爬起，猿人抓住他的足踝，將他狠狠丟了出去，羅獵騰雲駕霧般飛起，撞擊在堅硬的岩壁上，然後跌落下來，感覺四肢骨骸無一處不在疼痛。

猿人正是在吊橋之上突襲他們的那個，右眼中仍然嵌著七寶避風塔符，鮮血染紅了牠的半邊面孔，更顯面目猙獰，牠剛才負痛逃走，如今再度前來復仇，猿人顯然恨極了羅獵，粗壯的下肢支撐起牠魁梧壯碩的身軀，多毛的胸脯竭力挺起，揚起兩隻長臂蓬蓬蓬輪番擊打在自己的胸口，爆發出一聲雄渾淒厲的嚎叫。羅獵艱難地用雙臂撐住地面，想要支撐起自己的身體，疼痛卻讓他無力地撲倒在地上。

麻雀看到羅獵如此慘狀，滿臉是淚，哀嚎道：「羅獵，不要管我，你快走！」只有在生死關頭方才知道自己對羅獵的感情居然如此之深。

猿人反手一掌將麻雀打得暈厥過去，然後雙臂重重落在地上，強大的力量讓地面為之一震。

面對實力懸殊的對手，往往會不由自主產生一種優越感，這種優越感會讓人放棄即刻殺死對手的打算。無論人還是動物都很難例外，猿人僅剩的獨目中迸射出瘋狂古怪的光芒，在牠的意識中，狠狠折磨這個奪去自己右眼的傢伙，要比馬上殺死他更加滿足。

羅獵望著猿人，雙目和猿人的目光對視著，現在的他只剩下唯一的機會。

羅行木長鞭一抖，在空中劃出一道黑色長弧，長矛脫離長鞭，宛如標槍一般向顏天心射去，羅行木出手絕不容情。

第七章

命運的捆綁

雖然她知道自己和羅獵之間萍水相逢，
他們之間的情義還不足以支撐同生共死這四個字，
可是命運卻偏偏把他們綁在了一起，
顏天心道：「一個人死總好過兩個人。」
她鬆開了羅獵的脖子，羅獵的左臂擁住顏天心的纖腰，
驟然增加的壓力讓他的肋骨承受巨大的痛楚。

顏天心嬌軀向後反折，躲過這有若強弓勁弩發射的長矛，長矛貼著她的胸前掠過，帶出一陣勁風，飛向身後岩壁，奪的一聲，精鋼鑄造的矛頭竟深深刺入堅硬的岩壁，矛頭楔入岩層之後，槍桿劇烈顫抖起來，在黑暗中發出急促而低沉的嗡嗡悶響。

顏天心足尖一點，嬌軀旋升起，雙足落在槍桿之上，嬌軀隨著槍桿上下起伏，宛若風中盛開的一朵百合花。

羅行木欣賞地點了點頭，顏天心的身法還真是不錯。

顏天心此時卻從腦後髮髻之中抽出三根細長的金針，羅行木兩道花白的濃眉皺起，難道她想用飛針攻擊自己？出乎意料的是，顏天心將三根金針反手插入自己的頭頂，金針刺穴，最古老神秘的武功之一，可以在短時間內將內力提升數倍，可是這樣的秘技卻擁有著很大的缺點，這是對身體的一種透支，從某種意義上來甚至是對生命的透支，如果不是生死攸關，顏天心也不會做出這樣的抉擇。

顏天心雙臂舒展開來，在空中劃出一個圓圈，隨著這一動作，吐納調息，丹田內氣息迅速凝聚，雙手在胸前交錯，十指纖纖有若白玉雕成的蘭花。

羅行木向前猛然跨出一步，右腳落地，宛如重錘擊落，腳下山岩崩裂，煙塵瀰漫，右臂向後一收，然後以驚人的速度向前揚起，黑色長鞭在虛空中炸響，筆直的鞭影直奔顏天心的纖腰擊去。

顏天心雙眸倏然瞪得滾圓，望著驚鴻般奔來的鞭梢，竟然伸手抓去。

羅行木心中暗自冷哼了一聲，顏天心這樣的舉動無異於找死，他這條黑鞭名為斷魂鞭，不但鞭身布滿鱗片，而且生滿倒刺，顏天心徒手來抓，縱然她能夠抓住鞭梢，倒刺和鱗片也會深深刺入她掌心的皮肉之中。

顏天心心思縝密又怎會做出如此冒失的事情，在她的手即將接觸到鞭梢的剎那，突然又縮了去。利用雙足的力量夾住長矛，將長矛從岩壁中拔出，旋即用力一甩，這些動作一氣呵成，長矛撕裂黑暗，直奔羅行木的面門射出。

羅行木大部分的注意力都集中在她的手上，卻沒有料到她用手抓鞭梢只是虛招，真正的殺招卻由她的雙腳發動。

羅行木覺察到時，長鞭已經用老，再想利用斷魂鞭擊落長矛已經晚了。羅行木不得不選擇躲避，身體向右側移動，躲開長矛的射殺，手中長鞭收。顏天心卻沒有退後的打算，抓住這難得的時機，雙足在岩壁上一頓，身軀猶如飛燕般投向羅行木，雙拳攻向羅行木的面門。

羅行木雖然躲開長矛，可是長矛去勢不歇，在顏天心的全力投擲之下，破空而行，擦著羅行木身體的左側向後繼續飛行，直奔後方猿人。顏天心縱觀全局，並沒有因為眼前遭遇強敵而忽略危機中的羅獵。這一槍若是能夠射殺羅行木當然最好不過，如果被他躲開，那麼這一槍的目標就直奔猿人。

猿人逼近羅獵，腦海中正在琢磨如何折磨這個仇人，沒料到形勢陡變，猿人應變的速度也算夠快，可是長矛的速度實在是太快，牠揮手向長矛打去，噗的一聲，長矛已經穿透了牠的手掌，牠哀嚎一聲，一口咬斷矛頭，然後將半截染血的槍桿從手掌中拔了出來，自然再次劇痛。

羅獵在此時掙扎站起，抽出匕首射向猿人的左目，猿人雖然劇痛難忍，可是並沒有放鬆警覺，羅獵受傷之後射出的飛刀力量大打折扣，猿人一巴掌將匕首拍飛，隨著牠的動作，掌上血洞鮮血四濺。

面對顏天心的進攻，羅行木棄去長鞭，也以雙拳和顏天心硬碰硬對了一招，四拳相撞，發出蓬的一聲悶響，羅行木的身軀踉踉蹌蹌向後退了幾步，他的內力原本勝過顏天心，可是顏天心以金針刺穴激發自身潛力，在短時間內功力提升數倍，現在的戰鬥力竟然超過了羅行木。

羅行木冷笑一聲，喉頭發出一聲古怪的吼叫，然後轉身就走。

顏天心怒道：「哪裡逃！」

那猿人聽到羅行木的呼喝，也放棄了攻擊羅獵的打算，縱跳騰躍，轉瞬間來到了麻雀的身邊，一把抓起麻雀，將她扛在肩頭，向遠處逃去。

羅獵看到麻雀又在自己的眼前被人劫走，心中無比焦急，他竭盡全力向前奔去，想要奪麻雀，可是突然聽到周圍傳來嘰嘰啄啄的聲音，視野中灰色的波浪起伏向他和顏天心聚攏而來，隔絕了他們前行的道路。

羅行木的笑聲漸行漸遠：「羅獵，念在你是我的侄兒，我送你一個美人兒陪葬。」

數以千計的紅色光芒在他們周圍閃動，羅獵突然意識到來的是老鼠，成千上萬的老鼠，內心中頓時感到毛骨悚然，他忽然想到了自己剛才路上看到的累累白骨，那些死者應當不是自然腐化，他轉身望去，顏天心快步來到他的面前，俏臉已經完全失去了血色，一個人的武功再強，也無法對抗這成千上萬的嚙齒類動物，這些饑餓的老鼠可以輕易將他們變成兩具白骨。

羅獵的目光落在地上，看到羅行木遺落在地上的長鞭，又看到不遠處的岩石，他忽然想起了什麼，抓起長鞭，牽著顏天心的手向岩石上奔去，饑餓的鼠群緊隨他們的腳步，爭先恐後地追逐著他們，羅獵登上岩石的頂端，甩出長鞭，卷住上方的石梁，示意顏天心抱住自己的脖子，身後鼠群距離他們只剩下不到半米的距離。

羅獵大吼一聲，帶著顏天心騰躍出去，他們兩人盪秋千般身體在空中盪動著，鼠群覆蓋了岩石，看到兩人的身體在空中盪來盪去，有些老鼠勇敢地撲了上去，只可惜牠們的彈跳力有限，沒有碰到兩人的身體就從岩石上掉落下去。

嘎斯燈依然亮著，這讓他們得以看清周圍的景象，只見他們剛才所在的地方全都是密密麻麻的老鼠，那些老鼠體型比起尋常的老鼠還要大上一倍，一個個望著懸掛在空中的兩個人，翹首期盼，吱吱不停的叫著。

羅獵右臂死死抓著鞭子，顏天心輕盈的嬌軀掛在他的身軀之上，兩人面對面相擁在一起，他們的重量，他們的生命全都寄托在這根長鞭之上，近距離望著顏天心沒有半點瑕疵的俏臉，羅獵不由得一陣心動，他甚至生出一個大膽的想法。

顏天心的嬌軀卻發出陣陣戰慄，很少有女人不怕老鼠，尤其是那麼多的老鼠，潮水般洶湧，一旦他們掉下去，後果不堪設想。然而他們卻已經沒有脫離困境的方法，掉下去應該只是早晚的事情。

「快跑！」張長弓大吼著，阿諾奔在最前，瞎子背著周曉蝶緊隨其後，張長弓仍然留在隊尾處斷後，他已經看到至少有九頭血狼出現在他們身後，血狼全速奔行，身上紅色的長毛飛揚而起，通體如同火焰在燒。

張長弓剛才雖憑借一人之力幹掉了一頭血狼，可是他沒有任何把握戰勝後方的狼群，正是因為他復仇的念頭將所有同伴帶入如此危險的境地。他暗暗下定決心，如果逃不掉，自己就留下來，拚上這條性命也要為同伴創造逃命的機會。

阿諾沒命奔跑，不遠處出現了一道鐵橋，瞎子超強的目力已經率先看清了鐵橋對岸的情景：「門！那邊有門！」

阿諾第一個衝過鐵橋，瞎子原本就一身贅肉，奔跑速度緩慢，再加上身上還背著周曉蝶，速度自然大受影響，氣喘吁吁地奔過鐵橋，張長弓如果不是為了照顧他們，以他的步幅和速度肯定會第一個通過。

張長弓奔過鐵橋，隨手抄起地上的一根鐵管，此時奔行在最前方的那頭血狼已經率先奔上了鐵橋，張長弓怒吼一聲，一棍橫掃過去，正砸在那血狼的身上，將血狼砸得哀嚎了一聲，摔倒在橋面上，不過張長弓的這記重擊並沒有給牠造成毀滅性的打擊，那血狼打了個滾就從橋面上站起身來，雙目死死盯住張長弓，或許是因為剛才在張長弓手上吃了虧，所以牠並沒有急於發動進攻。

此時其餘的血狼也先後趕到，九頭血狼放慢速度，緩步來到鐵橋之上，排列著整齊的佇列，尖銳的腳爪在橋面上摩擦出讓人從心底發寒的刮擦聲。

阿諾用力推門沒有推開，發現房門掛著一隻大鎖，他叫苦不迭，沒想到最後關頭遇到了這麼一齣。

瞎子毫不客氣地將他一把推開，從腰間掏出了兩根鐵條，這是他開鎖的工具，既然祖師爺賞飯吃，無論任何時候都不能將工具丟下。瞎子不入流的技巧在關鍵時刻起到了關鍵的作用，他沒有花費太大的功夫就將鎖打開。

推開鐵門，背著周曉蝶衝了進去，阿諾叫了聲老張，也逃了進去。

張長弓望著逼近的狼群，猛然揚起手中的鐵棍扔了出去，然後轉身就逃，對他來說速度就是生命，生死懸於一線的時刻，他連回頭的時間都沒有。阿諾守著鐵門，看到張長弓甩開兩條大長腿沒命狂奔，身後九條血狼如同紅色的利箭一般衝過鐵橋，阿諾大叫道：「快！快！快！」

張長弓衝入鐵門的剎那，血狼的兩隻前爪也抓到了他的後心，阿諾猛然推動鐵門，將鐵門關上。蓬！卻是一頭血狼用身體撞擊在鐵門上，阿諾被震得身軀一顫，房門也隨之咧開了一條大縫，一個火紅的腦袋伸了進來。

張長弓眼疾手快，一拳狠狠砸在血狼的鼻子上，將血狼打得縮回頭去，然後跟阿諾合力將房門推了回去，阿諾將鐵門從裡面插上，外面響起乒乓不絕的撞門聲，血狼憤怒的嚎叫聲近在咫尺，此起彼伏。

瞎子將周曉蝶放在地上，周曉蝶緊張的攥緊了雙手，瞎子拍了拍她的肩膀安慰道：「你放心，我會保護你。」這貨表現出前所未有的英雄氣概。

周曉蝶表情木然，整個人似乎已經嚇傻了。

張長弓後心的衣服也被血狼的利爪撕裂，還好沒有傷到皮肉。阿諾也不知將嘎斯燈丟到了什麼地方，點亮打火機去尋找，環視周圍，卻見室內擺放的全都是炸藥包，阿諾嚇了一跳。瞎子一口將他的打火機吹滅，心有餘悸道：「我靠！是個炸藥庫！」

阿諾在黑暗中點了點頭：「是……是個炸藥庫！」難免有些後怕，如果自己不慎點燃了炸藥，他們幾人必然灰飛湮滅。

張長弓心中暗忖，守著炸藥包總比守著外面的血狼好，他摸到一個炸藥包，產生了一個念頭，如果用炸藥去炸那些血狼，能不能夠將牠們全部殲滅？瞎子在黑暗中也能夠看清張長弓的表情，猜到了他心中的想法，將炸藥包從張長弓手裡拿過來：「老張，您可別想歪了，那幫狼崽子太靈活，炸不死牠們，萬一把咱們給折了，可沒地兒後悔去。」

阿諾也點頭道：「老張，您就放我們一馬吧，打獵重要還是活命重要？」

張長弓暗暗歎了口氣，自己可不是為了打獵。只是經過剛才和血狼的搏殺，張長弓心中的那個結似乎已經打開了，他不可以因為盲目復仇而讓所有的同伴置身險地，這是一種極不負責的行為，如果老娘在天有靈也不希望自己這樣做。張長弓道：「安翟，你看看有沒有其他的出路？」

瞎子點了點頭，在房間內看了一圈，這裡堆放著炸藥包，推開另外一扇門，走入隔壁的房間，發現裡面擺放著許多古怪的瓶瓶罐罐，阿諾跟著走了進來，他雖然看不清細節，可是憑著摸索就已經判斷出這裡面擺放的是火焰噴射器，這是一戰期間方才大量裝備於德軍部隊的新式武器，其原理並不複雜，無非是利用動力系統驅動油料進入油管，然後點燃油料，高壓噴射出的油料就會形成一條殺傷力極大的火龍。

張長弓也有發現，居然找到了一支手電筒，擰亮之後，阿諾借著手電筒的光芒辨認火焰噴射器的產地，發現這批火焰噴射器全都來自於德國，看來蕭天行儲備了不少的武器在這座秘密軍火庫中。

打開牆角的鐵櫃，裡面有形形色色的武器，幾人都是欣喜非常，迅速裝備在身，阿諾和張長弓兩人還各自背上了一個火焰噴射器，拎走了兩個炸藥包。擁有了現在的武器裝備，就算和外面的狼群正面戰鬥也有了一定的勝算。不過張長弓並沒有提出去剿滅狼群，他們在發現火焰噴射器的房間發現了一個小門，通過這道小門又進入一條狹長的甬道。

沿著甬道繼續前進一里左右，前方是一道被焊死的鐵門，他們帶來的炸藥包派上了用場。

幾隻大膽的老鼠居然可以飛簷走壁，牠們爬到了石樑上，並沒有馬上沿著鞭子爬下去攻擊下方懸掛的羅獵和顏天心，而是聚攏在一起，瘋狂啃噬那條長鞭。

羅獵和顏天心兩人開始感到絕望，自從進入藏兵洞，這裡遭遇的生物明顯有著超乎尋常的智慧，這些老鼠居然懂得尋找他們的弱點，羅行木丟掉的這條長鞭雖然堅韌，可是在老鼠無堅不摧的門牙下，也堅持不了太久的時間。

顏天心咬了咬嘴唇，突然咳嗽了一聲，一口鮮血噴在羅獵的胸前，羅獵心中一怔，以為她害怕到吐血，可轉念一想又沒有任何可能，一個人沒理由嚇到吐血，唯一的解釋就是顏天心在剛才和羅行木的交手中受了內傷。

羅獵抱緊了顏天心，他的右臂早已痠麻，現在全憑超人的意志在支撐。

顏天心慘然笑道：「算了，你放開我，或許你還能有活命的機會。」

羅獵搖了搖頭毅然道：「要死一起死！」

顏天心心中一陣感動，雖然她知道自己和羅獵之間萍水相逢，他們之間的情義還不足以支撐同生共死這四個字，可是命運卻偏偏把他們綁在了一起，顏天心

道：「一個人死總好過兩個人。」她竟然鬆開了羅獵的脖子。羅獵的左臂緊緊擁住顏天心的纖腰，驟然增加的壓力讓他肋骨斷裂的地方承受著巨大痛楚，因為疼痛，他的聲音都變得顫抖起來：「死不可怕，可是你這麼漂亮，被老鼠咬得血肉模糊，那該多可惜……」

顏天心柔聲道：「一了百了，人都死了，又何必在意這身皮囊。」

羅獵道：「若是咱們僥倖逃過這一劫，你不妨將這身漂亮的皮囊施捨給我如何？」

顏天心萬萬想不到他在這種時候居然還開起了這樣的玩笑，換成平時，顏天心說不定會勃然大怒，可在這樣的生死關頭，她絲毫不介意羅獵的輕薄之辭，淡然笑道：「你沒機會了！」

羅獵道：「你只需給我答案，不然我就放手咱們一起跳下去！」

顏天心凝望著他的雙目，她雖然不知道羅獵的身世背景，甚至不知道他的本來容貌，卻突然感覺自己的內心和他緊緊相貼，有生以來從未有人給她這種親近的感覺，顏天心點了點頭，然後小聲道：「放我走……」

蓬！爆炸聲從頭頂傳來，頓時感到地震山搖，頭頂沙石簌簌而落，幾隻埋頭苦啃的老鼠，被爆炸波震得從石樑上跌落下去，落在羅獵和顏天心的身上頭頂，素來沉穩的顏天心也因這個意外而發出一聲尖叫，她可不是因為爆炸而害怕，真正讓她毛骨悚然的是這幾隻老鼠，她一手勾住羅獵的脖子，一雙修長美腿纏住羅獵的身軀，空出的那隻手拚命拍打，還好這些老鼠也被這突如其來的爆炸嚇怕，放著兩個獵物就在眼前，居然忘了發動攻擊，一個個爭先恐後地往下跳。

羅獵心中暗暗叫苦，他的右臂一直苦苦支撐，現在幾乎達到了極限，握住長鞭的右手不停顫抖著，滿是汗水的掌心開始緩慢下滑。

爆炸激起大片煙塵，在他們的頭頂處露出一個大洞，從洞口中傳來一個熟悉的聲音道：「娘的！鐵門沒事，下面炸出了個大洞！」

羅獵聽到這聲音分明就是瞎子，眼看就要墜入絕境，想不到此時故友竟然出現，當真是山窮水盡疑無路，柳暗花明又一村，羅獵聲嘶力竭地嚎叫道：「瞎子，快來救我，我在下面！」

剛才的這次爆炸正是瞎子他們所引發，張長弓和瞎子一行被血狼追趕，逼不得已進入一座隱秘的軍火庫躲避，他們沒有選擇原路返回，在軍火庫中找到了一扇被焊死的鐵門，幾人商量之後，決定用炸藥包將鐵門炸開，可沒成想爆炸之後，鐵門紋絲不動，下方的地面卻被炸出了一個大洞，正在遺憾之時，突然聽到下方呼救的聲音。

瞎子還以為自己因爆炸而出現幻聽，眨眨眼道：「我好像聽到羅獵叫我。」

阿諾的耳膜仍然因為爆炸而嗡嗡作響，他傻笑道：「怎麼可能？」

張長弓卻是一臉鄭重，本來他也以為自己是幻聽，可瞎子這麼一說，他馬上意識到事情有些不對。

瞎子此時也反應了過來，一個箭步竄到了炸開的洞口處，瞇著小眼睛向其中望去，雖然下方煙塵瀰漫，可瞎子超強的目力仍然看到那兩個吊在下方的身影。瞎子大叫道：「羅獵！是你嗎？」

羅獵已經忍無可忍：「是我！你大爺的，快來救我！」

瞎子應了一聲，想要進入洞口，可卻被周曉蝶一把拉住，周曉蝶也是好意，下面不知多深，瞎子在沒有看清環境之前如果冒然跳下去說不定會摔成肉泥，張長弓用手電筒照亮下方，他依稀看到那道石樑，推開瞎子第一個跳了下去，一隻不及躲避的老鼠被張長弓踩在腳下，發出吱的一聲慘叫。

而此時那條纏在石樑上的長鞭經歷了鼠群的瘋狂咬噬之後，再也無法承受下方兩人的重量，從中崩斷，羅獵和顏天心一起大叫著從高空中墜落。

鼠群極其警覺，看到空中落下兩人，慌忙向四周閃避，生怕被他們給活活壓死，所以中間自然閃出一大片空地，等到兩人落地，鼠群又迅速向中心靠攏。

張長弓卻在第一時間做出了反應，怒吼道：「幹你娘！」引燃手中的火焰噴射器，居高臨下，圍繞羅獵和顏天心周圍畫了一個大大的圓圈，那些老鼠原本就害怕火光，看到火龍擺尾，紛紛閃避，躲避不及的頓時被燒成焦炭，整個石洞內彌散著一股焦臭的味道。

張長弓逼退鼠群之後，從石樑上一躍而下，守在羅獵和顏天心身邊，用火焰噴射器在他們周圍築起一道防線。

阿諾看清地形之後隨後跳了下去，和張長弓相互配合，鼠群雖然成千上萬，可是在火焰噴射器的燒灼下全都被嚇破了膽子，開始還有不少冒死前衝，很快這些老鼠就意識到衝上去只有送死的份兒，一個個潮水般向四周退去。

瞎子也躍躍欲試準備往下跳的時候，卻被周曉蝶一把拉住，聽到下方老鼠被燒灼的吱吱慘叫聲，周曉蝶嚇得臉色蒼白，幾乎就要吐出來了。若是瞎子也走了，她一個人該如何是好。瞎子拍了拍她的手背安慰道：「你不用怕，我去去就來。」，羅獵在下面，他決不能坐視不理。周曉蝶沒有說話，非但沒有放開手反而抓得更緊了。

下方傳來張長弓的聲音：「安翟，你不必下來，照顧好小蝶，我們已經足可應付這些老鼠！」

羅獵經歷連番磨難，此刻宛如泄了氣的皮球，癱坐在冰涼的地面上，雙手支撐著身體，望著周圍四處逃竄的老鼠，非但沒有感到恐懼，反而從心底感到慶幸，如果張長弓他們再晚一刻到來，只怕他們就已經成了這些瘋狂老鼠的點心。

顏天心靠在羅獵的肩頭，整個人猶如虛脫一般，為了和羅行木抗爭，她用金針刺穴激發了自身潛力，這種方法對身體的傷害極大，身體內力的極度透支讓她甚至連站立起來的力量都沒有，否則她又怎會如此親密地靠在羅獵的身上。

鼠群來得快，去得也快，在張長弓和阿諾兩人加入戰團之後，火焰噴射器已經將這裡變成了老鼠燒烤大會，不到五分鐘的功夫，老鼠已經逃得一乾二淨。

阿諾打掃戰場的時候，張長弓來到羅獵的身邊，伸出大手輕輕拍了拍他的肩頭表示安慰。羅獵笑了笑，甚至連感謝的話都累得說不出口，其實朋友之間有些話根本不必說，只需一個眼神彼此就已經心領神會。

山洞雖然很大，可是到處都是一股焦臭的味道，讓人聞之欲嘔，羅獵和顏天心找了個通風處休息，阿諾和張長弓兩人則在四處搜尋出路，既然羅行木是從這裡逃離的，出口應該就在這附近。

瞎子也和周曉蝶來到了下面，老友劫後重逢自然開心不已，這貨本來就是個嘴巴閒不住的角色，一旦打開了話匣子自然如黃河之水滔滔不絕。

羅獵經過短時間的休息和調整之後，體力有所恢復，他和瞎子說起別後經歷，瞎子聽說麻雀又被羅行木劫走，氣得也是摩拳擦掌，免不得惡毒咒罵了幾句，可看到羅獵有氣無力的模樣，也知道他為了救麻雀已經盡了最大努力，於是知趣地閉上了嘴巴，以免多說話又影響羅獵的心情。

張長弓和阿諾的搜索卻無功而返，他們找到了一個洞口，循著洞口走了一里左右，發現前方坍塌，應該是被人為爆炸封閉，想要通過那裡已經沒有可能。對羅獵來說最艱難的時候已經撐過去了，現在至少同伴們全都平安相聚，彼此間也可有了照應。

幾人商量如何離開，最終的意見都放在了頭頂的那道鐵門上，炸開鐵門或許就能夠找到通路，阿諾主動請纓去實施這次爆炸。幾人商量的時候，顏天心獨自在遠處調息，睜開美眸，發現羅獵已經回到自己的身邊，唇角露出一絲淡淡的笑意：「你的命果然很大。」

「彼此彼此！」羅獵笑著在她身邊坐下，目光投向上方的石樑，看到仍然耷拉在石樑上的半截軟鞭，不由得想起他們在即將墜落之時的那番對話，羅獵故意道：「還好咱們的這身皮囊齊齊整整。」

顏天心自然知道這廝在提醒自己什麼，俏臉微微有些發熱，居然不敢去看羅獵，轉向一旁，迴避羅獵的目光，輕聲道：「有沒有商量出離開的辦法？」

羅獵雖然和顏天心接觸的時間不是很久，卻知道她為人孤傲矜持，有些話過分提起反倒不好，跟她開玩笑也要把握尺度，點了點頭將剛才他們商量的結果告訴了顏天心。

顏天心道：「那個羅行木當真是你的叔叔？」

羅獵在奉天和羅行木見面之後並未懷疑過這件事，可接連發生那麼多事情之後，他對羅行木的所作所為已經產生了極大懷疑，甚至包括他跟自己的關係。羅獵坦誠道：「這個人老奸巨猾，城府極深，他的話現在我是一句都不信。」

顏天心道：「如果我沒看錯，他應當被黑煞附身。」

羅獵皺了皺眉頭，鬼魂附身的事情他向來自認為是民間傳說，只是一種迷信的說法，根本沒有任何的科學根據，不過羅獵也沒有反駁。

顏天心道：「剛才你有沒有留意他的那雙眼睛？」

經顏天心提醒，羅獵方才回憶起，在剛才生死相搏的時候，羅行木的那雙眼睛似乎被黑氣籠罩，看不到眼白，難道那就是她所謂的黑煞？

顏天心道：「黑煞附體有輕有重，他卻是到了邪魔入心的地步。」

羅獵道：「這個人我並不瞭解，只知道他當年曾經來到蒼白山探寶，誤入某座金國大墓，發生了一連串詭異的事情。」

「你可知道他們去了什麼地方？」

羅獵搖了搖頭，低聲道：「只能確定他們來了蒼白山，當年他們組建的那支探險隊在進入墓葬之後，最終活著離開的只有兩個人。」

顏天心小聲道：「其中一個就是羅行木？」

羅獵點了點頭：「還有一個是麻雀的父親麻博軒，他是燕京大學的考古學專家，研究古文字出身，在國內外享有極高的聲譽。」

顏天心此時已經猜到花姑子就是麻雀，也就是麻博軒的女兒。

羅獵繼續道：「他們兩人逃離之後，喪失了中間的某段記憶，而且他們很快就發現正在以驚人的速度衰老，如果羅行木在這件事上沒有撒謊，他只是四十出頭的年紀。麻博軒也是如此，離開蒼白山三年之後他就已經壽終正寢。」

顏天心咬了咬櫻唇：「除此以外，還有沒有其他的線索？」

羅獵想了想，然後掏出匕首在岩石上刻劃了四個字，這四字是用夏文寫成。

顏天心借著嘎斯燈的光芒望著羅獵寫下的四個字，喃喃道：「**擅入者死！**」

羅獵心中一震，他並沒有想到顏天心居然也認得夏文，事實上顏天心所認識的僅僅是這四個字而已，她臉色蒼白，美眸充滿了驚恐的光芒，顫聲道：「他們果然進入了九幽秘境！」

羅獵從未聽說過什麼九幽秘境，可是從顏天心的反應來看，那應該是一個讓人生畏的地方，否則以顏天心的強大心態不會流露出這樣的惶恐。顏天心有些急切道：「這四個字是不是被刻在他們的身上？」

羅獵愣了一下，顏天心怎麼知道？他點了點頭道：「不錯！」

阿諾安放好了炸藥，重新回到了下面，提醒眾人遠離剛才炸開的地洞，以免被這次爆炸引發的衝擊波誤傷。羅獵重新開始審視他們目前的處境，雖然他急於將麻雀救出，可是擺在他們面前的首要問題就是離開藏兵洞。

瞎子湊到阿諾身邊，低聲道：「這次能成嗎？」

阿諾點了點頭道：「我辦事你放心！」確信所有人都已經找好隱蔽，阿諾點燃了引線。

眾人的目光追隨著燃燒的導火線，隨著導火線的迅速縮短，所有人都變得緊張了起來，瞎子忽然又想到了一個問題：「我說金毛，你用了幾個炸藥包？」

阿諾伸出了四根手指頭。

瞎子目瞪口呆：「我靠，你不怕把這裡給炸塌了？」

阿諾經他提醒若有所悟：「你這麼一說，好像量真有些大！」此時想起這件事也已經晚了，他的話音剛落，炸藥包就已引爆，來自頭頂的爆炸震得地動山搖，這貨果然用足了份量，比上次份量大上四倍，爆炸的中心雖然在上方鐵門旁，可是遠離中心點的幾人都感到了這毀天滅地的威力，煙塵四起，沙石亂飛，連剛才被燒死的老鼠都原地飛了起來，瞎子為了緩解爆炸而產生的雙耳壓力，下意識地張大了嘴巴，卻感到迎面飛來了一個黑乎乎的物體，不及閉嘴，那東西已鑽到了嘴裡，卻是一隻被爆炸迸飛的死老鼠，瞎子噁心得差點沒把膽汁給吐出來。不過也幸虧是死老鼠，如果是一塊石頭，恐怕他小命都要玩完。

羅獵一邊咳嗽一邊從塵土中爬起身來，埋怨道：「阿諾，你不要命了？」

張長弓大手蒲扇一樣搧動，試圖驅散面前的灰塵，等他看清周圍的環境，率先爬了上去，讓張長弓目瞪口呆的是，阿諾加足份量的爆炸仍然沒有將鐵門炸開，鐵門紋絲不動。

得知結果，瞎子只差沒破口大罵了，一邊擦著嘴巴，一邊指著阿諾，醞釀著挖苦他的語言。可就在此時，前方又傳來轟隆一聲，卻是山洞頂部發生了部分坍塌，眾人舉目望去，鐵門雖然還在，可是鐵門的後方地面被震出了一個大洞，阿諾搞清楚狀況之後，樂得哈哈大笑：「我就知道，這次一定行！」

瞎子將那隻被他吐出來的死老鼠向阿諾扔去，然後惡狠狠道：「你不吹牛能死？」

眾人從坍塌的落石堆爬到上方，那道被焊死的鐵門仍然屹立不倒，從露出的邊緣可以看出這道鐵門的厚度竟然接近一尺，難怪兩次爆炸，將周圍的岩層震碎，這鐵門依然絲毫無損。

瞎子充滿好奇道：「蕭天行在藏兵洞內鑄造這麼堅固的鐵門為了什麼？」

顏天心道：「提防外人進入，也許其中還藏著重要的武器。」她用手帕蒙住口鼻，這樣可以起到一些隔絕煙塵的作用。

張長弓打開手電筒，照亮前方，前方是一個寬闊的通道，而且越走越是寬闊，地面極其平整，是外面標準的鋪裝路面。利用手電筒的光束照射周圍，看到這裡應該是完全用人工開鑿出來的巨大洞府，牆壁上繪製著巨大的龍旗，乍看上去還以為是滿清的國旗，可仔細一看圖形與傳統的龍旗完全不同，和大清龍旗的威風凜凜霸氣側露不同，這條龍通體漆黑，雙目慘白，最奇特的是它背後生有兩翼，龍爪繪製得如同乾枯的骨節一般，從頭到腳透露出一種無法描摹的詭異。

拐過前方的拐角，眾人眼前豁然開朗，這裡比剛才還要寬闊，路面的寬度已經可以容納六輛馬車並行，道路筆挺直通遠方，誰都想不到在凌天堡下方的藏兵洞內竟然還藏著一個巨大的廣場。

更讓他們意想不到的是，廣場上停泊著一架飛機，飛機通體塗裝成紅色，宛如一隻巨大的蜻蜓靜靜棲息在黑色的廣場中心。

在羅獵幾人還在無法相信自己眼睛的時候，阿諾已經興奮的大叫起來，然後以驚人的速度奔向那架飛機，這廝曾經是英國皇家空軍的王牌飛行員，對飛機有著超乎尋常的感情，來到中國之後，別說開飛機，就是連見的機會都很少，沒想到在這遠離城市的荒山野嶺，在黑虎嶺山腹之中竟然藏著這樣一個飛機場，而且上面還停著一架飛機。

飛機為現時常見的三翼，布蒙皮結構，螺旋槳單發動機驅動，正常情況下可以承載兩人，一人負責駕駛，一人負責投彈射擊。阿諾爬到了飛機裡，坐在駕駛位上，激動得手舞足蹈，瞬間找回了自己在皇家空軍傲笑長空的威猛感覺。

其餘人雖然在這裡看到飛機感到驚奇，可沒有一個人像阿諾那樣興奮，按照瞎子的說法，那玩意兒能當飯吃嗎？那玩意兒能帶我們安全離開嗎？在目前這種狀況下，尋找出路才是最重要的事情。

阿諾待在飛機上的時候，其餘隊友都忙著尋找出路，在距離飛機前方五百米的地方又遇到了一個大鐵門，還好這次鐵門沒有焊死，瞎子利用他的空空妙手打開了門鎖，羅獵和張長弓分別推開了一扇大門，前方有光芒透射進來，兩人的眼睛都因為在黑暗中太久，反倒適應不了突然出現的強光，下意識地閉上眼睛，過了好一會兒方才適應了前方的強光。

羅獵率先睜開雙目，他瞇起雙目，盡可能減少強光的刺激，卻見前方出現了一道七彩光芒，羅獵以為是自己眼花，用力眨了眨眼，定睛望去發現自己並沒看錯。向前走了幾步，方才發現了七彩光芒的成因，前方出口被厚厚的冰層封凍住，陽光照耀在冰層上，冰層對光線起到了折射的作用，白光通過折射化為七彩，所以才在他們的眼前呈現出如此瑰麗多彩的光影。

張長弓來到冰層前伸出手掌拍打了兩下，冰層很厚，想要靠人力打通可能性不大，不過還好他們帶來了不少的炸藥，有一點能夠斷定，打通這道冰層就可以離開困境，冰層之外應該再無屏障，否則陽光也不可能投射進來。

這次的爆破非常順利，有了前兩次的經驗，阿諾這次只用了兩個炸藥包，就將外面的冰層炸裂，冰層破裂之後，一股強勁的山風撲面而來，捲起冰粒拍打在第一時間來到洞口的羅獵和張長弓身上，讓他們險些透不過氣來，兩人扶著炸裂冰洞的邊緣，向外面望去，不由得大吃一驚，外面並非是出路，洞口外是一面近乎垂直的懸崖，從他們所在的位置到山下，至少還有三百米的距離，抬頭向上望去，但見上方晶瑩剔透的冰瀑層層疊疊懸掛，有若瓊花玉樹，又如萬劍倒懸。

張長弓對蒼白山一帶的地形極其熟悉，四顧觀察之後，馬上就確定了他們現在所處的位置，這裡乃是黑虎嶺後山的聽雪崖，聽雪崖冬日聽雪，夏日聽濤，皆因聽雪崖上有一道瀑布。

這瀑布名為奔雷瀑，每到夏日冰雪消融，瀑布從峰頂飛流直下，有如銀河自九天墜落，空谷回聲，萬馬奔騰，勢如驚雷。等到了深秋，隨著氣溫的轉冷，山頂開始封凍，瀑布也凝結成冰，遠遠望去，有若一柄巨劍高懸於聽雪崖之上，陽光折射，光影變幻，異彩紛呈。

張長弓在過去就曾經多次遠眺過奔雷瀑，只是他從未想到過奔雷瀑後還藏有如此玄機。剛才的爆炸剛好將外面的冰瀑炸開，也打通了洞口。只是即便看到了外面的白山黑水，他們也無法從這裡出去，張長弓沉吟片刻搖了搖頭道：「咱們或許要另找出路。」

羅獵沒有說話，可心中並不認為還有其他的出路，羅行木離開的那條道路已經被炸毀，以他們目前的狀況是不可能打通那條道路的。他們一路搜索而來，除了這條路並未發現還有其他的道路。

阿諾躡手躡腳來到洞口處，向外面看了看，被冷風刺激得忍不住打了兩個噴噓，揉了揉鼻子道：「那飛機沒有問題，我檢查過了，沒什麼毛病，油箱還有一些油料，或許能夠帶我們離開。」

羅獵雖然沒機會乘坐飛機，可是對這種新奇的交通工具還是有所瞭解的，曾經不止一次見過這東西在空中飛行。素來膽色過人的張長弓瞪大了眼睛看了看阿諾，又看了看那飛機，伸手指了指飛機道：「你是說，那東西能飛起來？」

阿諾指了指洞口道：「還不夠大，需要把洞口再擴大一些，這樣就不至於碰到翅膀。這架飛機一次最多能夠承載兩個人，也就是說，我每次能夠運送一個，咱們一共六個人，我要往返五趟才能將所有人送到安全的地方。」

張長弓仍然有些無法相信：「那東西能飛起來？」

阿諾笑道：「別忘了我過去是幹什麼的，英國皇家空軍，別說是飛機，就算是摩托車插上兩個翅膀我一樣能讓它飛起來。」

「你不吹牛能死！」瞎子也來到了他們的身後，冰瀑被炸開之後，外面的冷風不停吹入洞內，裡面氣溫驟降，瞎子也是噴嚏連連。

羅獵倒沒覺得阿諾在吹牛，眼前的狀況下，阿諾提出的方案應當是最為可行的。他轉身來到那架飛機旁，阿諾跟了過來，低聲道：「這架飛機應該是放在這裡當收藏品的，至少有一年未曾啟動過，不過還好油箱裡有燃料。」

「你確定它能飛起來？」

阿諾笑了起來：「不試試哪能知道？」他爬到了飛機裡，啟動引擎，第一次並沒有成功，瞎子抱著膀子站在飛機前面看熱鬧，不忘說風涼話道：「我看你還是別逞能了，這東西不可靠！」

阿諾搖了搖頭，再次啟動引擎，這次居然成功，螺旋槳飛速轉動起來，瞎子猝不及防，被風吹得幾乎站不住，身體踉踉蹌蹌向後退了幾步，頭上的棉帽被風吹掉，落在地上滴滴溜溜向外面滾去，瞎子慌忙去抓，可終究晚了一步，眼睜睜看著棉帽從洞口掉了下去。

阿諾樂得哈哈大笑，他熄滅了引擎，舉起雙臂豎起兩根大拇指，向眾人道：「絕無問題！現在咱們只需要將洞口擴展開來，清掃路面上的障礙，選定最近的降落地點就行。」

前兩個條件對他們來說並不困難，至於降落地點這需要熟悉當地環境的人來定，張長弓自然成了唯一人選，按照阿諾的想法，這個人應該是第一個乘坐飛機隨同他撤離的人。

張長弓對乘坐飛機打心底抗拒，可事到如今，也只能硬著頭皮第一個上去。坐在機艙內，他仍然對這木結構蒙著帆布的大號風箏沒底，有些緊張地吞了口唾沫，羅獵看出他的緊張，爬到飛機上，拍了拍張長弓的肩膀安慰他道：「沒什麼好怕，阿諾參加過無數次空戰，絕對靠得住！」

張長弓咧嘴笑了笑，笑容顯得有些古怪，心中暗歎，到了這種地步等於是上了賊船，只能把性命交給阿諾來支配了。

阿諾準備啟動飛機，眾人紛紛選擇遠離，瞎子這次學了個乖，牽著周曉蝶跑得最遠，周曉蝶傾耳聽著螺旋槳轉動的聲音，心中也充滿了好奇。

飛機開始緩緩啟動，眾人跟在飛機的後方奔跑，飛機越開越快，迅速拉開了和其餘人的距離，張長弓看著眼前的景物急速向後倒去，再看前方，距離洞口已經近在咫尺，嚇得他捂住面孔，有生以來他還是頭一次這麼害怕。

飛機衝出了洞口，並未馬上攀升，而是有一個明顯的下降，強烈的失重感讓張長弓感到自己的內心就要從嗓子眼裡跳出來，他睜大雙眼，從心底發出一聲驚恐的大叫。

羅獵第一個衝到洞口，看到那架紅色的飛機從下方迅速爬升起來，正午陽光下，紅色的身影在藍天白雪的映襯下顯得異常鮮豔。阿諾操縱著飛機，在空中迅速爬升，然後接著做了一個三百六十度的轉體，惡作劇的他顯然沒有顧及身後張長弓的感受。

瞎子望著飛機在空中翱翔的自由身影，滿臉都是羡慕，他感歎道：「不錯，不錯！金毛這次又該得意了。」

在將張長弓送到最近的降落地點之後，阿諾迅速返回，接連將瞎子、周曉蝶送和顏天心送了出去，幾番往來之後，眾人對阿諾的飛行技術已經建立起極大的信心，羅獵選擇在最後一個離開。登上飛機，回身看了看後方的洞口，想起在凌天堡內發生的一切，恍如夢中。

阿諾遞給他一個風鏡，羅獵戴好，又將自己綁好在座椅上，阿諾大叫道：「這是今天我們最後一次飛行。」

羅獵呸了一聲，大吉大利，這貨也是一張破嘴，什麼話都亂說，中國人凡事都講究個吉利，怎麼叫最後一次。

阿諾也意識到自己這話說得有些毛病，嘿嘿笑了一聲道：「坐穩了，兄弟們都等著咱們慶功呢。」他準備飛行的時候，卻聽到外面傳來轟隆隆的聲音。兩人舉目望去，只見洞口竟然飄落了不少的雪花，阿諾愕然道：「下雪了？」

羅獵搖搖頭，心中產生了一種不祥預感，催促道：「趕快離開這裡！」

「你們看！」已經平安落地的張長弓指著黑虎嶺的方向，先行到達的顏天心和瞎子順著他所指的方向望去，瞎子的目力在強光下畢竟有限，眼前白茫茫一片，他看不清到底發生了什麼狀況，顏天心卻看得清清楚楚，陽光下山頂處如煙似霧，雲蒸霞蔚，卻是山頂發生了雪崩，這場雪崩應該是他們在爆炸冰瀑的時候引發的，積雪從聽雪崖上飛泄而下。因為下方就是懸崖，所以這樣的雪崩在正常狀況下不會帶來太大的危害，可是羅獵和阿諾仍在山洞之中，顏天心因為驚恐，右手下意識地掩住了櫻唇。

張長弓也是擔心不已，可是他也只能靜觀其變，愛莫能助，剩下的唯有默默祈求上天，期望羅獵和阿諾兩人能夠逃過這場劫難。

轟隆隆的奔雷之聲不停傳來，羅獵和阿諾都已經意識到發生了什麼，飛機的速度已經提升到最大，雪崩引起的落雪變得密集，阿諾就快看不清洞口外的情景，另一個他們看不到的危機也在悄然而至，上方中斷的冰瀑在爆炸中產生了裂痕，此時也已經徹底斷裂，貼著絕壁緩緩下墜。

阿諾發出一聲怒吼，開弓沒有回頭箭，他橫下一條心操控飛機向洞口衝去，飛機衝出洞口的剎那，斷裂的冰瀑夾雜著漫天的雪花也在同時落到了洞口的上緣。羅獵抬起頭，看到冰山一樣的巨大冰塊就在自己的身後落下，堵住了他們剛剛飛離的洞口，和下方冰瀑的殘端撞在一起，劇烈的衝撞，碎裂出成千上萬的冰塊，冰塊宛如流星般四散飛去，衝撞引發的氣浪從後方拍擊在飛機上。

飛機猶如斷了線的風箏，隨著氣流在空中旋轉翻騰。

阿諾和羅獵感到天旋地轉，冰塊不停撞擊在飛機上，拍打在他們的身上，兩人的額頭都被碎裂的冰塊劃出了數道血痕，阿諾死死抓住操縱杆，雖然現在根本就無濟於事，可是他不能放棄，因為放棄就意味著死亡。

羅獵大吼道：「堅持住，你能行！」

阿諾的腦袋又被冰塊重重砸了一下，雖然有棉帽的緩衝，仍然感到眼前一黑，阿諾感覺自己就要昏過去了，他再也支持不下去，哀嚎道：「上帝啊！」他認為必死無疑，竟然鬆開了操縱杆。

羅獵怒吼道：「你是不是戰士？別侮辱戰士的名字，別讓瞎子瞧不起你！」

阿諾聽到他的怒吼，昏沉的頭腦居然恢復了些許清醒，他重新抓住了操縱杆，咬牙切齒地咆哮著：「操！瞎子，你敢取笑我！你特媽敢取笑我！我靠！」

羅獵雖然是個牧師，可他早就知道生死關頭上帝不會來救你，想要活下去只能依靠自己。阿諾祈求上帝的時候，他就意識到阿諾準備放棄了，如果他會開飛機，一定爬過去搶過阿諾的操縱杆，可是他做不到，唯一能做到的就是喚醒阿諾，激發這廝的鬥志，不僅僅是為了阿諾，也是為了自己。

阿諾一邊爆著粗口，一邊倔強抓住了操縱杆，雖然他的努力目前還沒什麼用處，這可憐的飛機如同一片秋風中的枯葉被吹來打去。阿諾堅持著，儘管頭破血流，儘管鼻青臉腫，他仍然堅持著，他將恐懼和痛苦化為咒罵，這咒罵大都送給了已經平安落地的瞎子。

羅獵望著漫天飛雪，飛雪遮天蔽日，他彷彿置身於驚濤駭浪的茫茫大海中，耳邊響起一個聲音：「如果有一天我離開了你，你會不會想起我？」

羅獵的鼻子沒來由感到一陣酸澀，他閉上眼睛，眼角處竟然落下了兩顆熱淚，然後他張開雙臂，彷彿要擁抱天空，擁抱這個即將告別的世界……

「操！」阿諾的粗口將羅獵重新拉回到現實中，遍體鱗傷的小飛機在經歷冰雪的暴虐之後，竟然神奇地衝了出去，頃刻之間風平浪靜，陽光溫暖，突然周圍平靜得有些不現實。

羅獵有些不可思議地睜大了眼睛，轉過頭去，確信他們已經脫離了危險，身後的聽雪崖已經被籠罩在雪霧之中，他的聽力又開始漸漸恢復，斷裂的冰瀑相撞的聲音仍然在繼續，猶如雷聲滾滾，讓人驚心動魄。

阿諾也意識到他們從人間煉獄中逃了出來，欣喜若狂的大笑起來，可他高興得太早，剛剛將飛機成功控制住，歷盡磨難的螺旋槳竟然停止了轉動，飛機筆直向下落去，阿諾和羅獵同時大叫起來。

墜落了一段距離，發動機再度啟動，兩人都是心理素質極強之人，可此時也被這一連串的變故折騰得即將崩潰。阿諾好不容易控制住了飛機，看到發動機冒起了黑煙，螺旋槳的轉速明顯開始減慢，他向羅獵大聲道：「看來，我們飛不到目的地了！做好準備，我要迫降，緊急迫降！」

羅獵點了點頭：「我相信你，一定成功，咱們不能讓瞎子笑話！」

阿諾全神貫注地操縱著飛機，飛機的翅膀在空中來回搖擺，飛行的高度迅速下降，發動機已經冒起了黑煙，飛機拖著長長的黑煙掠向滿是雪松的樹林，阿諾望著越來越近的雪松林，從心底發出一聲大吼：「瞎子！我操你大爺……」然後就駕駛著飛機義無反顧地向下方衝去。

飛機的底部貼著雪松滑過，劇烈的顛簸差點將兩人甩出去，然後兩隻機翼先後撞擊在樹幹上，飛機如同被折斷雙翼的鳥兒一般從雪松的間隙中衝了下去，雪松的枝葉瘋狂拍打在兩人身上，阿諾此時也放開了操縱杆，就算他握著也起不到任何作用，現在他能做的就是俯下身子，將腦袋盡可能地放低，雙臂護住面部，蜷曲得就像一個嬰兒，這樣的姿勢可以將可能受到的傷害降到最低。

羅獵和阿諾保持著驚人的同步，只剩下座艙的飛機終於落在了雪地上，可是速度仍然沒有完全減緩下來，在雪地上急速滑行，因為地形的不平而劇烈顛簸，兩人的大叫聲也被顛簸賦予了顫音聲效，樹林中遍佈合抱粗的大樹，幸好這脫韁野馬一般的飛機並未與樹幹正面相撞，在樹林的間隙中滑行出一段距離之後，速度終於漸漸放緩，最終停了下來。

不巧的是，飛機停下的地方卻是一個冰溝，冰溝不知有多深，飛機的前半部都已經衝到了冰溝上緣，阿諾驚魂未定地抬起頭，感覺飛機的前部正向下方栽去，慌忙身體後仰，羅獵本想站起，卻被阿諾喝止。

羅獵也將身軀後仰，阿諾示意羅獵別動，自己慢慢解開安全帶，準備向後爬去，飛機頭部卻傳來篤的一聲，舉目望去，卻是一隻松果掉到了飛機頭部，兩人都被驚出了一身冷汗，阿諾擦了擦額頭的冷汗，準備開始逃離行動，機頭又傳來篤的一聲，卻是一隻胖乎乎的小松鼠從雪松上跳了下來，追逐那顆落下的松果。伽利略曾經說過，給我一個杠杆，我可以撬動整個地球。這小松鼠肯定不知道這件事，然而牠的出現卻成為了壓垮駱駝的最後一根稻草，小小的身軀傾覆了整個飛機，原本處於平衡狀態的飛機因為牠的出現頓時失衡，飛機一頭向冰溝內栽了進去，羅獵和阿諾兩人根本來不及逃離座艙，唯有發出驚恐的大叫。

小松鼠被兩人的大叫聲嚇到了，松果丟到了一邊，一溜煙逃到了雪松上，然後又從松枝上小心翼翼地探出腦袋，誠惶誠恐地望著墜入冰溝內的古怪傢伙。

驚恐多半源於未知，飛機沒有落入冰溝的時候害怕，可真正墜落下去，就發現冰溝不過三米多深，壓根沒什麼好怕。

兩人解開安全帶，從座艙裡狼狽不堪地爬了出來，經過一連串的折騰螺旋槳已經變形，發動機冒著黑煙，其中已有火苗燃燒了起來。阿諾知道發動機很可能燃燒爆炸，他示意羅獵儘快離開，兩人連滾帶爬逃出了冰溝，腳剛來到雪地上，冰溝內的飛機殘骸就發生了爆炸，他們下意識地撲倒在雪地上，等到爆炸平息，這才相互攙扶著坐起身來，冰溝內濃煙滾滾，那架飛機已完成了它的歷史使命。

羅獵和阿諾對望著，都看到對方一臉驚魂未定的表情，兩人同時笑了起來，又同時伸出手去在對方的肩膀上捶了一拳，阿諾不巧正捶在羅獵受傷的左肩，羅獵痛得皺起了眉頭。

阿諾搖了搖頭，忽然想起了什麼，啐了口唾沫，大吼道：「瞎子！我操你大爺！」是吶喊更是發洩，其中帶著劫後重生的無盡喜悅。

遠處傳來瞎子憤怒的回應聲：「金毛，我特馬招你惹你了，你為啥罵我？」一

羅獵轉過身去，看到了氣喘吁吁的顏天心，看到了激動萬分大步而來的張長弓，雪花一片一片從空中飄落，他忽然發現，這個世界依然如此美好，依然值得他去留戀……

第八章

當年探險的秘密

羅獵的內心變得沉重起來，種種跡象表明，
顏天心掌握了羅行木和麻博軒當年探險的秘密，
或許她所說的九幽秘境就是羅行木一行迷失的地方，
他們的衰老和喪失記憶，發生了那麼多的改變可能都源於此，
羅獵幾乎能夠斷定，羅行木劫持麻雀，
就是想要利用麻雀解讀他心中的謎題。

聽雪崖的這場雪崩驚動了凌天堡內不少人，蕭天行雖然遇害，可是凌天堡並沒有亂，九位當家，有兩個於今日遇害，不過還有七位當家，緊急會議剛剛結束，已經推舉出狼牙寨的新任寨主，黑虎嶺的當家人。琉璃狼鄭千川的當選並無異議，是眾望所歸也是理所當然。素來驕橫傲慢的蘭喜妹第一個提議，疤臉老橙程福海和綠頭蒼蠅呂長根附議，黃皮猴子黃光明本來就和鄭千川交好，自然雙手贊成，這已經超過了有權表決的半數，剩下的兩個遁地青龍岳廣清和紫氣東來常旭東並未列席會議，據說岳廣清率人前往藏兵洞追蹤敵人，而紫氣東來常旭東從刺殺開始就沒有露過面。這兩人在狼牙寨本來就居於靠後的地位，他們的意見無足輕重，改變不了大局。

在接替蕭天行位子的事情上，鄭千川表現出一如既往的虛偽，假意謙讓一番，又拿捏出極不情願的樣子，不過他這個寨主當得並不開心，原本以為狼牙寨的命運是因為自己的謀略而從根本改變，可是蘭喜妹身分的表露讓他的內心中蒙上了一層巨大的陰影，他心中明白，只要蘭喜妹在一天，他就不可能成為這裡真正的主人。

岳廣清大步走入聚義廳內，他已經知道了會議的結果，在選出狼牙寨新任寨主的時候，他正忙於追擊那些潛入者，結果並不理想。

其他人大都已經散去，只有鄭千川留在那裡，看到岳廣清前來，鄭千川的表情非常和藹，岳廣清雖年輕，卻是蕭天行生前最為器重的一個，深得他的信任，蕭天行將狼牙寨的對外關係交給了鄭千川，將後勤供給交給了對他有再造之恩的洪景天，將藏兵洞和軍備交給了岳廣清。岳廣清究竟掌握了凌天堡的多少秘密，除了蕭天行沒有其他人知道。

今天為對手逃離創造奇功的坦克，還有剛才從聽雪崖幾度折返飛出的紅色飛機，這些事情連身為軍師的鄭千川都不清楚。

岳廣清將自己前去追擊的情況向兩人簡單稟報了一遍。

鄭千川皺了皺眉頭：「你是說，那坦克和飛機的事情你早就已經知情？」

岳廣清似乎有些顧慮。

鄭千川道：「你不必顧忌，咱們都是同生共死的兄弟，沒什麼需隱瞞的。」

岳廣清道：「坦克的事情我清楚，可飛機的事情我從未聽說過。」他從懷中取出了一封信，遞給鄭千川道：「其實大哥和北滿督軍張同武一直都有聯絡，我們的許多武器，都是張督軍幫忙提供，那輛坦克就是張督軍的關係購入。此前大哥已經秘密接受張督軍的委任，擔任蒼白山野戰軍總司令。」

大清滅亡，民國建立，可是中華大地並沒有迎來希望中的和平，而是不可避免地陷入地方割據和軍閥混亂之中，滿洲大地形勢極其複雜，因為重要的地理位置，豐富的礦產物資，這裡成為周圍列強爭相據為己有的肥肉，先是被沙俄的勢力侵佔，後來日本人為了搶奪利益和沙俄之間爆發了日俄戰爭，最終以日本人的勝利告終。然而這種勝利其實是一種雙方討價還價彼此退讓的結果，最終的受害者是中華百姓，戰爭的本質就是他們在中國的土地上打了一場搶奪中華利益的戰爭，而真正的受害者卻只能眼睜睜看著他們蹂躪，等待他們分割。

民國建立之後，表面上日俄都做出了不少讓步，可實際上卻只是各自尋找了代言人。南滿督軍徐北山，北滿督軍張同武，雙方一個親日，一個親俄，在日俄的背後支持下，在滿洲展開了明爭暗鬥。

鄭千川和葉青虹一方的聯絡結緣於北滿督軍張同武，葉青虹以扶植鄭千川上位為條件，而鄭千川也希望藉此打通和北滿督軍張同武的關係，葉青虹恰恰和張同武的寶貝兒子，人稱北滿少帥的張凌峰相交莫逆，在鄭千川看來，搭上張凌峰就等同接近張同武。當然他的目的絕非是為了親近北滿軍閥，而是為了將之清除。他是日本玄洋會社的骨幹，他的使命就是清除異己，為天皇侵佔整個滿洲。之所以選擇從蒼白山黑虎嶺入手，是因為蒼白山在滿洲的重要地位，坐望南北，而且蒼白山林木豐茂，礦產豐富，是滿洲重要的資源儲存地，掌握蒼白山不但掌握了滿洲的重要礦脈，而且掌握了戰略高地。

上方為了拿下蒼白山也是不惜力量，在今日之前鄭千川並不知道蘭喜妹也和自己抱著同樣的使命，一方面可以看出上方對狼牙寨的重視，從另一方面也能夠看出他們對自己並沒有報以太大的信心。

岳廣清的這封信在某種意義上帶有投名狀的性質，鄭千川看完那封信沉默良久都沒有說話，心中暗暗考慮岳廣清的真正來路，狼牙寨的這幫人看來都抱有不可告人的目的。自己是這樣，蘭喜妹是這樣，現在連岳廣清也是這樣。從信的內容可以看出蕭天行已經倒向了北滿督軍張同武，這老狐狸竟然一直瞞著自己，此前沒有流露出半點風聲。

岳廣清道：「大當家，我曾經見過張大帥，他為人豪爽重義，對您也是仰慕已久，如果大當家願意，小弟願前往冰城說明一切。」他向前走了一步，壓低聲音道：「這蒼白山野戰軍司令的位子定然非您莫屬。」

鄭千川唇角露出一絲笑意，他幾乎能夠斷定岳廣清十有八九就是張同武的聯絡人，緩緩點了點頭道：「有些事，心中明白就好，不一定要說出來。」他將岳廣清給自己的那封信湊在燭火上點燃，獨目卻在燭火的映射下透露出一絲寒光。

鄭千川之所以答應和葉青虹方面合作，一是想利用葉青虹除掉蕭天行，另一方面是想通過葉青虹的關係結識張凌峰，現在看來葉青虹似乎已經失去了可被利用的價值。狼牙寨大當家的身分已經足夠引起這位北滿軍閥頭子的重視，也擁有了可以和他討價還價的資格。

雖然鄭千川心底並不情願，可是在玄洋社內部存在著極其嚴苛的制度，每一個成員都必須遵守，岳廣清的事情他並沒有隱瞞蘭喜妹，至於他和葉青虹此前的合作卻是隻字未提。蘭喜妹對此的建議就是順水推舟，將計就計。

後半夜的時候，天空下起了雪，這在冬日的蒼白山是再尋常不過的事情。樹林中的空曠雪地上臨時用樹枝和茅草搭起了三個窩棚，窩棚的中心熊熊燃燒著一堆篝火。

羅獵坐在篝火旁值夜，他本就有失眠的毛病，現在因為肋骨骨折的創痛更加難以入眠，索性把值夜的活攬了下來。雖然暫時逃離了土匪窩，可是並不意味著危機已經度過，此前他們進入蒼白山的時候，就曾經遭遇了猛虎的襲擊，在這寂靜無人的深山雪嶺之中，處處蘊藏著不為人知的危機。不遠處的樹枝上，一隻貓頭鷹正好奇地望著這個徹夜不眠的男子，牠一動不動，大的有些誇張的眼睛和羅獵隔火對視著。

羅獵靜靜望著貓頭鷹，目光平和而溫暖，過了一會兒，那貓頭鷹緩緩閉上了一隻眼睛，這種生物晝伏夜出，往往越是夜晚越是精神，可這會兒卻打起了瞌睡，牠並沒有意識到是因為對面這個年輕人催眠自己的緣故。

身後傳來腳步聲，羅獵決定停下自己的惡作劇，抓起一個小雪球，輕輕一彈，正中貓頭鷹的腦袋，打盹的貓頭鷹被雪球一砸，清醒了過來，晃動了一下腦袋，甩落了頭頂的碎雪，然後振翅向夜空中飛去。

瞎子拿著一條已經凍得硬梆梆的兔腿出來，架在篝火上加熱，然後一溜小跑去附近的樹叢內把憋在肚子裡的那泡夜尿給放了出來。重新回到羅獵身邊，看到羅獵正幫他翻烤那條兔腿，樂呵呵道：「謝了！」

羅獵道：「怎麼醒了？」

瞎子道：「餓醒了，順便起來放水！」

羅獵將烤熱的兔腿遞給了他，瞎子伸手接過，大口大口地吃了起來，啃了兩口想起了羅獵，將啃過的兔腿遞給羅獵，好東西必須要和兄弟分享。

羅獵搖了搖頭道：「不餓！」不由得想起當年他們一起在中西學堂的那段時光，那時候瞎子已經高大壯碩，而自己還非常瘦弱，都是瞎子在照顧自己，有好吃的東西從來都會和自己分享，直到現在他的習慣仍然沒有改變過，和瞎子相比，自己成熟的速度好像更快一些，不過羅獵心底深處卻羨慕瞎子的沒心沒肺，羨慕他的無憂無慮。

瞎子也沒跟他客氣，繼續吃了起來，風捲殘雲般將兔腿吃完，舒舒服服打了個飽嗝。

羅獵望著瞎子一臉的羨慕，這廝能吃能睡，身寬體胖，同人不同命，在瞎子看來最簡單實現的幸福，對自己卻是那麼的艱難。

瞎子充滿同情道：「你又一夜沒睡？」

羅獵的失眠症由來已久，回國之後在他成為黃浦小教堂的牧師之後，曾經有所緩解，可是自從遇到了葉青虹，他就捲入到這場驚心動魄的漩渦之中，他的失眠症又開始加重，開始的時候還能斷斷續續地睡著，後來竟然變得徹夜不眠。失眠讓他開始變得焦慮，情緒受到影響，判斷力自然受到了影響。

瞎子歎了口氣道：「這樣下去你的身體也受不了，可能是太緊張了。」他的聲音突然低了下去：「等咱們回到城裡，找個窯子來上兩炮，保你什麼失眠症都好了。」這貨說話從來都沒個正行。

羅獵對瞎子的這種說話方式早已習慣，白了他一眼，並沒有說話。

瞎子卻從羅獵的反應中感到了他情緒的低落，充滿擔憂地望著這位多年的老友：「羅獵，不如咱們回黃浦吧！」

羅獵點了點頭，瞎子心中一喜，可馬上他就意識到羅獵點頭或許並不是同意他的想法，他和羅獵自幼相識，記得小時候他們一起進中西學堂的時候，羅獵瘦瘦小小，常有同學欺負他，那時的羅獵就表現出超人的倔強和勇敢，遇事不但有智慧有主見，而且做事不屈不撓。這樣的人，又怎會輕易放棄。

羅獵的目光投向熊熊燃燒的篝火：「好，等咱們救出麻雀就回去。」

瞎子沒有提出反對，因為他知道即便是自己反對，最後也一定會被羅獵說服，他的年齡雖然比羅獵大，可在心智上羅獵要遠遠勝過自己。

羅獵抬起手腕看了看時間，現在才是凌晨兩點半，他向瞎子道：「去睡吧，離天亮還早呢。」

瞎子掰斷一根樹枝投入篝火之中，低聲道：「你去睡吧，我守一會兒。」

羅獵笑了起來，露出一口潔白整齊的牙齒：「我不放心你！而且我的確睡不著！」他伸手拍了拍瞎子的肩膀：「去睡吧，養足精力才好照顧周曉蝶。」

瞎子不好意思地笑了，也不再堅持，轉身向窩棚內走去，他和阿諾一間窩棚，沒過多久，就聽到那窩棚內傳來此起彼伏的鼾聲。

顏天心聽到低聲的啜泣，其實這一夜她也沒有睡好，她沒有失眠症，可是在發生了那麼多的事情之後，她又怎能安然入睡？如果不是體力過度透支，她不會選擇留下來休息，自從淩天堡的事情之後，她的內心中就籠罩上了一層濃重的陰雲，總有一種不祥的預感。恨不能現在就飛回天脈山，看看山寨的狀況。此番前來黑虎嶺拜壽，和她同來的共有二十三人，而現在竟然沒有一人還在她的身邊，這其中有玉滿樓那種背叛者，可更多的人或許已經犠牲。

周曉蝶應該也沒睡，蕭天行死後，並未看她哭過，或許她在人前竭力經營著自己的堅強，而現在有了夜色的掩護，她終於可以卸下偽裝。顏天心並未說話，佯裝睡得很熟，這種時候還是不要打擾她的好。

周曉蝶止住了啜泣，過了一會兒，她悄悄坐了起來，右手中寒光一閃，竟然握著一把匕首。黑暗中俏臉上兩點晶瑩的淚痕猶在閃爍，她咬了咬嘴唇，突然下定了決心，根據顏天心的呼吸聲辨別出她所在的位置，然後雙手舉起匕首，狠狠插了下去。

匕首並未如願以償地刺入顏天心的身體，周曉蝶的手中途就已經被顏天心抓住，雖然周曉蝶由始至終都沒有表露出對顏天心的仇恨，可是顏天心卻從她某些細微的疏離舉動中看出了一些端倪，這也是顏天心今晚難以入睡的原因之一。顏天心擰動周曉蝶的手腕，並沒有花費太大的力氣就已經將匕首奪了過來，然後反轉匕首抵在周曉蝶的咽喉之上。

周曉蝶的面孔上充滿了怨恨，她雖然看不到，可是她聽得到，她更猜得到發生了什麼。

顏天心搖了搖頭，放棄了向她解釋的想法，伸手點中了周曉蝶的穴道，周曉蝶感到身體一麻，癱倒在了地上，心中突然感到難言的委屈和自責，是自己太沒用，仇人就在身邊，而她卻無法為父報仇，她傷心啜泣起來，這次並沒有掩飾。

羅獵聽到了來自身後的啜泣聲，從聲音中不難分辨是周曉蝶，一個剛剛失去父親的女孩哭泣並不是什麼特別的事情。飄零的雪似乎突然停了，羅獵站起身活動了一下筋骨，卻看到顏天心走了出來。

顏天心任何時候都給人一種只可遠觀的冷清感覺，雖然她和羅獵剛經歷了一場同生共死的冒險，可脫險之後，她就明顯在迴避羅獵。

羅獵朝她笑了笑，算是打了個招呼。顏天心來到篝火旁坐下，小聲道：「你去休息，我來值夜！」即便是出於對羅獵的關心，也是用這樣硬梆梆的語氣說出，如此美麗不可方物的女人似乎並不懂風情。

羅獵道：「心領了，我也想睡，可是睡不著！」他看了看顏天心：「你也睡不著？」

顏天心將雙腳向火堆移近了一些，裹緊了羊皮襖，溫暖的篝火讓她剛才的不快漸漸從心中消失，小聲道：「我想儘快返回連雲寨。」

羅獵嗯了一聲：「讓他們多睡一會兒吧，大家都太累了。」

顏天心認為羅獵誤解了自己的意思，她補充道：「我一個人走！」其實她在逃離黑虎嶺之後就產生了這樣的想法，剛才周曉蝶行刺她之後，這個念頭就變得越發堅定起來。

羅獵道：「其實你在凌天堡就應當選擇一個人走！」

顏天心被他的這句話給噎住了，可她又不好辯駁，如果不是依靠羅獵和他朋友的幫助，自己很難活著逃離凌天堡。無論她承認與否，都欠了羅獵一個很大的人情。她咬了咬櫻唇，想要開口，卻又覺得自己並無解釋的必要。

羅獵道：「如果有可能的話，我想你幫忙救出麻雀。」

顏天心道：「我們並不知道羅行木把她帶到了什麼地方。」

羅獵撿起一根樹枝，在雪地上寫了四個字，是夏文書寫的，擅入者死！他指點了一下這四個字道：「跟我說說九幽秘境的事情？」

顏天心的表情充滿了猶豫，過了一會兒她仍然搖了搖頭，低聲道：「這件事關乎我們族人的秘密，我發過毒誓。」

羅獵的內心變得沉重起來，種種跡象表明，顏天心應該掌握了一些羅行木和麻博軒當年探險的秘密，或許她所說的九幽秘境就是羅行木一行迷失的地方，此後他們的衰老和喪失記憶，他們發生了那麼多的改變可能都源於此，羅獵幾乎能夠斷定，羅行木劫持麻雀，就是想要利用麻雀解讀他心中的謎題，重新找到當年他和羅行木一起去過的地方。正因為此，麻雀短時間內或許不會有什麼危險。

現在找回麻雀的希望很大程度都寄託在顏天心身上，她既然說出九幽秘境的名字，想必知道具體位置。只要她肯幫忙，找到麻雀的希望應該很大。

顏天心道：「九幽秘境其實只是我們族人世代相傳的傳說，並未有任何一個人能夠證實，不過……」她停頓了一下道：「在天脈山上有一片金國皇陵，五年前被人盜掘，應當就是羅行木那些人所為。」

羅獵心中一亮，五年前正是羅行木和麻博軒、方克文三人為了尋找大禹碑銘組建考古隊深入蒼白山的時候，無論是在和羅行木的對話中，還是麻博軒的筆記中，曾經多次提及金國皇陵，如今顏天心說金國皇陵就在天脈山，那麼可以確定他們當年探險的地方就是天脈山，以此來推論，九幽秘境也應當在天脈山附近。

羅獵道：「我只想救出麻雀，對其他的東西沒有任何企圖！」

顏天心靜靜望著羅獵，換成昨日之前，她絕不會輕易相信他的話。可是在這場同生共死的經歷之後，她在不知不覺中已經放下了對他的戒備，這種信任感，甚至可以託付生命，無論顏天心是否願意承認，都已經成為現實。顏天心道：「天亮之後，馬上出發！」

羅獵笑了起來，他發現自己和顏天心之間變得越來越默契，這種默契並非與生俱來，而是歷經生死之後悄然發生。雖然相識短暫，可是他認為自己已經非常瞭解顏天心，同樣顏天心應該也讀懂了不少的自己。

遠方的天空露出一絲青灰，羅獵將值守的任務交給了顏天心，他舉步向遠處的樹林深處走去，人有三急，這是任何人都避免不了的問題，尤其是對為了排遣寂寞，喝了一夜雪水的人來說。

雪始終稀稀落落地下著，雖然不大，可是卻給人的視線造成了不小的影響，羅獵整理衣服的時候，聽到身後響起拉動槍栓的聲音，於是他的雙手僵在了那裡，身體有若泥塑般站在原地，一動不動，生怕自己的任何動作會引發對方的槍擊，來到這裡之時，他曾經觀察過周圍的環境，並沒有看到任何的腳印，甚至沒有發現動物經過的痕跡，然而意外終究還是發生了。同伴們仍在熟睡，即便是他們醒來，也不會開這種無聊的玩笑。

羅獵不慌不忙道：「如果開槍，我保證你逃不出去。」

硬梆梆的槍口抵在了羅獵的後心，耳邊傳來陸威霖冷酷的聲音：「如果我想殺你，根本不會近距離開槍！」

羅獵唇角露出一絲無奈的苦笑，在凌天堡的時候，他雖然沒有親眼看到陸威霖的身影，可是仍然猜到陸威霖很可能潛伏在周圍。他並不相信陸威霖會對自己下手，除了七寶避風塔符，自己的身上也沒有什麼值得他惦記的東西。果不其然，陸威霖的目標正在於此：「交出塔符，我放你一條生路。」

羅獵歎了口氣，輕聲道：「我能點一支煙嗎？」

「不能！」陸威霖硬梆梆拒絕道。

可是羅獵並沒有將他的話當成一回事，依然掏出了香煙，陸威霖槍口移動抵住了他的後腦，羅獵一手拿著香煙，舉起手來晃了晃，然後道：「只是想抽一支煙，我想咱們這點交情總是有的。」

陸威霖讓他轉過身來，羅獵慢慢轉過身去，看到陸威霖披著白色的斗篷，這樣的裝扮方便他在雪地中隱蔽，別的不說，至少騙過了自己的眼睛。羅獵笑了笑，點燃香煙，抽了一口，然後仰起頭閉上雙目，一臉的陶醉模樣。

陸威霖用槍口指著他的眉心：「不要考驗我的耐心！」

羅獵睜開雙眼望著陸威霖，一字一句道：「東西不在我這裡。」

「撒謊！我明明看到你從蕭天行的身上奪走了塔符！」陸威霖的這句話也將

他當時藏身在附近的事情徹底暴露了。

羅獵道：「我沒必要騙你，也沒要求你一定相信我。」深邃的雙目毫無懼色地盯住陸威霖道：「螳螂捕蟬黃雀在後，葉青虹藏得很深，費盡思量布下這樣的棋局，也真是難得。」

陸威霖冷冷望著他，沒有說話，目光卻在羅獵的身上搜索遊移，他並不相信羅獵剛才的話。

羅獵道：「**下棋人從不會考慮棋子的感受，我是一顆棋子，你也不例外。**」

「匕首丟了，把衣服脫了！」陸威霖不為所動。

羅獵苦笑道：「你果然不近人情！」

陸威霖擺動了一下槍口。

羅獵吐出一口煙霧，叼起香煙，緩緩將上衣脫掉，陸威霖示意他將上衣扔給自己，羅獵唯有按照他的話扔了過去，陸威霖檢查了一下，示意羅獵繼續把鞋子和褲子脫了。

羅獵發現和陸威霖這種人完全沒有人情可談，他先脫下了鞋子，陸威霖顯然連襪子也不肯放過，羅獵脫下襪子，棉褲，只穿著單薄的內衣內褲赤著雙腳站在冰冷徹骨的雪地上。羅獵凍得牙關打顫，他幾度嘗試用催眠術對付陸威霖，可是陸威霖這個冷血殺手，對於外界始終抱有超強戒備，想要成功催眠他實在太難。

陸威霖指了指羅獵的身上：「都脫了！」

羅獵歎了口氣，不由得感歎道：「人和人之間還能有點信任嗎？」他將內衣也脫了下來，身上只剩下一個褲衩。

陸威霖這才蹲下身去，槍口仍然指著羅獵，他將地上的衣服一件件檢查，並沒有發現其中有七寶避風塔符。羅獵在陸威霖注意力轉移的剎那突然啟動了，宛如獵豹一般撲了上去，不等陸威霖舉起槍口就牢牢抓住了對方的槍桿，膝蓋狠狠頂在陸威霖的下頜上，將陸威霖頂得仰頭倒在了雪地上，就勢搶過陸威霖的手槍，一反手，槍托重重砸在陸威霖的臉上。

羅獵熟練地退出彈匣，卻發現彈匣內根本沒有子彈，陸威霖居然用一把空槍恐嚇自己。羅獵馬上意識到，陸威霖應該是只想奪走塔符，並沒有殺害自己的心思，心中的憤怒瞬間平復了下去。

林間的搏鬥聲驚動了外面值守的顏天心，她第一時間衝進來，看到近乎赤裸的羅獵正騎在一名陌生男子的身上，驚得她雙目瞪得滾圓。從顏天心的目光羅獵就知道她一定產生了誤會，不過還好顏天心很快就反應了過來，舉槍瞄準了被羅獵騎在身下的陸威霖。

陸威霖被羅獵接連兩次毫不留情的重擊，已經喪失了反抗的能力，身體大字型癱倒在雪地上，口鼻也被羅獵用槍托砸得鮮血直流。

羅獵將空槍用力丟了出去，然後從陸威霖的身上爬了起來，哆哆嗦嗦跑到自己的衣服面前，以驚人的速度把衣服穿上。

看到羅獵狼狽的樣子，顏天心又是害羞又是好笑，不過她並沒忘記眼前的敵人，走近陸威霖抬起腳來照著陸威霖的小腹就是狠狠一腳，這一腳分明是在幫著羅獵出氣，踢得陸威霖身軀痛苦地佝僂起來，猶如躺在雪地上的一個巨大蝦米。

羅獵穿好了衣服，這會兒功夫已經被凍得嘴唇烏紫，來到顏天心面前，伸手將她的槍口推到了一旁，輕聲道：「你走吧！」

陸威霖幾乎不能相信自己的耳朵，沒想到羅獵這麼容易就放過了自己。

羅獵道：「幫我轉告葉青虹，我跟她從此以後互不相欠，她想要的七寶避風塔符在羅行木那裡。」說完，他向顏天心使了個眼色，兩人轉身離開。

陸威霖的聲音卻又從身後響起：「狼牙寨現在的寨主已經是鄭千川……」

羅獵和顏天心同時停下腳步。

陸威霖艱難地從雪地上坐了起來，抹去口鼻上的鮮血，他向羅獵招了招手，示意羅獵回來。

顏天心提醒羅獵道：「小心有詐！」

羅獵伸出手去，陸威霖抓住他的手，在他的幫助下站起身來，兩人四目相對，幾乎在同時笑了起來，陸威霖滿臉是血笑得有些猙獰。

羅獵道：「你笑得真難看！」

陸威霖卻道：「你身材不錯！」

羅獵咳嗽了一聲，又摸出了煙盒，抽出一支香煙噙在嘴裡，又遞了一支給陸威霖。陸威霖沒有拒絕，接過香煙，湊在羅獵的打火機上點燃，兩人同時吐出一團煙霧。

陸威霖向遠處的顏天心瞥了一眼道：「你最好離她遠一些。」

羅獵從他的話中悟到了什麼，低聲道：「鄭千川幫你混入了凌天堡？」

陸威霖點了點頭，羅獵的分析能力超強，這些事很難瞞住他的眼睛。

羅獵已經猜到了其中的秘密，葉青虹看來和鄭千川早已達成了協定，鄭千川作為內應幫助陸威霖等人混入凌天堡內，而陸威霖負責狙殺蕭天行掃除鄭千川前進道路上的障礙，羅獵感歎道：「葉青虹真是手眼通天。」

陸威霖道：「人算不如天算，蕭天行並非死在我的槍下。」

羅獵皺起了眉頭，陸威霖雖然性情冷酷，可向來是個敢做敢當的人，他應該沒必要對自己說謊。

陸威霖道：「螳螂捕蟬黃雀在後，蘭喜妹才是背後的佈局之人。」

羅獵心底感到大吃一驚，以他對蘭喜妹的認識，並不認為她的智慧可以完成這樣完美的計畫，是蘭喜妹的背後另有高人？還是自己對她的認識不夠？

陸威霖道：「蘭喜妹很可能是南滿軍閥徐北山的人，利用這次蕭天行的壽辰，想要一箭雙雕，除掉盤踞在蒼白山的幾個土匪頭子，我本以為她會借著這次的機會趁機上位，沒想到還是鄭千川當了老大，看來他們之間已達成了默契。」說到這裡他又下意識地看了一眼顏天心，低聲道：「葉青虹並沒有想殺你。」

羅獵抽了口煙：「保重！」

陸威霖本來還想說什麼，可話到唇邊又咽了回去，點了點頭道：「相信咱們還會有見面的機會！」

「最好不見！」

羅獵並沒有將陸威霖出現的事情告訴其他同伴，他不肯說，顏天心自然不會多嘴，事實上在這個集體中除了羅獵之外，顏天心和其他人很少交談，在其他隊友的眼中顏天心為人太過清高孤傲，可羅獵卻知道她現在歸心似箭，恨不能肋生雙翼儘快飛回天脈山。

周曉蝶對昨晚刺殺顏天心的事情隻字不提，從周圍人的反應來看，顏天心應該沒把這件事情說出去。不過顏天心也沒當這件事沒發生過，她準備在抵達二道嶺之後提出分道揚鑣的建議，周曉蝶在目前來說是一個不小的隱患，在抵達天脈山之前，她不可以讓這個隱患繼續在身邊埋藏下去。

只是顏天心沒有料到，第一個提出分頭行動的人會是羅獵。

抵達二道嶺之後，羅獵就提出了下一步的計畫，由他陪同顏天心前往連雲寨，其餘人先去白山，在那裡等待他們會合。

聽到羅獵的計畫，瞎子第一個跳出來反對：「不行！你當我們這麼沒義氣？大家一起來的，自然要一起回去，刀山火海，兄弟陪你去闖。」

阿諾在這一點上和他取得了高度的一致：「對，又不是什麼刀山火海，你們能去，我們當然就能去。」

張長弓沒有說話，事實上他一向很少發表意見，可是在關鍵的時候他也絕不含糊，他總覺得羅獵既然做出這樣的決定就一定有他的道理。

羅獵道：「總得有人護送周曉蝶離開。」他的話一說，瞎子頓時沉默了下去，不得不承認羅獵所說的是現實。

始終在一旁的周曉蝶冷冷道：「我不需要你們保護，更不需要你們憐憫！」

瞎子道：「沒有人憐憫你，大家都是朋友，朋友之間本來就是應該相互照顧的，我決定了，我們一起去天脈山，小蝶應該也是這個意思。」他認為自己是所有人中最瞭解周曉蝶的那個。

顏天心輕聲道：「如果讓山上的弟兄知道她是蕭天行的女兒，你覺得會發生怎樣的事情？」

瞎子無言以對，周曉蝶可不僅僅是一個普通的盲女，她是蕭天行的女兒，連雲寨和狼牙寨之間素來不睦，蕭天行在蒼白山的仇家絕不在少數，如果周曉蝶的真實身分暴露，恐怕處境會變得極其危險。

張長弓點了點頭道：「好，就這麼定！我和安翟陪同周姑娘一起先去白山，讓阿諾跟你們一起去連雲寨，我可受不了這兩個話癆一起嘮叨。」張長弓的話一錘定音，算是提出了一個最為可行的折中方案。之所以讓阿諾和羅獵一起去連雲寨，是因為張長弓對俏羅剎顏天心並不瞭解，雖然知道她是連雲寨寨主，可是誰又能保證她回到連雲寨之後仍然能夠保證羅獵的安全？阿諾雖然是個老外，可從這場生死劫難之後發現，關鍵時刻這個外國人還是靠得住的。

面對張長弓的提議，羅獵已經無法拒絕，他看了看阿諾道：「好吧！」

六人在二道嶺分頭行動，由張長弓和瞎子護送周曉蝶先行前往白山，羅獵則和阿諾一起隨同顏天心前往天脈山追蹤羅行木的下落，希望能夠解救麻雀。

周曉蝶臨行之前單獨將顏天心叫到一旁，確信四周無人，周曉蝶方才道：「這筆血債我早晚都要你償還。」

顏天心知道她將父親的死歸咎到自己身上，她懶得向周曉蝶解釋，淡然道：「我隨時奉陪，不過有件事我需要提醒你，就算是復仇也是你和我兩個人的事情，千萬不要因為你的一己私仇而連累到其他人。」

遠處傳來羅獵呼喚顏天心上路的聲音，顏天心最後留下一句話：「你好自為之！如果讓我知道你做出對不起朋友的事情，我絕不會對你手下留情。」

羅獵拍了拍瞎子的肩膀道：「走吧，好好照顧周曉蝶。」

瞎子嘿嘿笑了笑，望著遠處的顏天心和周曉蝶，不明真相地感歎道：「她們姐妹兩人好像有些難捨難分呢。」

羅獵微微一笑，目光轉向張長弓。

張長弓道：「我們在白山等你的好消息。」

羅獵道：「放心吧，我爭取儘快去白山跟你們會合。」

張長弓又向阿諾道：「少喝點酒，打起十二分精神，等你們回來，我們兄弟好好暢飲一番！」

阿諾哈哈笑道：「你在白山等著，我倒要看看咱們誰的酒量更大。」

天脈山位於黑虎嶺的東北，連雲寨位於天脈山開天峰，與龍門峰相對，因蒼白山日出峰起雙尖，中闢有一線，有豁然開朗，令人不可思議之趣，故而又得名開天峰，開天峰一線縫隙，相傳為大禹治水所劈，峰石多為赤色，遠遠望上去有若雙龍盤踞，山峰海拔兩千六百餘米，平日大部分的時間裡，雲層縈繞山腰，風起雲湧，美不勝收，天脈山也因此而得名。

從黑虎嶺到天脈山需要兩日的路程，前提是在天氣晴好的狀況下，而羅獵一行自從離開二道嶺之後就遭遇了連場暴風雪，他們行進的速度大大地減慢。這趟艱難的行程讓羅獵和阿諾這兩個男子漢更認識了顏天心的堅強毅力。

連日不休的行進連阿諾都忍不住叫起苦來，可是顏天心卻仍然沒有半點鬆懈，第三天夜晚的時候，天脈山已然在望。風雪卻沒有停歇的跡象，他們迎風而行，向前走上三步就會被風吹得後退兩步，他們在風雪中躬低了身軀，躑躅行進，阿諾跟在隊尾，被風雪拍打得喘不過氣來，他終於無法忍受這種低效的行進速度，停下腳步大吼道：「走不動了……天都黑了……什麼時候是個頭啊……」他的聲音被冷風吹得七零八落。

羅獵轉身看了看停在那裡不願繼續前進的阿諾，其實他的體力也處於透支邊緣，真是不知顏天心一個女流之輩是怎樣撐下來的，從二道嶺來到這裡，這兩天兩夜的時間裡他們加起來休息了不到七個小時，難怪阿諾會有那麼大的怨言。

羅獵加大步伐，趕上仍在繼續行進的顏天心，拍了拍她的肩頭。顏天心轉過臉來，連睫毛上都已經結滿了霜花。

羅獵把臉側過一些，避免寒風和雪花直接灌入自己嘴裡，然後用盡可能大的聲音道：「我們都走不動了……」一邊說一邊用手比劃著，表示他們需要休息。

顏天心聽懂了他的意思，指了指遠處，羅獵循著她手指的方向望去，看到漫天飛雪中，似乎隱約閃爍的一點橘色。

羅獵依稀分辨出那應該是燈光，這讓他早已被風雪吹冷的內心升騰起些許的溫暖，他將這個好消息告訴了阿諾。**人一旦擁有了可望又可及的希望，自然就會重新鼓起追逐希望的勇氣。**

第九章

生如夏花
死如秋葉

顏天心的美眸變得異常明亮，羅獵所誦讀的是中譯本，
他對這首《生如夏花》顯然是非常熟悉的，
當羅獵誦讀到最後一句——生如夏花，死如秋葉，
還在乎擁有什麼的時候，顏天心的目光變得黯淡了下去。

對燈光和溫暖的渴望驅使阿諾鼓起殘存的可憐體力，跟隨在兩人身後走向那林中木屋，這燈光雖然看起來很近，可真正來到近前方才發現距離至少有一里。

木屋是蒼白山最常見的那種，共有三座，緊挨在一起，木屋前廊的屋簷下掛著一面大紅色鑲著黑邊的簾旗，上面寫著「十字坡」三個字。圍繞這三間木屋，外面用圓木圍成了一座四四方方的院子。院牆並不高，一米五左右，頂端削成筆尖一樣，直指天空。院裡滿是落雪，雪地正中的小路還沒有來得及清掃，上面有兩行腳印，小路的右側有一堆被落雪掩蓋的劈柴，左側有一個石滾子。

阿諾來到近前突然間就恢復了活力，迅速超越了前方的羅獵和顏天心，第一個來到院門前，大叫道：「有人嗎？」

羅獵的目光仍然望著那簾旗，忽然想起十字坡不是水滸傳中孫二娘和張青兩口子開的專賣人肉包子的黑店？

阿諾喊了半天都不見有人應聲，還以為裡面沒人。

顏天心朗聲道：「斗轉星移，白山黑水千年韻！」

裡面傳來一個低沉的聲音道：「滄海桑田，鐵骨丹心萬年存！」

房門從裡面打開，一名身穿羊皮襖的男子，大踏步穿過庭院，出現在他們的面前，那男子滿臉的絡腮鬍鬚，濃眉大眼，滿面紅光，身材雖然不高，可是體態健壯結實，看到顏天心，展露出滿臉笑顏，抱拳向顏天心深深一躬道：「屬下恭迎大掌櫃！」此人乃是十字坡的掌櫃老佟。

顏天心點了點頭，算是跟他打了招呼。進了院子，踩著積雪走入木屋之中，木屋裡卻是溫暖如春。

幾人紛紛將大氅脫去，老佟殷勤接過顏天心的外氅，掛在牆上，牆上釘了一排猶如鹿角的樹枝，用來作為衣架。

老佟道：「掌櫃的先歇著，我去打些熱水給各位洗洗風塵。」

阿諾找了張椅子把整個人癱軟進去，舒服得就快叫出聲來，有氣無力地擺了擺手道：「不洗了，給弄點吃的，我現在只想吃飽了睡覺。」

顏天心道：「老佟，去準備房間吧，你家老蒯呢？」在當地，通常稱老婆為老蒯。

老佟笑道：「那懶婆娘病了，我讓栓子把她送到山上找卓先生瞧病去了，如今這裡只有我一個。掌櫃的，房間早就準備好了，土炕我一直都燒著，您的房間始終沒人動過，這兩位客人就住大屋，我這就給您們準備飯菜去。」

阿諾突然想起了什麼：「老佟，弄點酒暖和暖和！」

「噯！」老佟眉開眼笑地出門去了。

顏天心的房間位於左側那間，她推開房門，裡面的東西仍沒有動過，這間房是專門為她準備的，十字坡是他們位於天脈山下的一座哨所，因為守著通往天脈山的必經之路，任何周圍的風吹草動，這裡都可以第一時間知道，並迅速傳遞到山上去，老佟是連雲寨的老人了，他和他老婆兒子三人守著這座哨所已經十年。平日裡的工作就是負責接待上山下山的兄弟，引領前來投奔落草的好漢，還兼職打探周圍的消息。這十年來三口子都兢兢業業，非常盡職盡責。

顏天心此番前往黑虎嶺的時候，就在這裡歇息過一夜，當時住的就是這個房間，因為知道顏天心不久歸來後還可能會用，所以這間房始終沒有動過。

羅獵輕輕敲了敲敞開的房門，顏天心回過頭去：「有事？」

羅獵笑道：「沒什麼事情，只是有些不放心，所以進來看看。」

顏天心道：「到了這裡沒什麼好不放心的。」一句話表露出她對老佟的信任，也表明已經到了她的地盤，來到這裡，她就有種到家的感覺。

老佟端著熱水送了進來，一盆送到了顏天心的房間內，還有一盆送到了右側的大屋，這件大屋比客廳和顏天心的那間小屋加起來還要大，火炕依著南牆而建，並排睡上十個人絕無問題，一樣燒得滾熱，羅獵頗有些好奇，仔細觀察了一下方才知道木屋的修建大有學問，建設者早已考慮到了防火的問題。

老佟熱情招呼道：「羅爺，洗把臉燙燙腳吧。」

羅獵點了點頭，看似漫不經心道：「佟大哥，這麼大一座客棧，裡裡外外就您一個人忙活？」

老佟笑道：「我一個人哪能忙得過來，平日裡還有我家婆娘和兒子，只是我婆娘不巧感染了風寒，昨個實在是捱不住了，我讓兒子陪著她上山看病去了，因為估算著掌櫃的會在這兩天回來，所以我留下來候著。」

羅獵來到水盆前洗了把臉，老佟道：「羅爺沒其他的事情，我先告退了，您收拾俐落了出來吃飯，飯菜就快熱好了。」

羅獵洗完臉發現水盆的水已經變成了黑色，來到牆上掛著的小鏡子前照了照，發現自己臉上的偽裝已經完全褪去，不由得想起入山之前，麻雀為自己化妝的情景，看來這面妝的效力遠不如麻雀所說的持久，這才不過一周，自己就已經原形畢露了，不過麻雀也提醒過自己，平日裡盡量不要洗臉。

就著這盆黑水湊合燙了燙腳，連日的奔波讓他的足底磨出了不少血泡，雙足浸入熱水中，血泡和凍傷的裂口頓時刀割一般疼痛，羅獵用力咬住嘴唇，在這種痛苦煎熬下，他又感覺到一種說不出的快意。顏天心給他的金創藥和膏藥非常靈驗，短短幾日，左胸斷裂的肋骨已不再疼痛，應該是處於迅速的康復進程中。

阿諾始終都窩在客廳那張椅子上，這兩天他因為趕路累慘了，阿諾詫異於顏天心表現出的驚人體力和毅力，在他的印象中，中國女性大都弱不禁風，顏天心雖外表柔美，可是她卻擁有一種連西方女性都少見的獨立和堅強，阿諾現在算是心服口服了，早知這趟行程如此受罪，還不如跟瞎子一起先去蒼白山。

在這間隔絕風雪的溫暖房間內，和冷風呼嘯大雪紛飛的外面完全是兩個截然不同的世界，阿諾舒服得幾乎就要睡去，突然聞到了一股濃烈的酒香，他宛如打了興奮劑一般睜開了雙眼，卻見老佟端著托盤走了進來，托盤內放著兩樣盆菜，一壺好酒。

阿諾宛如上足勁的發條，從椅子上蹦了起來，迎上前去幫忙端菜。

老佟笑瞇瞇道：「諾爺，您歇著，這些小事我來就成。」

晚上準備了四樣菜，雖然菜式不多，可是分量十足，分別是酸菜氽白肉，野雞燉蘑菇，紅燒肉，白菜燉豆腐。

羅獵和阿諾就坐之後，顏天心方才千呼萬喚始出來，她剛剛洗了頭，一頭烏黑亮麗的長髮披散在肩頭，皮膚白裡透紅，眉目如畫，宛如出水芙蓉。雖然羅獵見慣了東西方各色美女，也不由得為之一呆。

顏天心道：「你們先吃就是，何必等我？」

羅獵道：「主人不來，哪有客人先動筷子的道理？」

顏天心坐下，發現老佟並沒落座，又要出門，招呼道：「老佟，一起坐！」

老佟笑道：「掌櫃的，我吃過了，鍋裡燒著苞米糊糊，知道掌櫃的好這口，剛才燉上，得去看著，以免糊了鍋，您們聊。」他說著就拉開房門往廚房去了。

阿諾已經將三只酒杯給斟上了，率先端起酒杯道：「慶賀咱們平安抵達天脈山，還有謝謝顏寨主的盛情款待。」

羅獵端起了酒杯，顏天心的目光落在他的臉上，其實她出來的那一刻已經留意到了羅獵的面部變化，跟此前的那個膚色黝黑，面帶胎記的形象簡直是天壤之別，雖然顏天心此前就猜到羅獵經過易容，卻並沒料到他的形象改變如此之大。

羅獵笑道：「不認識我了？」

顏天心道：「還是原來的樣子順眼些。」她端起那杯酒，一飲而盡。

阿諾雖然貪酒，可是仍然堅持到顏天心將那杯酒飲下這才準備飲下，顏天心注意到兩人都沒有喝，不禁莞爾道：「你們是不是擔心酒裡有毒？」

羅獵笑道：「我怎麼會懷疑顏寨主？」

阿諾卻道：「小心駛得萬年船。」他向顏天心湊近了一些，壓低聲音道：「你被手下背叛也不是第一次吧……」

羅獵暗歎，這貨果真是哪壺不開提哪壺，顏天心這兩天情緒低落，明顯是因為手下人的背叛，阿諾這沒眼色的傢伙偏偏又在傷口上撒鹽。

果不其然，顏天心聽他這樣說，俏臉頓時轉冷，淡然道：「我的事情無需外人過問！」

阿諾笑道：「算我多嘴。」此時羅獵已經率先將面前的酒飲盡。

顏天心盯住羅獵的雙目道：「怕，你還敢喝？」

羅獵道：「說好了同生共死，我又怎能那麼不講義氣？」其實他和顏天心認識的時間雖然不長，卻已經看出顏天心為人謹慎，如果她看出任何可疑之處，應當不會這麼痛快地飲下這杯酒。

阿諾一旦喝起來就有些停不下來的趨勢，如果不是羅獵奉勸，他必須要喝個酩酊大醉，羅獵表面上雖然輕鬆，可內心卻不敢放下警惕，雖然到了天脈山下，可山上究竟什麼情況誰也不清楚。在淩天堡玉滿樓背叛顏天心，險些將顏天心置於死地。那場刺殺絕非突然發生，顯然在顏天心前往淩天堡賀壽之前，對方就已經經過了精心策劃。

阿諾有句話並沒說錯，顏天心被手下背叛不是第一次，也不會是最後一次。

晚飯之後，老佟收拾好了桌子，阿諾早早去炕上休息，羅獵和顏天心對坐在桌前飲茶，茶還是顏天心此前留在這裡的普洱，茶葉不錯，可茶具就沒那麼多的講究，兩個粗瓷小碗臨時拿來當茶盞使用。

顏天心望著桌上的油燈若有所思，抿了口茶輕聲道：「老佟一家人的命都是我爹救的！我爹說過，就算任何人背叛，老佟一家都不會對不起我們。」

羅獵把玩著掌心的粗瓷小碗，和顏天心不同，他對連雲寨的任何人都不瞭解，也沒有投入任何感情，所以他才能公平地看待問題，這樣的視角更為清晰，羅獵道：「我只是覺得，他老婆病得有些不是時候。」

顏天心皺了皺眉頭，羅獵明顯在懷疑老佟，她還想說什麼，此時外面忽然傳來犬吠之聲。

羅獵頓時警覺起來，噗的一口吹滅了油燈。亮燈的房間最容易成為敵人攻擊的目標，他做出這樣的反應極其正確。

外面傳來老佟驚喜的聲音：「栓子，你咋就回來了呢？」

羅獵第一時間衝到了門前，從門縫向外望去，看到一人牽著扒犁走近了院子裡，和老佟一樣，健壯敦實的身子，來人正是老佟的兒子栓子，他朗聲道：「爹，俺娘讓俺回來幫您，說是大掌櫃這兩天就要回來，這裡不能沒人照顧。」

「你娘咋樣啊？」

「沒事啦，昨晚卓先生給開兩付藥，喝了之後，今天上午燒就退了，精神著呢，本來娘想跟俺一起下山，是我堅持讓她留下，爹，我看到門前的腳印兒了，是不是掌櫃的已經到了？」

老佟這才想起了什麼：「你小點聲，到哪兒都是大咋呼小叫的，掌櫃的……」他轉身向房內望去，方才看到房內的燈光已經滅了。

不過這時候房內又亮了起來，卻是顏天心劃亮火柴將油燈重新點燃，燈光下望著羅獵的眼神明顯帶著不服，顯然認為羅獵誤會了佟家。

羅獵有些不好意思地笑了笑。

顏天心來到門前，對著門外招呼道：「栓子，進來吧！」

老佟父子二人把扒犁放好，又把狗送入狗舍，爺倆這才進入堂屋，栓子看到顏天心，撲通一聲就跪下了：「栓子給掌櫃的磕頭！」

顏天心不禁笑了起來：「見就見了，不用行那麼大的禮。」

栓子道：「掌櫃的是我的救命恩人，再大的禮都不為過。」原來不僅僅是顏天心的父親救過老佟一家的性命，顏天心還救過栓子一命，難怪她對老佟一家擁有這麼大的信心。

顏天心問起山上的事情，栓子一一作答。

羅獵身為一個外人並不適合在場旁聽，藉口累了起身去大屋內休息，來到大屋內，阿諾已經是鼾聲大作。羅獵在靠窗的地方坐下，外面北風呼嘯，雪比他們來的時候下得更加大了。瞎子一行應當已經出了蒼白山了吧，最讓羅獵放心不下的還是麻雀，如果羅行木的目的是九幽秘境，那麼他們也應該往天脈山而來，這場暴風驟雪他們一樣會遭遇到。這一路他們幾乎沒怎麼休息，或許已經將羅行木他們甩在了後面？羅行木設局抓住麻雀的目的是為了讓麻雀幫忙破解夏文。禍福相依，正是因為這個原因，麻雀的安全暫時不會有太多問題。

羅獵始終隱藏著自己通曉夏文的事實，之所以堅持不露半點風聲，也是為了麻雀的安全考慮，羅行木如果知道這世上還有另一人通曉夏文，那麼他就不會像現在這般顧忌，麻雀的安全就會無法得到保障。

老佟父子離去之後，羅獵又從屋裡走了出來，看到顏天心仍然沒有回房，坐在燈下聚精會神地看著一本書，聽到動靜，她抬起頭來，輕聲道：「夜貓子，怎麼還沒去睡？」留意到羅獵走路一瘸一拐。

羅獵在她對面坐了下來：「睡不著。」

顏天心歎了口氣道：「你這幾天幾乎沒有合過眼，人不是機器，撐不住的，趕緊去睡吧。」

羅獵道：「不知道羅行木會不會已經來了？」

顏天心不禁笑了起來，從羅獵的話中她察覺到他此刻的想法：「你不用擔心，只要他來到天脈山，就一定能夠找到他的蹤跡。」天脈山是她的地盤，剛才和栓子的那番對話讓顏天心放心不少。寨子裡目前並無任何異狀，等這場暴風雪過後，她儘快上山。

顏天心斟了碗茶給羅獵，羅獵道謝之後雙手接過。

這一路之上，羅獵將羅行木當年和麻博軒一起探險的事情告訴了顏天心，也講述了自己受雇於麻雀前來蒼白山的經歷。顏天心卻很少提及連雲寨的事情，羅獵對她還知之甚少，僅限於當年凌天堡倖存的女真族後裔。

羅獵拿起顏天心放在桌上的書看了看，顏天心所看的卻是一本英文原版的《飛鳥集》，顏天心伸手奪了過去，表情充滿了嗔怪。

羅獵真是沒想到這位占山為王的女匪居然還有如此文藝的一面，泰戈爾此前剛剛以《吉檀迦利》獲得諾貝爾文學獎，正是國際文壇上的風雲人物，讀泰戈爾的詩集已經成為一時風尚，不過在國內還是限於黃浦北平這種大都市，更讓羅獵驚奇的是，她看的是英文原版，也就是說顏天心應當是懂英文的。她不知從何種途徑得到了這本書，她應該對這本書非常愛惜，保存得很好。

羅獵微笑道：「我聽見回聲，來自山谷和心間。以寂寞的鐮刀收割空曠的靈魂，不斷地重複決絕，又重複幸福。終有綠洲搖曳在沙漠。我相信自己，生來如同璀璨的夏日之花，不凋不敗，妖冶如火。承受心跳的負荷和呼吸的累贅，樂此不疲……」他的朗誦聲音深沉感情充沛，讓人不由自主沉浸到他製造的氛圍中。

顏天心的一雙美眸變得異常明亮，羅獵所誦讀的是中譯本，他對這首《生如夏花》顯然是非常熟悉的，當羅獵誦讀到最後一句——生如夏花，死如秋葉，還在乎擁有什麼的時候，顏天心的目光又變得黯淡了下去。

羅獵道：「想不到你居然對泰戈爾的詩感興趣？」

顏天心道：「我只是喜歡其中的一兩句罷了，長夜漫漫，用來排遣寂寞倒也不錯。」

羅獵道：「有機會一起探討一下？」

顏天心搖了搖頭道：「我讀書少，還是不要貽笑大方了。」她拿起那本《飛鳥集》起身離去。

羅獵望著她的背影笑了起來，顏天心卻在此時突然轉過頭來，正抓了個現形，瞪了他一眼道：「笑什麼笑？一臉的猥瑣相！」

羅獵的笑容僵在臉上，我長得猥瑣？至少要比卸妝之前要英俊許多吧？難不成顏天心更欣賞自己此前的造型？

顏天心的聲音又變得溫柔了起來：「去睡吧，好好休息，不然明天沒力氣上山了。」

或許是因為疲憊的緣故，羅獵回到炕上居然很快就進入了夢鄉，不過他睡得並不踏實，恍惚間從周圍衝出數十名身穿黑色斗篷的蒙面修道士，將他五花大綁，抬起捆綁在十字架上，在他的腳下堆滿了荊棘和木材，他應該在教會的廣場，雲層低垂，電閃雷鳴，雖是白天，卻如黑夜將臨。成千上萬的信徒圍繞在火刑台的周圍，他們嘲笑著咒罵著，一個個的表情瘋狂而可怖。

羅獵想要分辯卻發不出聲音，他看到遠方一名身穿白衣的修女手舉火炬，踩著紅毯緩步走來，她赤裸著雙足，足趾晶瑩白嫩，宛如一朵盛開的百合花，火刑台乾枯的荊棘突然發出綠葉，以肉眼可見的速度迅速結出了一朵朵鮮紅的玫瑰，玫瑰花沿著紅色的地毯蔓延，白衣修女赤裸的雙足踩上了玫瑰花，同時也踩在荊棘之上，任憑荊棘將她的雙足刺破，鮮血直流，她卻毫無知覺，她走過這片荊棘和玫瑰共生的道路，來到火刑台前。

羅獵大吼著，試圖將她喚醒，試圖讓她看到火刑台上的自己。

天空中一道閃電劃過，照亮了斗篷下那張慘白的面孔，他看到那張面孔上正有兩道鮮血緩緩低落，原本眼睛的位置變成了兩個觸目驚心的血洞。羅獵爆發出一聲悲吼，白衣修女的唇角露出一絲冷酷而殘忍的笑容，然後她手中的火炬丟向羅獵腳下的荊棘……

羅獵霍然坐了起來，大口大口喘息著，他的身上滿是冷汗。羅獵知道是夢，可是這不斷重複的噩夢已經讓他開始模糊現實和夢境的界限。一旁的阿諾仍在酣睡，外面的風似乎小了一些，身下的火炕依然溫暖。羅獵感到口乾舌燥，或許是火炕讓他產生了剛才那個可怕的夢境，他從炕上爬了起來，披上衣服來到堂屋，拿起茶壺倒了一碗業已冷卻的普洱茶，咕嘟咕嘟猛灌了下去。然後默默在凳子上坐下，羅獵其實比任何人都要清楚自已失眠的癥結所在，從開始做惡夢開始，他的睡眠品質就變得每況愈下，這個周而復始的噩夢並沒有讓他習慣，每次做夢都會讓他如此恐懼，他害怕做夢，因此而對睡眠從心底產生了恐懼，他在逃避噩夢的同時也在逃避著睡眠，在不知不覺中已經形成了惡性循環。

羅獵從上衣口袋中摸出香煙，摸索著點燃，打火機的火苗在微微的顫抖，這是因為他的手在顫抖，兩年了，為何他心中的痛苦沒有減弱半分？羅獵用力抽了口煙，想和著這口煙將心中的痛苦吞咽下去。

外面突然傳來一聲急促的犬吠聲，羅獵站起身來，不過犬吠聲馬上又平息了下去，羅獵湊近門縫，看到外面的雪仍在下，不過風已經停了，老佟披著棉大衣從西側的小屋出來，手中握著一杆雙筒獵槍，他應該是也聽到了動靜，所以出來看看情況。

老佟去狗舍看了看，確信沒什麼事情，然後又向小屋走去。

羅獵看了看時間已經是凌晨四點，看來自己的擔心有些多餘，老佟應該不會背叛顏天心。

老佟來到小屋門前，似乎有些不放心，他又轉身走向院門，站在院門處向外面眺望了一會兒，這才轉身回房，就在老佟轉身的剎那，突然傳來一聲沉悶的槍響，這一槍擊中了老佟的後心，將老佟打得一個踉蹌撲倒在雪地上。

這一槍也擊碎了寂靜的雪夜，羅獵以驚人的速度撲倒在地面上，出自本能的反應救了他一條命，機槍子彈從正門射向堂屋內，瘋狂的子彈傾灑在羅獵剛才所坐的地方，如果他再遲上一刻反應，那麼此刻已經被機槍掃射成了蜂窩。

栓子聽到槍聲，一骨碌從床上爬起，操起靠在床頭的步槍想要衝出門去。

老佟雖然中槍卻沒有斷氣，倒在血泊中的他艱難向獵槍爬去，用盡全身的力量大吼道：「別出來，趴下，趴下……」

面對木屋的高地上，隱蔽在那裡的機槍噴射出耀眼奪目的槍火，老佟的聲音再次引起了對方的注意，機槍手調整槍口對準了地上的老佟，老佟抓住雙筒獵槍搖搖晃晃站起身來，大吼著向外面衝去，方才邁出一步，瘋狂的子彈已經爭先恐後地射入了他的肉體。

羅獵衝入大屋內，阿諾已經驚醒，整個人平趴在地面上，火炕上已經多出了不少槍洞，他也是及時逃了下去，羅獵指了指門口，阿諾搖了搖頭，對方用機槍鎖定了他們的木屋，在這樣的火力覆蓋下，根本沒機會逃出去。

顏天心的聲音從外面響起：「你們有沒有事？」

羅獵聽到她的聲音心中也是一寬，大聲道：「活著呢！」

顏天心匍匐爬了進來，三人會合在一處，全都貼著火炕趴在地上，顏天心推開牆角的面缸，掀開面缸下方的木板，裡面收藏著不少的武器，她從中拿了一把衝鋒槍扔給了阿諾，本想將另外一把扔給羅獵，卻見羅獵只從中拎起了幾顆手雷，想起他拒絕用槍的事情，看來他內心深處也是一個極其固執之人，認定的事情不會輕易改變。

顏天心低聲道：「我房內有一條通往後面的地道，你們跟我來。」十字坡是連雲寨的前哨戰，所以建設之時就考慮得很周到，包括遇到緊急狀況的應對也都已經想到。

羅獵這才知道顏天心明明可以從密道逃離，卻冒險來到這邊接應他們，心中也是一陣感動，三人向顏天心房內轉移之時，槍聲又從四面八方響起，從槍聲響起的狀況來看，前來圍攻他們的敵人應該不在少數。他們不可能正面迎擊敵人，現在只能先逃離險境，然後再考慮反擊的事情。

顏天心所說的地道就位於她所住的火炕下方，地道並不算長，一直通到院子後方，開口處位於廢棄的馬廄內，顏天心側耳傾聽，確信馬廄內沒有敵人潛伏，這才推開用來掩飾的擋板，第一個爬了出去。

羅獵緊隨其後，機槍的火力仍然集中在幾間木屋上，瘋狂的子彈已經將木屋打得千瘡百孔，老佟直挺挺躺在雪地裡，殷紅色的鮮血已經將周圍的積雪浸成了血紅色。

此前他和栓子居住的小屋也處於機槍子彈籠罩的範圍內，栓子到現在沒有現身，不知是死是活。

顏天心用力搖了搖嘴唇，目睹老佟慘死，心如刀割，老佟不會出賣自己，組織這場圍殲的人必然對自己的情況極其瞭解，而且組織者佈局縝密，沉得住氣，並沒有選擇驚動老佟父子，所以老佟父子才會向自己回饋一切如常的資訊，也唯有這樣做方可瞞過自己。

阿諾指了指後山樹林，貓著腰貼著馬廄走去，剛剛離開馬廄，從後山上一排子彈就射了過來，羅獵一把將阿諾拽了回來，子彈貼著阿諾身前掠過，射入雪地之上，一時間雪花四濺，阿諾嚇得躺倒在地上，摸了摸自己的前胸，確信沒被子彈擊中方才長舒了一口氣。他們雖逃出了木屋，卻並未逃出敵人布下的包圍圈。

羅獵環視周圍，敵人全都藏在密林之中，不知究竟有多少人。如果等到天亮，恐怕他們更加無所遁形。

顏天心低聲道：「必須救栓子一起走！」

阿諾幾乎不能相信自己的耳朵，他們現在是泥菩薩過江自身難保，顏天心居然還想著救人？

此時林中的機槍鎖定了馬廄的方向，開始掃射，三人不得不趴倒在雪地上，向馬廄北側匍匐前行。羅獵心中暗歎，對方的火力太猛，除非將機槍幹掉，否則他們根本沒有突圍的機會。

三人轉移到餵馬的石槽後方，利用厚重的石槽阻擋對方迅猛的槍火。

阿諾靠在石槽上，一臉的苦悶，好不容易才從凌天堡逃出來，想不到又在天脈山下遭遇伏擊，顏天心不是連雲寨的寨主嗎？現在連土匪的競爭都如此激烈？老大的位置可真是不好當。

羅獵道：「你們兩人負責吸引火力，我從側後方繞過去，爭取將後面的敵人清除掉。」

顏天心搖了搖頭道：「再等等，讓他們再消耗一會兒彈藥。」

阿諾道：「他們是有備而來，肯定帶足了彈藥，這樣等下去可不是辦法。」

顏天心明白阿諾說得沒錯，此時也不禁一籌莫展，昨晚栓子帶來的消息讓她感到稍稍放心，可是現實的狀況卻比想像中更加惡劣。

阿諾又道：「這裡離連雲寨不遠，會有援軍嗎？」

羅獵和阿諾同時望向顏天心，顏天心沒有說話，內心中卻對山寨此時的狀況並不樂觀。

機槍在一輪瘋狂掃射之後突然停息了下來，他們以為對方只是在更換子彈，用不了太久的時間，一定會槍聲再起，可是等了一會兒不見槍聲響起，遠處的樹林中突然傳來零星的交火聲。原本射向他們的子彈也開始改變了目標。

阿諾面露喜色，想不到居然讓自己說準了，果然有援軍到來。

機槍連續不斷的射擊聲再度響起，這次卻並非瞄準馬廄，而是向林中潛伏的暗殺者開始掃射，子彈向林中傾瀉，一時間敵方陣營大亂，顏天心向羅獵使了個眼色，兩人在阿諾的掩護下向後方迅速靠近。

藏身在樹林中的敵人顯然被這突然發生的狀況打亂了陣腳，機槍迅猛的火力逼迫他們不得不轉移藏身地點，雖然如此也有兩人已經中彈倒地，在他們轉移的過程中，羅獵和顏天心突然現身，羅獵隨手向敵方陣營扔出了一顆手雷，爆炸聲中，四名暗殺者飛上了半空。

顏天心雙槍輪番施射，將其餘敵人盡數射殺，來到近前看到一人還未斷氣，顏天心用手槍挑開蒙在對方臉上的黑布，看到的卻是一張陌生的面孔，她皺了皺眉頭，旋即站起身，槍口瞄準對方的胸口開了一槍。

在他們兩人反擊的過程中，機槍始終在為他們做出掩護，被打懵了的敵人好一會兒方才重新組織起進攻，不過這次他們的目標不再是顏天心和羅獵，他們向機槍所在的高地靠近，必須搶回機槍方才能夠重新將局勢掌控在手中。

然而很快他們就發現了這是個錯誤的決定，那名搶下機槍的不速之客槍法極其精準，機槍在他手中如同生出雙眼，子彈幾乎從不落空，一會兒功夫已經有十幾人中彈倒地。暗殺者顧此失彼的行動，讓羅獵等人獲得了反擊的機會，他們開始配合機槍手有序展開進攻，栓子也從房內出來，他端著步槍利用對周圍熟悉的地理環境展開反擊。

這場反擊戰持續了大約十分鐘，暗殺者就意識到任務無法完成，他們開始撤退，在清除了周圍的敵人之後，顏天心並沒有繼續追殺，樹林的雪地中橫七豎八地躺著不少的屍體，顏天心檢查了其中一個人的身上，撥開那人的棉衣，露出裡面的軍裝，從軍裝的樣式不難看出，應當是屬於南滿軍閥徐北山的部隊，阿諾也撥開了另外幾人的衣服，也發現幾人裡面都穿著軍服。

羅獵走向林中高地，看到一挺馬克沁重機槍仍然架在那裡，連續射出子彈摩擦過熱的槍口還在冒著縷縷青煙，可是槍手卻已經不見了。

羅獵皺了皺眉頭，忽然摸出了手雷，樹林中出現了一道身影，卻是陸威霖，他手中的勃朗寧指著羅獵的胸口。

羅獵微笑道：「我就猜到是你！」他將手雷重新掛在腰間。

陸威霖點了點頭，將手槍納入鞘中，他的鼻樑上還貼著一塊膠布，羅獵此前用槍托砸斷了他的鼻樑，現在還隱隱作痛，陸威霖道：「我就說過，咱們還會見面的。」

羅獵看了看那挺機槍，又看了看陸威霖，雖然他嘴上不說，可是心中明白，如果今天不是陸威霖及時出現，後果不堪設想，他們很難從馬克沁機槍編織的火力網中逃離出來。

阿諾和顏天心循聲趕了過來，看到陸威霖，他們馬上明白剛才正是這個傢伙營救了他們。

顏天心充滿警惕地望著陸威霖，陸威霖攤開雙手做出一個無所謂的手勢，然後道：「如果兩位不反對，我和羅獵有些話想要單獨談談。」

顏天心轉身離開，她聽到林外傳來栓子的嚎啕大哭聲。

阿諾抱著衝鋒槍繼續去清理戰場。

陸威霖摸出一盒香煙扔給了羅獵，羅獵伸手接過，從中抽出一支煙遞給了陸威霖，陸威霖搖了搖頭，指了指機槍旁邊的一具屍體道：「從他身上找到的，算是給你的見面禮。」

羅獵笑了起來，點燃香煙，抽了一口，然後道：「你一直跟著我們？」

陸威霖搖了搖頭道：「我是來找七寶避風塔符。」

陸威霖並沒撒謊，他的目標也很明確，既然七寶避風塔符在羅行木的手中，他就要找到羅行木搶回並將塔符帶回去，他雖不知道如何找到羅行木，可是相信羅獵應該有辦法，所以他認為只要跟蹤羅獵就能夠找到目標。

羅獵暗自佩服陸威霖鍥而不捨的毅力，不過從中他也意識到陸威霖或許會有不得已的苦衷，否則以他冷酷桀驁的高傲性情，又怎能甘心為葉青虹所用？羅獵道：「知不知道這些人的來路？」

陸威霖點了點頭然後道：「你先告訴我七寶避風塔符的事情。」羅獵上次雖然說七寶避風塔符在羅行木那裡，可是並沒有詳細說到底是如何失去，陸威霖儘管相信羅獵不會說謊，可是對其中的經過仍然抱有很大的好奇心。

羅獵這才簡單將上次在藏兵洞中將七寶避風塔符射入猿人右目的事情說了，陸威霖聽完也覺得此事實在有些玄之又玄，可他也相信羅獵應該不會欺騙自己。避風塔符在羅行木的手中也只是羅獵的推測，羅獵認為猿人是羅行木所豢養，牠受了傷，羅行木自然會幫忙處理，在處理傷口的時候應當會發現那枚避風塔符，理所當然就會據為己有。

陸威霖感歎道：「如此珍貴的東西竟然被你隨隨便便丟掉，真是暴殄天物！」他並不知道羅獵當時丟掉避風塔符卻是為了營救顏天心的性命。

羅獵淡然笑道：「**這世上還有什麼比生命更加重要的東西嗎？**」他對這件事並無半點的遺憾，如果讓他重新選擇，還是一樣，倒不是因為他對顏天心生出了超乎尋常的特別感情，就算遇險者是陸威霖，他同樣會做出這樣的選擇，因為在他心中，人的生命比這些所謂的寶物重要得多。

陸威霖道：「無論怎樣，你都沒有兌現自己的承諾。」他所指的承諾是羅獵和葉青虹之間的協議，拿人錢財替人消災，葉青虹已經付出了一筆不菲的傭金。

羅獵哈哈笑了起來：「承諾需要建立在彼此信任的基礎上，我來蒼白山之前和葉青虹曾有約定，她不可以干涉我的任何行動，是她率先違背了承諾，所以我不欠她什麼。」目光轉向陸威霖，故意道：「更何況現在有你為她完成任務，也不需要我再多事。」

陸威霖道：「帶我去找羅行木！」

羅獵沉默了下去，平心而論，陸威霖有勇有謀，如果有他加入己方的陣營自然是如虎添翼，可是陸威霖畢竟和自己的目標不同，自己是為了營救麻雀，而陸威霖卻是為了得到七寶避風塔符，以陸威霖做事的風格，在關鍵時刻他為了達到目的或許會不擇手段，甚至可能危及麻雀的性命。

陸威霖看出了羅獵的猶豫，低聲道：「你不用擔心，作為你幫我的回報，我會幫你救人。」

羅獵盯住陸威霖的雙目道：「萬一需要選擇呢？」如果在七寶避風塔符和麻雀之間選擇，自己會毫不猶豫地選擇後者，而陸威霖他卻不能保證。

陸威霖道：「總會有兩全齊美的辦法，大雁還沒打下來，就開始考慮如何烹飪的事情，你的擔心是不是有些多餘？」他停頓了一下，來到不遠處的屍體前，抬腳將屍體掀了過來，踏在屍體的胸口上：「這些人全都來自徐北山的精銳部隊，蒼白山是徐北山和張同武兩大軍閥之間的屏障，蒼白山的這些土匪最終導向誰，誰就會掌控有利的局面，就有了佔領整個滿洲的可能，發生在淩天堡的事情並不止表面看上去那麼簡單，其背後有多股勢力在明爭暗鬥，包括葉青虹也沒能成為最終的勝利者，不過還好蕭天行被殺，最終的結果能夠讓她滿意，現在唯一的缺憾就是七寶避風塔符得而復失。」

陸威霖的出現同時也證明葉青虹對羅獵從未報以完全的信任，從一開始就有第二套備選方案，陸威霖的主要任務是狙殺蕭天行，而在羅獵無法順利完成任務時，他會接過這次任務，尋找並搶奪七寶避風塔符，將之送到葉青虹手中。

羅獵對此也有些不解，瀛口劉公館的事件之後，他一度認為葉青虹的真正目的就是為了復仇，至於七寶避風塔符只不過是她用來掩飾真正用心的幌子，而現在看來七寶避風塔符對她似乎擁有著同樣重要的意義，否則陸威霖在蕭天行死後不會選擇繼續留下冒險。

陸威霖道：「考慮好了沒有？」

羅獵道：「我只是有些好奇，葉青虹到底拿什麼要脅你為她賣命？」

陸威霖笑了起來：「我的事情你最好別管！」

栓子將父親的屍體埋在屋後，羅獵幾人清點了一下林中的屍體，共有十七具之多，他們將屍體彙集到了一處，阿諾往上面澆上汽油之後點燃，這也是最妥善的解決辦法，死者也應當有尊嚴，總不能任由他們的屍骨被山中的野獸吃掉。

對於陸威霖的加入，其餘三人並沒有表示反對，畢竟今天凌晨的這場槍戰，如果沒有陸威霖的暗中相助，他們恐怕會傷亡慘重。

雖然伏擊他們的這群人全都來自徐北山的精英部隊，可是顏天心也不敢大意，她臨時放棄了從正面上山的想法，選擇繞行到後山，從後山被稱為鬼見愁的小道輾轉而上，這條道路曾經是過去的採參人留下，就算春暖花開之時都少有人跡，更何況現在是大雪紛飛的隆冬臘月。發生在十字坡的這場暗殺讓顏天心對山上的情況已經不再樂觀，她必須躲開所有人的視線，悄悄返回山寨，她要讓山寨中那些別有用心的背叛者措手不及。

從十字坡繞行到後山，還要穿過近六十里的雪野冰原，凌晨發生的這場槍戰他們不僅僅損失了老佟，還有狗舍中的那些生命，十幾條好狗都沒有來得及逃出狗舍，就被射殺。他們雖然有扒犁，卻因為缺少雪橇狗的拖拽已經無法使用，按照陸威霖的意思本來是想讓這些雪橇犬發揮餘熱，在這天寒地凍的季節至少能吃上一頓熱騰騰的狗肉，可是考慮到栓子對這些動物的感情，最終還是作罷。

栓子從院子後面的地窖中取出自製的滑雪板，這對羅獵來說卻是一個意外的

驚喜，這種滑雪板雖然是手工仿製，不過工藝非常精美，完全可以正常使用。

幾人之中除了陸威霖之外，全都受過滑雪訓練，羅獵在北美遊學九年，酷愛運動，滑雪水準已經稱得上專業級，阿諾來自歐洲，他在入伍之前就接受過專門的滑雪訓練，至於顏天心，這些滑雪板就是她親手繪圖交給手下製作完成，她的滑雪技術自然不必說，栓子也是連雲寨中最早學會滑雪的一批。

陸威霖雖然不會滑雪，可是他學過滑冰，對身體平衡的掌握能力極其出眾，在羅獵的幫助下，短時間內就已經掌握了滑雪的幾個基本動作。

他們在上午十點離開了十字坡，因為這段路途始終都在下坡且順風，開始的這段行程非常順利。陸威霖畢竟剛學會滑雪，開始的階段因為貪圖速度接連摔了幾跤，不過在阿諾的耐心指導下也開始漸入佳境。

正午的時候風停雪住，湛藍的天空中沒有一絲雲，陽光直射到雪野上，雪光白得刺眼。五人之間的距離拉開得很遠，羅獵和顏天心已經遙遙領先，栓子處於中間和兩人之間大概拉開百米的距離，他的身後才是陸威霖和阿諾，兩人被栓子也甩開近半里的距離，不過好在雪野空曠，四下無人，而且此時陽光極佳，一眼就能夠找到各自的位置。

羅獵對顏天心越來越好奇，原本他認為顏天心只不過是窩在蒼白山占山為王的女匪，卻想不到她非但能夠閱讀英文原版的泰戈爾詩集，還擁有如此嫺熟的滑雪技巧。如果不是事先就知道了顏天心的身分，羅獵甚至會認為顏天心和自己一樣擁有在異國他鄉留洋的經歷，他和顏天心在雪野之上輾轉騰挪有若兩隻在雪地上翩翩起飛的蝴蝶，羅獵望著俏臉緋紅的顏天心，此時的她美得奪目，猶如這漫天遍野的雪光，讓他人不敢直視。因為顏天心帶著所有人中唯一的墨鏡，看不到她的眼睛，忍不住問道：「你有沒有留過洋？」

顏天心看了他一眼，然後道：「追上我我就告訴你！」雪杖一撐，率先向前方的斜坡衝去。

羅獵笑了起來，望著顏天心在雪地上左右穿梭的倩影，好勝心不由得升起，他將雪杖向身後一撐，身體猶如離弦的箭一般向前方衝去。顏天心來到中間的時候，羅獵就已經拉近了和她的距離，顏天心讚歎羅獵滑雪技巧的同時，利用身體的回轉阻擋羅獵前行的路線，以此對他進行干擾。

前方出現了一塊巨石，羅獵提醒顏天心道：「小心！」然後他向左側閃避，顏天心則向右側輕巧繞開前方的巨石。

兩人繞過巨石之後，幾乎同時來到了雪道上，彼此都進入了最後的衝刺，連續揮動雪杖之後，取得足夠的動力，他們都將一雙雪杖夾在手臂下，身體前傾呈半蹲的姿勢利用慣性沿著雪坡向下方滑行。

羅獵的身高體重優勢決定他將勢能轉化為動能的過程更加有利，雖然顏天心的技術和他不相伯仲，可是羅獵仍然搶先衝到了坡底，在雪地上一個瀟灑的回還，然後止住了前衝的勢頭，他停下的位置故意擋住了顏天心前衝的路線，顏天心若是無法及時停下，勢必整個人衝入他的懷中。她左邊的雪杖輕輕一點，雙足微微變換了角度，然後就巧妙繞過了羅獵，在他身體的右側繞了一個大圈，然後停在他的身後。

羅獵轉過身來，眼睛因為長時間被冷風和雪光刺激，開始變得有些發花。

顏天心讚道：「不錯，你贏了！」

羅獵笑道：「還沒有回答我的問題。」

顏天心搖了搖頭道：「沒有！我連滿洲都沒有離開過！」

羅獵愣了一下：「那你從何處學會的英文，還有滑雪？」

顏天心禁不住笑了起來，他的問題還真是不少，抬起頭看了看上方，栓子已經開始下滑，阿諾和陸威霖兩人的身影剛剛才出現在斜坡的頂端，這個斜坡角度有些陡峭，估計陸威霖或許沒那麼順利。

果不其然，陸威霖滑到中途就因為速度太快，控制不住身體，跌倒在雪地上，然後沿著斜坡嘰哩咕嚕地滾了下去，陸威霖有生以來還沒有那麼狼狽過。

羅獵提議暫時休息，一來做一次中途調整，二來可以趁機休息一下被雪映射得發花的眼睛，顏天心對此並沒有表現異議，事實上她在多半事情上都尊重羅獵的意見。

栓子抵達之後，找來樹枝於避風處升起一堆篝火，又將一個鋁壺裝滿積雪融水燒開。顏天心隨身帶著茶葉，交給栓子讓他將普洱茶直接用水煮了。

太陽開始偏移，部分已經被天脈山遮住，羅獵抬頭望去，看到陽光開始減弱，用不了太久的時間，太陽就會被山徹底擋住，他們所在的位置就會被天脈山巨大的陰影籠罩。高高聳起直入雲端的部分就是開天峰，山峰尖穿出了雲層，而到山腰的大部分都隱沒在雲層之中，開天峰的奇特在於從峰頂到山腰有一條狹窄的縫隙，彷彿被人一劍劈開，傳說中這道縫隙是大禹治水的時候，為了疏導洪水，用巨斧劈開天脈山頂，洪水從大禹劈開的水道中流出，從而緩解了洪災，只是這一說法來自於民間傳說，並無確實的史料可考。

羅獵聽到這個傳說首先想起的就是禹神碑，羅行木根據那幅用夏文標記的地圖找到這裡，麻博軒在金國皇陵中見到了一枚用夏文鐫刻的古幣，而他們在僥倖逃離之後，背脊上都出現了擅入者死這四個大字，雖然手法不同，可全都是用夏文鐫刻。種種跡象表明，這些事之間或許存在著某些不為人知的聯繫。

顏天心將手中的搪瓷茶缸遞到羅獵面前，打斷了他的沉思，羅獵抬起頭望著顏天心笑了笑，接過茶缸，喝了口熱茶，普洱香氣濃郁醇厚，讓人心曠神怡，在這白皚皚的雪夜中能夠喝到熱茶本身就已經是一種難得的享受。

羅獵道：「記不記得我此前寫給你看的那四個字？」

顏天心點了點頭。

羅獵道：「很少有人認識那四個字，你知不知道那四個字屬於什麼朝代？」

顏天心居然被他問住，搖了搖頭。

羅獵的表情將信將疑，他又在雪地上寫了一個字——你，顏天心一臉迷惘，羅獵不知她是真不認得還是裝不認得，於是又加了三個字，很性感！羅獵這樣的做法顯然有些惡作劇，不過他這樣寫還有另外一層含義，如果顏天心認得這三個字，前後貫通十有八九會惱羞成怒，可顏天心根本不知道他在寫什麼，搖了搖頭道：「這是什麼文字？」

羅獵這才相信顏天心除了擅入者死那四個字之外，再也不認得其他的夏文，抬起腳將地上的字跡抹去，笑道：「你很漂亮！」

顏天心道：「你真無聊！」她非但沒有生氣，心底反而升起一股暖意，低聲道：「你還沒有回答我的問題。」

羅獵道：「這些字據傳是夏文，來源於大禹碑銘。」

顏天心道：「夏文？怎麼可能，夏朝並無真實的文字可考，如果可以真的證明這些是夏朝的文字，我國舉世公認的歷史可就不止現在的五千年！」

羅獵道：「羅行木之所以能夠找到這裡，就是通過一幅用夏文標注的地圖，他無法破譯其中的文字，所以才會求助於他的老師麻博軒，麻教授研究之後認為這些文字來源於大禹碑銘，你有沒有聽說過禹神碑？」

顏天心見聞廣博，知道禹神碑如今位於岳麓山。

羅獵道：「我開始也是這麼認為，可後來才知道，岳麓山的禹神碑乃是宋嘉定年間重建，真正的禹神碑早已不知所蹤，根據麻教授的筆記，他懷疑真正的禹神碑很可能被藏在蒼白山。」

顏天心道：「怎麼可能？那禹神碑如此巨大，從江南運到這裡需要耗費大量的物力人力，誰會做這種無聊的事情？」

羅獵道：「禹神碑上面究竟刻了什麼，大家都不清楚，或許其中的內容極其重要，據推測，禹神碑失落的時間正值北宋末年，那時金國崛起，疆土不斷擴張，鐵騎揮師南下，將大宋的版圖不斷壓榨，甚至攻陷汴京，俘虜了欽宗和徽宗兩位皇帝，史稱靖康之難，而禹神碑的失落恰恰是這個年代。」

顏天心心中暗忖，羅獵的推測雖然天馬行空，可仔細一想或許有那麼一些道理，如果當年當真是金國搶走了禹神碑，運來這裡也有可能。只是她仍然想不透，這禹神碑對現在來說是一件重要的史料，可是在八百年前的宋朝，禹神碑遠沒有現在的重要意義，無非是為大禹歌功頌德的一尊碑刻罷了。

顏天心道：「你是說，羅行木的真正目的是為了尋找禹神碑？」

羅獵搖了搖頭道：「他應該對考古學術沒什麼興趣，真正想要找到禹神碑的是麻教授，麻教授是個書呆子，羅行木正是利用了這一點，方才引誘麻教授隨同他前來探險，據我所知，他從天脈山的金朝古墓中盜掘了不少的寶物。」

顏天心本是女真後人，天脈山古墓之中埋葬的是她的先祖，聽到羅行木盜掘古墓，不由得怒從心起，憤然道：「我絕不會放過這個賣國求榮的狗賊！」

羅獵道：「你在天脈山那麼多年，難道從沒聽說過關於禹神碑的事情？」

顏天心搖了搖頭。

羅獵道：「九幽秘境在什麼地方？」

顏天心仍避而不答，抬頭看了看天空，輕聲道：「又要起風了，咱們要趕在風雪來臨之前抵達山下。」說完之後，她起身獨自一人向前方滑去。

羅獵有些無奈地望著顏天心的背影，栓子收拾東西很快跟了上去，陸威霖來到羅獵身邊，用肩膀碰了一下羅獵，滿懷深意道：「看來你們好像沒談攏。」

羅獵滿臉不屑地望著陸威霖：「跟你有關係嗎？」

陸威霖搖了搖頭道：「我還以為你什麼樣的女人都能搞定，現在看來也不過如此。」說完他撐起雪杖，向前方慢慢滑去。

阿諾等到最後一縷陽光被遮擋在山的那邊，方才懶洋洋從陰影中站了起來，和羅獵肩並肩望著已經先走的三人，慫恿道：「喜歡就追上去，我看得出來，顏天心喜歡你。」

羅獵沒好氣道：「你懂個屁！」

顏天心滑出一段距離，忍不住回頭看了看，發現跟在自己身後的是栓子，羅獵和阿諾遠遠落在隊尾處，難不成自己剛才的態度激怒了他？轉念一想，自己何必在意他的感受，卻終忍不住小聲嘟囔了一句：「小氣！」

羅獵絕不是個小氣之人，之所以落在隊尾，卻是要故意和顏天心拉開一些距離，人和人之間不可以走得太近，太近了就會讓人產生戒備心，男女之間更是如此，太近了還會讓人說閒話，太近了會讓一方不自覺地產生優越感，適當地拉遠距離，在某種意義上也是一種謀略，這就叫欲擒故縱。

第十章

禹神廟

羅獵聽說眼前是禹神廟，心中難免一動，
不知這座禹神廟和失落的禹神碑究竟有無關係？
神廟是拱頂結構，可分解上方的壓力，是建築中最堅固的一種。
這座依山而建的廟宇如果在平地上並不稀奇，
可是建在懸崖峭壁之上，全部依靠鑿山建成，
當年花費的精力和代價一定極大。

下午兩點，他們已經順利抵達了天脈山北麓，現在所處的高度比十字坡下降了不少，北麓的這條古道極其陡峭，而且因為背陰的緣故，這裡的冰雪常年不化，在古道起始處的密林中，藏著一個山洞，裡面儲備著一些常用的登山用具，老佟活著的時候，幾乎每個月都要來此一趟，雖然這條古道已經廢棄不用，可是為了防備不時之需，在這座山洞中始終儲存著一些必要的物資。當然他們前來這裡的另一個原因就是打獵，北山人跡罕至，鳥獸眾多，可以稱得上天然的獵場。

因為接下來的路程都是上坡和爬山，滑雪板已經排不上用場，他們將滑雪裝備全都留下，換上了特製的冰鞋，冰鞋和普通的皮靴也沒有太大不同，無非是鞋底裝上了短釘，利用這些短釘，可以增大足部的摩擦力，減緩冰面的濕滑。

栓子將一盤繩索斜背在肩頭，即便是他也從未在隆冬臘月從這條古道上過天脈山。

羅獵脫下自己的靴子，他的這雙靴子已經爛了底，襪子已經濕透，褪下襪子，腳上刀割般疼痛，借著火堆的光芒看了看，看到腳上磨出了許多大大小小的血泡，足底也凍裂了口子。

顏天心此時走了過來在他的面前蹲了下去，示意羅獵抬起他的大腳，然後將一根銀針在火上烤了烤，將羅獵足底的血泡逐一挑破，羅獵痛得呲牙咧嘴，顏天心將他的血泡挑破之後，用酒精消毒，又為他塗上一層金黃色的油膏，羅獵感覺傷口處麻酥酥的，疼痛瞬間減緩了許多，然後顏天心用繃帶將他的雙足裹住，不知從何處找來了一雙棉襪。

眼看著顏天心居然如此耐心地伺候自己的一雙爛腳，羅獵心中難免有些誠惶誠恐，總不能讓她給自己穿襪子，於是接了過來，將襪子穿上，可是再穿冰鞋時因為雙腳包裹得太厚，無論如何也穿不進去了，這雙鞋已是能找到的最大一雙。

顏天心抓起冰鞋，用匕首在足跟處劃了個口子，這樣羅獵就能將雙腳套入其中，然後再用布將裂開的口子纏住，外面塗上油膏，這是為了避免雪水滲入。所有人都看出顏天心對待羅獵的細緻和耐心。

阿諾看到羅獵穿好了冰鞋，也揚起自己的大腳：「還有我，還有我……」他的腳上也磨出了幾個血泡。

顏天心彷彿沒聽見一樣，轉身離開。

阿諾瞪大了雙眼，一臉的不解，難不成羅獵的腳是香的，我的腳是臭的？

一旁陸威霖歎了口氣道：「同人不同命，我說金毛，咱們還是互相幫助，自力更生。」

阿諾瞪了陸威霖一眼：「別叫我金毛，我跟你有那麼熟嗎！」

羅獵跟在顏天心的身後來到了洞口，風很大，天空中並沒有下雪，地上的積雪被狂風吹起來，如煙似霧，在大地上急速流淌著，顏天心用望遠鏡遠眺著山頂，山頂也起風了，視野中出現了若有若無的煙霧。

知道羅獵來到了身後，她將望遠鏡遞給了羅獵，指了指開天峰中間的縫隙道：「天黑以前，我們爭取抵達裂天谷。」

羅獵透過望遠鏡向上望去，顏天心所說的裂縫位於開天峰半山腰，從他們現在的地方抵達那裡，山勢還算平緩，可是從裂天谷向上，山勢就變得陡峭險峻。

羅獵道：「會不會下雪？」

顏天心道：「雪並不可怕，真正可怕的是風！」

羅獵開始的時候並沒有領會到顏天心這句話的真正含義，等他們啟程走向這座大山，他方才明白顏天心因何要這樣說，隨著高度的上升，風力開始不斷增強，因為選擇了背陰的山體，他們現在是逆風而行，熟悉路徑的栓子走在最前方，他所帶的繩索也派上了用場，幾人利用繩索彼此相連，一來可以避免被大風刮走，二來可以防止失足滑倒而滾落，不幸落入兩側的山崖，當然這樣的做法有利有弊，如果遇到特級強風，連接成為糖葫蘆一樣的他們會被全都吹下山崖。

通過這片紅豆杉林，前方出現了一片小型冰川，冰川看起來平整，可是下面卻是溝壑縱橫，宛如有人用刀劈斧砍，淺的地方不過一尺，深的地方卻可達數丈，因為積雪，溝壑早已填滿，形成一個個天然的陷坑，如果不熟悉地形的人，盲目前行，很容易陷入積雪掩蓋的天然陷阱中。輕則扭到足踝，重則跌入縫隙。

栓子提醒眾人加倍小心，跟隨他的腳步，他用手中的木杖試探前行，身後幾人小心跟上他的腳步，盡可能踩著他的腳印前行。羅獵曾經研究過蒼白山一代的地理，知道蒼白山一帶並不是典型的冰川地貌，因其氣候條件並不適合冰川生存，想不到在天脈山的北麓，陽光照不到的角落，居然還倖存著這麼一小片的冰川，冰川上方的溝壑是因為每年春暖花開，山上冰雪消融，雪水從山上流淌下來，經年日累侵蝕變化，方才在冰川上方留下了這樣的痕跡。前方傳來阿諾的驚歎之聲，卻是他從腳下裸露的冰川下看到了一隻被封凍其中的狍子。

狍子仍然保持著生前的模樣，身體側傾，眼睛中流露出惶恐的目光，似乎隨時都要掙扎逃跑。

對顏天心和栓子來說，這樣的景象並不稀奇，在這片冰川下封凍了許許多多的生命，有走獸，有飛禽，還有人類，從中可以看到生命的流逝，同時也看到了山川的歷史，**難怪有人說歷史的每一個腳印都包含著殘酷**。

即將走過這片冰川的時候，在一塊巨大的冰岩下看到了一個死人，死者蜷曲靠在冰岩下應當是避風，他身上的皮肉已經風乾，茅草一樣的頭髮結滿了冰，在頭髮被風吹起的剎那凝固。

栓子道：「這個人已經在這裡坐了二十多年。」說這番話的時候，他感到一陣難過，想起了慘死的父親，他是從父親那裡得知這件事的。這名死者也是冰川的分界線，他所在的地方恰恰是雪落不到的地方，這也是他死了二十多年都沒被風雪掩蓋的原因。身體沒有腐爛卻是因為他死的時候剛好處在一個風口，他的肉體被寒風吹乾蠟化，就此凝固成為大山的一部分。從這裡就算正式離開了冰川，不過前方也開始正式進入了風口。

繞過死者背靠的冰岩，風力明顯又增大了許多，地勢越來越陡峭。他們沿著天脈山北山的古道，傾斜上行，遇到過於陡峭難行的地方，栓子都會先用鐵條楔入岩石的縫隙之中，然後才謹慎通過。

腳下的冰鞋起到了一定的作用，利用冰鞋上的釘子，他們刻意踩入冰層和凍土中，盡可能地保證不被滑倒。在陡峭的山石和冰雪中輾轉行進了近三個小時，他們終於在黃昏時分接近了裂天谷，通往裂天谷的小路已經完全被冰雪封住，他們只能選擇從正面攀爬這道高達十米的冰牆，冰牆起自裂天谷底部，寬約六米，光滑平整，角度近乎垂直，最麻煩的是，冰牆上方並無著手之處，想要徒手攀上這座冰牆幾乎沒有可能。

栓子望著這道冰牆也是一籌莫展，他從未在隆冬季節選擇走過這條古道，春暖花開之時，山上的雪水流入裂天谷內，彙聚成溪，溪流從谷口垂直留下，形成落差十米的飛瀑，不過每到秋季隨著降水的減少，水流也開始減弱，眼前規模的冰牆應當和今秋雨水過多有關，雨水和山頂融化的雪水到了深秋氣溫驟降凝固之後形成了眼前大面冰牆。

栓子拿出鐵條和錘子，準備在冰牆之上鑿出可供落腳的凹窩。動手之後方才發現，冰層極其堅硬，全力一錘砸下去，鐵條只是在冰層上留下一個小白點，照這樣下去，等到天黑也無法爬到冰牆頂部。

栓子埋頭苦砸的時候，羅獵幾人升起了一堆篝火，栓子嘴上不說，可心中暗歎，這幾人不知道幫忙，倒是懂得享受。

篝火燃起之後，羅獵將栓子將鐵條拿來在火上燒紅，然後利用鐵條刺入冰牆，冰牆雖然堅硬，可是接觸到灼熱的鐵條冒出大量的白煙，鐵條輕易就在冰牆上留下了一個小坑，栓子這下方才知道羅獵生火的用意，心中對他暗暗佩服，用熱力融冰，這麼簡單的道理怎麼自己就沒有想到？

顏天心其實在羅獵生火的時候就已經明白了他的用意，不過她並未點破，只是一旁靜靜看著，**聰明的女人絕不會搶男人的風頭**。

利用羅獵教給自己的辦法，栓子並沒有花費太大的力氣就在冰牆上弄出一連串的孔洞，阿諾幫忙找來手腕粗的樹枝，趁著孔洞融化的冰水尚未凝固就插進去，冰水重新凝固之後樹枝就牢牢黏在冰牆之上，栓子踩著樹枝一路爬了上去，等他來到冰牆頂部，身後也留下一連串用樹枝形成的踏步，栓子找到一塊合適的冰岩，拴好繩索，將長繩放了下去，現在這面冰牆對羅獵幾人已經變得毫無難度，他們只需抓住繩子踩著樹枝做成的踏步，無需花費太大的力氣就能夠順利抵達裂天谷的底部。

五人全都來到谷底之後，栓子收回繩索重新盤好，背在肩頭。

裂天谷是一個天然的岩縫，也是一個天然的風口，這裡的風力要在十級以上，稍有不慎就會被吹下去，摔得粉身碎骨。

顏天心提醒眾人要小心，五人彼此相扶，頂著強風走入裂天谷北側的凹窩，走入凹窩的範圍，和外面完全成為兩個截然不同的世界，淒厲的寒風被厚厚的岩層阻擋在外，雖然耳邊聽到外面狂風怒號，可是這裡面卻連一絲風都感覺不到，沒有了風，自然覺得溫暖了許多，羅獵搓了搓被風吹乾的面龐，促進血液循環，恢復表皮的溫度，讓被冷風吹得已經麻痹的嘴唇逐漸恢復活力，其餘幾人也和他一樣，所有人都保持著沉默，全都是因為嘴唇被凍得麻木的緣故，這種時候誰也不願白白耗費力氣，甚至連呼吸的幅度都減弱了許多，以免體內的熱量隨著呼吸排出體外。

羅獵滿臉的絡腮鬍子已經結上了一層冰碴兒，看上去已經花白，彷彿變成了一個老頭兒。阿諾也好不到哪裡去，躲在避風的地方接連不斷地打著噴嚏，等他的嘴巴恢復了知覺，馬上開始抱怨：「這鬼天氣實在是太折磨人了。」瞎子不在場的情況下，阿諾就當仁不讓地成為話最多的那個。

顏天心道：「這還不是最壞的時候，風大的時候，谷底根本站不住人。」她整理了一下衣服，將袖口和領口紮緊，然後催促幾人儘快動身，走過這個凹窩，前方現出一條小道，說是小道，實際上是開鑿於懸崖峭壁上的石階，呈之字形走向，石階的角度目測要有七十度，寬度最窄的地方不到一尺。羅獵幾人無一不是膽色過人，可是看到這道開鑿於懸崖上的之字形天梯，幾人的臉色都有些變了。

殺人如麻的陸威霖此刻居然感到有些頭皮發麻，下意識地摸了摸腦袋道：「你確定，咱們要從這爬上去？」

顏天心道：「這條天梯又叫鬼見愁，其中的含義你們應該懂得，如果順利的話，咱們兩個小時應該可以抵達休息的地方。」

阿諾叫苦不迭道：「不是說咱們今晚在谷底休息嗎？」

顏天心道：「你確定要在這裡休息？」她抬頭看了看昏暗的雲層：「今晚的風向應該會改變，如果後半夜刮起了西北風，那麼冷風就會源源不斷地灌入咱們剛才避風的地方，咱們五個人可能沒有一個能夠活著撐到明天。」

羅獵道：「也就是說已經沒得選了！」

顏天心望著他，然後微笑著歪了歪頭。

羅獵道：「那就走唄，我看這天不知道什麼時候會下雪，距離八點還有兩個半小時，熬得住！」他向顏天心做了個邀請的手勢：「女士先請！」關鍵時刻他首先表態同意顏天心的決定。

顏天心笑了起來，她點了點頭，率先向石階走去，顏天心在最前方帶路，栓子斷後，五人沿著陡峭的石階繼續向上方進發，為了穩妥起見，他們不得不選擇手足並用在陡峭的石階上爬行，雖然樣子不好看，可是這樣爬行可以將重心放低，而且可以最大限度地減輕風阻，四肢著地的感覺要比直立行走踏實許多。攀爬沒有多久，夜幕就已經降臨，石階貼著裂天谷的內側崖壁，之字形走向，台階轉折的地方並沒有多餘可供休息的平台，所以他們只能原地休息，剛開始的時候還沒有什麼，隨著高度的攀升，每個人的體力和內心都開始承受著嚴酷的考驗。

羅獵緊跟在顏天心的身後，這樣的角度讓他可以放肆欣賞顏天心的身姿，有助於讓他忽略眼前嚴苛惡劣的環境，讓艱苦的行程也變得意趣盎然。

但是其他人就沒有羅獵這樣的心態，身後突然傳來一聲慘叫，眾人都是一驚，羅獵回頭望去，卻是陸威霖不小心踩落了一個石塊，剛巧砸在身後阿諾的腦門上，阿諾摸了摸額頭，還好頭皮夠硬，再加上棉帽的緩衝，沒被砸破。

陸威霖歉然道：「不好意思，我無心的！」

阿諾已經沒有氣力抱怨，擺了擺手，示意他繼續前進。

顏天心有些累了，她趴在台階上停了一會兒，小聲道：「我真怕自己會失足落下去。」

羅獵笑道：「放心吧，有我在你身後墊背。」

顏天心道：「如果我掉下去，千萬別管我，不然我會連累你一起掉下去。」

羅獵道：「那不行，皮囊得給我留下，咱們說好的。」

顏天心想起兩人在藏兵洞時候的約定，俏臉不禁熱了起來，似乎感覺沒那麼冷了，其實這裡的地勢雖然險要，可是比起他們在藏兵洞內遭遇的凶險還是無法相提並論。

他們的運氣還算不錯，這段時間並沒有遭遇暴風雪，晚上七點半就已經順利抵達了下一個地點，這裡距離開天峰的頂部還有二百米的垂直距離。石階突然中斷，以他們目前的裝備，是不可能爬上頭頂這道垂直的懸崖。前方巨石疊合的地方有一個不起眼的縫隙，顏天心用手電筒照亮那縫隙，第一個從縫隙通過。

羅獵跟隨顏天心的腳步從縫隙中鑽了過去，鑽過縫隙眼前卻出現了一幅讓人意想不到的景象，十多尊巨大的石像相對而立，頂天立地，姿態各異，借著周圍雪光的映射望去，卻見這些石像有擒龍縛虎，有彎弓射月，有振翅欲飛，讓羅獵最為驚奇的是，這其中竟然有一尊美杜莎的雕像，滿頭小蛇，人面蛇神，羅獵忽然想起麻博軒的那本筆記上，曾經見到過同樣的畫像，難道麻博軒所畫的就是這個地方？他此前也曾經來到過這裡？可惜麻雀不在身邊，無法親口驗證，也無法拿那本筆記對照，這些石像應當雕刻的是神話中的人物，可是為何西方的神話人物為何會出現在這裡？羅獵百思不得其解。

羅獵的第一反應就是這裡可能是一座陵園，此前他就聽說天脈山上有不少金國古墓，只是他從未想到在天脈山開天峰的山崖之上竟然藏著一座如此規模的建築，這是一個非常奇怪的選擇，位於山的背陰一面，羅獵雖然不懂風水，可是眼前的這片地方絕不是什麼風水寶地。

顏天心從石像群之間走過，盡頭處是雕刻在崖壁之上的一座殿宇，殿宇完全利用山體，鑿山岩而建，大殿無門，巨大的中式翹角飛簷下有八根合抱粗的石柱，石柱卻是典型的巴洛克風格，黑魆魆的拱門宛如一個巨獸的大嘴，讓人望而生畏，彷彿要撲上來將他們這群人全都吞到口中。

顏天心用手電筒照射了一下殿宇上方的匾額，上面刻著禹神廟三個字。

羅獵道：「是廟？」這種中西風格的建築出現在深山之中著實詭異。

顏天心沒好氣道：「你以為是什麼？」她隨後解釋道：「這裡是我們前往峰頂途中唯一可以休息的地方，本來我想連夜爬上峰頂，可是我看很快就會起風，為了安全起見，咱們還是在禹神廟裡休息一晚再走。」

羅獵聽說眼前是禹神廟，心中難免一動，不知這座禹神廟和失落的禹神碑究竟有無關係？幾人走入禹神廟內，神廟也是拱頂結構，這樣的結構有助於分解上方的壓力，是建築中最為堅固的一種。這座依山而建的廟宇如果在平地上並不稀奇，可是建在懸崖峭壁之上，當年花費的精力和代價一定極大。

栓子出門拾取乾柴，陸威霖則拿起他的槍跟著出去，一來為了彼此照應，而來可以看看有無可能找到獵物。

阿諾靠著牆壁坐了下去，揉著痠麻的雙腿，他有生以來從未經歷過這樣的辛苦，想起自己跟隨羅獵前來的初衷只是為了一千塊大洋，如果知道這趟征程如此辛苦，他當初應該不會答應，如果沒有跟著羅獵來蒼白山，他此刻應該還在瀛口喝酒賭錢醉生夢死，可是阿諾卻並不後悔，真正走出來方才意識到自己在瀛口的那段日子如此荒唐可笑，回頭看那段時光，才能認清自己的迷失和蹉跎。前來蒼白山之後，雖然每一刻都過得驚心動魄，可是阿諾卻重新燃起了鬥志，似乎回到了當初在歐洲戰場浴血搏殺的日子，他的生命彷彿重新煥發了光彩，也許他生命的意義就是為了冒險而存在。

羅獵點燃了一支香煙，來到阿諾身邊，遞給了他一支，阿諾接過香煙，羅獵幫他點上，微笑道：「想什麼呢？」

阿諾用力抽了口煙，然後瀟灑地吐出一個煙圈，看著煙圈在空中緩緩擴展開來，然後道：「你還欠我七百塊大洋！」

羅獵哈哈大笑起來：「我現在沒錢給你，等咱們結束這次的任務，我馬上把尾款給你結清。」

阿諾道：「營救麻雀可不是咱們約定中的事情。」

羅獵道：「再加三百塊大洋！」

阿諾搖了搖頭。

羅獵以為他嫌少：「你想要多少？」

阿諾道：「無所謂，這次是我自己願意來的，不要錢！」

羅獵有些意外地望著這個嗜酒如命，好賭成性的傢伙，彷彿今天才認識他。

阿諾道：「剛開始的時候的確是為了錢，可是我現在才發現已經上了你的賊船，所以我爹說得對，生意就是生意，不可以談感情，現在……晚嘍！」他把煙在地上掐滅了，從懷裡掏出自己的酒壺，擰開灌了兩口。

羅獵道：「我早就看出你不是個俗人！」

阿諾咧嘴笑了起來，意識到自己在不知不覺中被羅獵的友情套牢。

羅獵拍了拍他的肩膀，向顏天心走去，顏天心在禹神殿正中的禹神像前上了三支香，羅獵抬頭看了看這座臨崖而建的雕像，雕工雖然談不上精美，可是禹神的威猛氣魄還是表現得淋漓盡致。

顏天心道：「這座禹神廟建於清康熙年間，這裡所有的一切都是就地取材，當時一共來了二十五名石匠，在這個地方足足工作了十年，方才完工。」

羅獵點了點頭，古人的毅力超乎想像，而他們這種鍥而不捨的毅力多半建立在信仰的基礎上。**在歷史的發展過程中，沒有人能夠忽視信仰的力量，正是信仰支持著人類不斷地和自然抗爭，以一己之力挑戰強權，不惜拋頭顱灑熱血，在許許多多人的心中信仰甚至超越了生命的價值，為了維護他所尊崇的信仰可以不惜**

一切代價。

顏天心道：「據說，在裂天谷建造這座禹神廟的初衷不僅僅是為了紀念禹神，那段年月連年陰雨，山洪頻發，天脈山周邊一帶的百姓深受其害，所以當時的連雲寨主選擇這個當年大禹劈山洩洪的地方雕築神廟，祈求禹神保佑，風調雨順，庇護這一方百姓平安。」

羅獵道：「連雲寨從那時就有了？」

顏天心道：「連雲寨雖為朝廷所不容，可是我們卻從未做過傷天害理的事，可是這個世界從古到今都不安穩，哪怕是你想安靜的活著，都是一種奢望。」

羅獵輕聲道：「身處亂世，誰又能獨享安樂呢？你不惹別人，卻無法保證別人不惹你，也許你的存在已成為了他人的障礙。」

顏天心同樣陷入沉思，連雲寨一直奉行著與世無爭，安守己方的勢力範圍，然而事實證明，他們的想法是錯誤的，在蒼白山，蕭天行想要唯我獨尊，哪怕是連雲寨並無和他爭雄之心，蕭天行仍然想方設法意圖滅掉連雲寨。可是強勢殘暴的蕭天行也沒有笑到最後，狼牙寨的內部發生了問題，隨著時間的推移，這場殺局也漸漸撥雲見日，真正主宰這場殺局的人卻是滿洲的兩大軍閥，他們在暗地裡扶植自己的力量，意圖搶先吞下蒼白山。顏天心雖然僥倖脫困，可是在離開凌天堡之後，危機並沒有就此遠去，十字坡的那場暗殺只是開始。

她不清楚連雲寨現在的狀況，不清楚自己的手下到底有多少人背叛，這才是她放棄正面上山的原因，北麓的這條古道，雖然艱難，可畢竟安心。

羅獵道：「不知大禹究竟有沒有來過這裡治水？」

顏天心望著神像道：「他就在這裡，不如你問問他。」

羅獵被顏天心這出其不意的幽默逗笑了，他想起外面的美杜莎雕像和巴洛克風格的抱柱，說出了這個盤踞心中許久的疑問。

顏天心道：「你沒看錯，那雕像的確是美杜莎，當年設計這座禹神廟的人來自法國，他曾經是沙俄的俘虜，後來逃亡至此，來到連雲寨找到了屬於他的另外一半，於是在此安家，生活了二十年方才離開。」

羅獵這才明白因何會出現一座美杜莎的雕像，不過這名來自歐洲的石匠倒是有些惡趣味，居然在禹神廟前雕刻了一座美杜莎的雕像，欺負連雲寨的這幫山賊沒見識嗎？

顏天心道：「他雖然帶著家人離去，不過他的後人從未斷了和連雲寨的聯絡，一八七〇年普法戰爭爆發，他其中一個兒子為了逃避兵役來到我們這裡避難，一直生活至今，你現在應該明白我為何懂得英文了。」其實她的法語也非常流利，跟隨那位老師還學了一些德語，在語言方面顏天心有著超人一等的天賦。

羅獵點了點頭，心中暗忖，顏天心給出了一個極其合理的解釋，看來她關於西方的瞭解應該來源於這位法國石匠的後人。

外面的風力明顯在增強，就在幾人開始擔心的時候，栓子和陸威霖兩人從外面回來了，栓子背著一大捆乾柴，陸威霖卻是一無所獲，雖然他槍法出眾，可是在隆冬季節，獵物也很少出來行動。

栓子很快就在大殿內生起火來，他帶的乾糧雖不多，可足夠他們今晚果腹。

顏天心觀雲識天的本領果然厲害，九點剛過，外面就下起了暴雪，暴雪肆虐，鬼哭神嚎，風吹山谷，松濤陣陣，彷彿擁有摧枯拉朽，撕碎一切的氣勢，就算站在禹神廟的大門處就已經被風吹得立不住腳，如果此時堅持從古道登頂，只怕他們一個個都要被吹下山崖，難怪歸心似箭的顏天心肯停下來選擇休息。

狂風席捲著雪花從敞開的廟門吹入大殿，五人聚集在大殿的西南角，這裡是最避風的地方，栓子熬好了苞米糊糊，每人分了一些。阿諾和陸威霖不約而同想起了丟棄在十字坡的那幾隻雪橇犬，如果帶來一隻該有多好。

阿諾就著苞米糊糊喝了半壺酒，然後縮在火堆旁睡去，只要有酒他對環境倒是不挑剔。陸威霖借著火光擦著他的槍，他對自己的武器有種戀人的感覺，目光只有在盯住手槍的時候方才充滿溫柔，至少比看女人的時候要溫柔許多。

栓子裹著大衣靠在牆上睡了，這一天對他最為煎熬，他親歷了父親的死亡，仍然沉浸在深深的痛苦之中。

顏天心向羅獵道：「抓緊時間休息一下吧，這裡不會有什麼問題。」人在這樣暴風雪環境中根本無法存活，就算野獸也不會冒險出動，他們大可高枕無憂。

羅獵點了點頭，拍了拍自己的肩頭道：「我可以借你一個肩膀。」

顏天心瞪了他一眼，向一旁挪了挪，反倒拉遠了和羅獵之間的距離，用隨身的毛毯將自己包裹在其中，背過身的時候，唇角卻泛起一絲恬淡的微笑。

陸威霖隔著篝火望著羅獵，一臉的幸災樂禍。

羅獵向他揮拳示威，陸威霖非但沒有生氣，反而樂了起來，露出滿口潔白整齊的牙齒。低聲道：「你睡吧，我來守夜！」

羅獵搖了搖頭，倒不是他有意謙讓，而是因為他根本沒有睡意，昨晚在十字坡好不容易睡了一會兒，可半夜又被噩夢驚醒，他寧願辛苦熬上一夜，也不願一閉上眼睛就重複那場噩夢。

陸威霖也不客氣，羅獵既然不願休息，他就去睡，總不能陪著這廝熬夜，他們這個團隊必須要保證旺盛的戰鬥力，而且這趟征程實在是太辛苦了。

羅獵往篝火中又添了一些劈柴，看到幾位同伴都已經進入了夢鄉，每個人睡姿各異，不過看得出他們睡得都很沉，畢竟都經歷了一天的辛苦跋涉。

幸福對有些人很簡單，可是對有些人卻遙不可及，如果自己能夠安安穩穩一覺睡到天亮，想必也是一種幸福。羅獵很快又否定了這個念頭，即便可以像他人一樣安眠，可是醒來之後呢？是否醒來之後就能遺忘心中的痛苦？

顏天心卻在此時睜開了雙目，看到坐在火邊陷入深思的羅獵，此時的羅獵收起了平時的調侃和玩笑，表情沉靜，目光深沉。

比起他玩世不恭的表像，顏天心更欣賞他此時的沉默如金，也許現在才是他真實的一面，不同的人會有不同的處世方法，顏天心遇到不想回答的問題，不想面對的人會選擇保持距離，而羅獵卻會選擇收藏自己，他擁有一顆極其強大的內心，即便是遇到天大的事情，仍然可以笑看風雲，談笑自如。

羅獵終於意識到顏天心正在悄悄觀察著自己，他抬起頭，捕捉到顏天心不及逃離的目光，顏天心猶如偷東西被人抓了個正著一般，剪水雙眸之中泛起慌亂的漣漪。不過她瞬間就已經平靜了下來，重新鼓起勇氣，毫不示弱地望著羅獵。

羅獵雖然年輕可是他的經歷卻並不少，早已明白女人是這世上最不講理的動物，即便是她理虧，也會很快找出占理的理由，單純如麻雀，複雜如葉青虹，冷血如蘭喜妹，高傲如顏天心全都不會例外。

風蕩山谷，宛如一頭洪荒巨獸，奔騰咆哮，肆意衝撞，外面的世界已經完全被風雪統治。顏天心和羅獵對望了一會兒，直到羅獵主動示弱將腦袋耷拉了下去，方才滿意地裹緊了毛毯，準備再度睡去，可是她剛剛閉上眼睛就聽到外面傳來一聲驚天動地的炸響。

顏天心瞬間坐了起來，羅獵已經大步向殿門奔去，而此時尚在熟睡的其他三人也這聲巨響驚醒，揉著惺忪的睡眼搞不清發生了什麼事情。

顏天心緊隨羅獵的腳步奔了過去，靠近殿門一股強風吹得她下意識地低下頭去，羅獵伸手扶住她的肩膀，避免她單薄的身軀被風吹走，兩人向外面探出頭去，卻見漫天飛雪的夜空中，突然劃過一道紫色的閃電，他沒有看錯，的確是閃電，那道紫色的閃電從空中扯破天幕，擊碎雪花直射地面，在中途卻彷彿被人硬生生扭轉了方向，劃出一道不可思議的弧線，然後岔開數十個分支，拍擊在頭頂的山峰上，將滿是白雪的山峰瞬間染成了淡紫色。閃電過後，又是一個炸雷響起，震徹心扉，讓他們的內心為之一顫。

閃電將顏天心的俏臉映照得蒼白如紙，她從未經歷過這樣詭異的天象，常言道：雷打冬，十個牛欄九個空，**冬天打雷絕不是好事，冬日乃是萬物藏伏之季，**

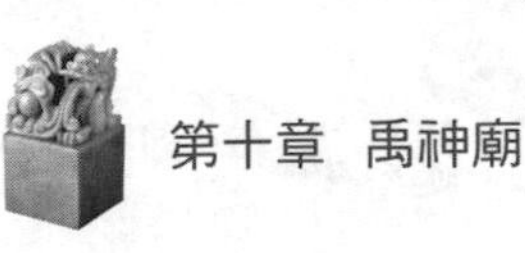

天地之氣閉藏，冬日驚雷，陽氣外泄，萬物遭殃，這絕不是好兆頭。

羅獵首先想到的卻是雷暴的成因，雷暴通常出現在炎熱的夏季，地面因為陽光直射而得到大量的熱能，低層空氣因此溫度上升，大氣上冷下熱的結構，從而給空氣儲存了大量的對流能量，一旦大氣層的穩定性遭到破壞，空氣就會開始上下運動，水汽上升到高空中形成冰晶，凝聚效應讓冰晶的重量不斷增長，一旦氣流承托不住，冰晶就會落下，水滴和冰晶粒子在運動激烈的雲城內會不斷接觸摩擦，產生靜電。

通常小水滴粒子攜帶正電荷，而其他大粒子攜帶負電荷。氣流和重力的作用最終讓正負電荷出現分離，這一過程持續發展，最終電勢能就會大到足可以穿透正負極之間的空氣，瞬間劇烈放電，響起雷聲。

可是到了冬季，太陽輻射提供的能量急劇減弱，滿洲地區緯度偏高，大氣乾冷，空氣中的水分受冷凝華，通常會生長成雪片降落到地面，缺乏了上下運動的誘因，故而少有雷暴發生，當然如果氣溫偏高暖濕氣流較強，突然遭遇寒流的情況下，暖濕氣流被迫抬升，或許會發生雷暴天氣，但是這一特殊的條件無法和現在蒼白山的天氣狀況對應起來。

栓子三人也被雷聲吸引了過來，剛才的那輪雷聲過後，外面重新歸於沉寂，風似乎小了許多，雪仍然在沒完沒了的下著。

栓子低聲道：「冬打雷，雷打雪！」他自小在蒼白山長大，卻從未聽說過有冬日打雷的現象發生，內心中也是異常惶恐，**再大膽的人在自然的面前都會表現出畏懼。這種畏懼發乎於內心，並不以人的意志為轉移。**

顏天心輕聲道：「或許只是偶然發生的狀況，大家不用擔心。」雖然是安慰同伴，可更像是安慰自己。她的話音剛落，外面又被閃電照亮，這次空中的數十道閃電同時激發，有若瀑布飛流直下，在半空中陡然膨脹起來，形成了一個巨大的紫色光球，光球在接近地面的時候迅速收窄，收放之間巨大的能量隨之釋放。

羅獵大吼道：「退後！」他展臂將顏天心攔住，躲在了石牆的後方，他在第一時間已經察覺到那團閃電射向了禹神廟，閃電在廟門外落下，旋即聽到一聲震徹天地的響雷，就炸響在他們的頭頂。

陸威霖被頭頂落下的灰塵迷到了眼睛，恐懼佔據了他的內心，他伸手想要揉眼睛的時候，聽到頭頂傳來轟隆隆的落石聲，羅獵抓住了他的手臂，大聲提醒道：「快逃，快逃！這裡就要塌了！」

幾人剛剛逃出了禹神廟，禹神廟頂部半露在外面的屋簷就轟然崩塌，正是剛才那聲炸雷擊中的地方。禹神廟的大殿完全是依靠山體雕琢而成，撐住屋簷的巨大石柱乃是就地取材，和屋簷並非一體，屋簷坍塌石柱失去了平衡，合抱粗細的石柱，向前方傾倒。

羅獵轉身望去，卻見巨大的石柱正向他們的頭頂傾倒而來，他們現在唯有奔跑，石柱還未完全倒下，就被另外一半滑落的屋簷砸中，因而斷成了數截，斷裂的石柱猶如車輪般加速向前方滾動，向亡命逃離的五人碾壓而去。

陸威霖的眼睛剛剛恢復正常，這就不得不來回奔跑，躲閃著從後方碾壓而來的石柱，此時所有人都沒有多餘的精力去兼顧同伴，他們只能盡力躲避這場突如其來的天災，避免被石柱碾壓成泥。

阿諾好不容易才躲開了兩根斷裂石柱的碾壓，可是他已經奔跑到了懸崖的邊緣，身後還有一截石柱車輪般轟隆隆向他碾壓而來，阿諾再想躲已經來不及了，前方偏偏又無路可逃，他總不能從懸崖上跳下去，阿諾轉過身，望著飛速滾來的石柱，爆發出一聲絕望惶恐的大叫。

眼看就要將阿諾碾壓，石柱卻突然改變了方向，原來是地面上的一個石塊改變了它運行的軌跡，石柱歪歪斜斜貼著阿諾的右肩滾了下去，阿諾本以為自己必死無疑，卻想不到關鍵時刻發生了轉機，嚇得他張大了嘴巴，整個人宛如泥塑一般呆在原地，等他意識到自己從生死邊緣爬了回來，這才摸了摸胸口準備離開，一塊拳頭大小的石塊偏偏不知從何處蹦了出來，砸在阿諾的腦門上，雖然不算太重，可是卻已經足夠讓他失去平衡，阿諾原本就站在了懸崖邊緣，他慘叫著雙手宛如車輪般揮舞，想要恢復平衡，可身體仍然不爭氣地向後方倒去。

兩隻有力的大手同時從左右伸了出來，分別抓住阿諾的一隻手臂，卻是陸威霖和羅獵，他們兩人幾乎同時趕到，將阿諾從死亡的邊緣再次拉了回來。

幾人來到安全的地方，坍塌的禹神殿仍然籠罩在一片雪霧和煙塵之中。陸威霖此時方才想起自己連槍都沒顧得上拿出來，可是也沒什麼好遺憾的，五個人能夠齊齊整整地逃出來已經是天大的幸運了。

羅獵和顏天心不約而同將目光投向夜空，他們不幸正處於雷暴區。如果雷暴再度來臨，他們就不會有剛才那樣幸運，雖然他們所在的區域不大，閃電應該不會在短時間內擊中同一區域。

顏天心道：「咱們儘快找一個避風的地方。」在剛才雷暴的對比下，風雪似乎也變得沒有那麼可怕。他們尋找藏身之處的時候，又有一道閃電劈中了附近的一棵雪松，雪松迅速燃燒了起來，還好這棵雪松距離其他的樹叢較遠，火勢不至於蔓延開來。

羅獵卻發現了一個奇怪的現象，幾次閃電全都擊中了禹神廟的周圍，彷彿雷電在事先鎖定了目標一樣。雷電的反折成為弧形，剛才威力巨大的球狀閃電，全都集中在他們附近，在閃電的末端無一例外地發生了偏移，羅獵曾經研讀過這方面的知識，知道這種現象往往是地磁的作用，是地面的磁場讓閃電發生了偏移。

通過那片石像群的時候，發現巨大的美杜莎雕像被落石擊倒，石像的底部居然露出了一個小洞口，直徑在一米左右，能夠容納一個人自由進出。對他們來說，這個洞口的發現非常及時，如果下方空間足夠，應該是一個很好的藏身處。

顏天心用手電筒向下方照射了一下，洞口很深，看不到底，幸好栓子將繩索帶了出來，他用繩索栓在美杜莎倒伏的石像上，然後沿著繩索下滑探路，在他下去之前，羅獵將打火機遞給了他，讓他留意下方的空氣狀況，如果打火機熄滅，就證明下方空氣稀薄，必須放棄冒險下行。

栓子下行七米左右方才到底，這一過程中打火機始終沒有熄滅，合上打火機，從腰間拿出手電，照射前方卻發現一具跪坐在地上的骷髏，栓子嚇了一跳，險些將手電筒失手落在地上，鎮定心神之後，看到他的胸膛上還插著一把彎刀。

一個死人當然沒什麼好怕，栓子觀察了一下周圍，下面還算寬闊，勉強可以容納五人藏身，在他的右前方看到了一個洞口，他舉起手電筒向洞口照去，看到裡面很深，傾斜向下，此時頭頂又響起炸雷之聲。

羅獵幾人已經不敢繼續待在上面，沿著繩索逐一滑落下去。

阿諾聽到外面雷聲不斷，吐了吐舌頭道：「如果雷劈在地洞裡，咱們五人都變成烤肉了。」

陸威霖呸了一聲道：「大吉大利，你能不能說點好聽的。」今晚發生的事情實在太過邪門，連他也不能不信邪了。

羅獵來到洞口借著手電筒的光芒觀察了一下，建議道：「與其擠在這裡，不如到裡面看看，興許能夠找到更好的容身之處。」

幾人對他的提議都表示贊成，羅獵身先士卒，第一個鑽了進去，這條隧道明顯是人工雕琢而成，羅獵在其中爬了約二十米，前方變得寬敞起來，這裡藏著一間長寬都有三米左右的石室，高度在兩米左右。

顏天心幾人隨後來到，望著這間石室都有些奇怪，這石室空空如也，並無任何家什物品，看不出到底有何作用？難道當年那個來自於歐洲的石匠無聊到這種地步？花費功夫在美杜莎的下方挖了一個地洞？可是外面那具屍體又作何解釋？

陸威霖小聲道：「真是搞不懂，為什麼要在下面挖這個洞？」

阿諾道：「這還看不明白，過去這裡應該藏著很多的寶貝，後來被人發現，全都盜走了。」

羅獵低頭望著地面，凸凹不平的地面其實佈滿了浮雕，浮雕刻的是大海的波濤，順著地面向牆面望去，四面牆壁之上也刻著波浪滔天的大海，大海之上有一條孤舟，這幅景象對羅獵這個神學院畢業的高材生再熟悉不過，分明是聖經中的場景《諾亞方舟》。一個法國人輾轉來到中國，在滿洲的深山老林中埋頭苦幹了二十年，難道僅是為了留下一幅諾亞方舟的浮雕？羅獵才不相信他會那麼無聊。

他仔細觀察著方舟，忽然發現方舟的部分似乎過於突出，心中暗奇，難道這艘方舟能夠移動？他來到方舟前，用力向左右扳了幾下，方舟紋絲不動，陸威霖過來幫忙，也是一樣，兩人合力將方舟向內推去，累出了滿頭的大汗，還是沒有半點反應。

阿諾道：「沒什麼吧，就是一堵牆，無非是刻了一幅浮雕，你們還以為裡面藏著什麼寶貝？」

羅獵讓栓子爬出去，截斷一截繩索，用繩索沿著方舟的外緣牢牢捆住，然後發動幾人同時向外牽拉，這次方舟竟然開始鬆動，他們將浮雕方舟的部分從裡面抽離了出來，方舟的部分剛一抽離了浮雕，就聽到這面牆發出轟隆隆的響聲，原來這面牆上的浮雕竟然是用小塊浮雕拼接而成，方舟抽離之後，小塊的浮雕紛紛移位坍塌，不一會兒功夫，他們的面前就出現了一個可供出入的大洞。

阿諾驚歎道：「別有洞天！這個法國石匠真是厲害，二十年的光景就能搞出那麼大的工程。」

羅獵等到浮雕完全坍塌之後，從地上撿起其中的一個部分，其實浮雕的原理並不複雜，類似於積木，方舟是其中最大的一塊，當初設計這一切的法國人將一小塊一小塊的石雕拼接起來，最後形成了眼前的大型浮雕，一旦方舟被抽離，那麼整塊浮雕的穩定性就被破壞，露出後面的那方天地，他的真正用意應當是隱藏後方的秘密。

羅獵第一個從洞口中鑽了過去，對面卻是一間空曠的石室，六根抱柱連通屋頂和地面，這些抱柱之上雕龍刻鳳，卻是典型的中國建築風格。

顏天心暗暗心驚，從眼前的所見來看，這應當是天脈山諸多金國古墓中的一座，咸豐年間，一夥盜墓賊盯上了天脈山大大小小的金朝古墓，於是潛入其中盜掘古墓，連雲寨是後來方才發現古墓被盜，他們抓住了盜墓賊，挖出了他們的心肝祭奠先人，經過確認，當時被盜的墓葬共有五座，連雲寨的這些人多半都是當年女真人的子孫，他們當然不能眼睜睜看著祖宗蒙受如此欺辱，派人進入古墓檢查破壞情況，可是在那些人進入古墓之後，大都離奇死亡。後來他們也不敢冒險，只是從外部填塞了這些盜洞，加大巡查的力度。

其實就算顏天心不說，羅獵也猜到了這裡曾經發生了什麼，當年的那個法國石匠一定是利用幫忙修建禹神廟的機會實行盜墓，此人一定非常厲害，不但打通了直達地宮的盜洞，而且還神不知鬼不覺地盜走了古墓裡的寶貝全身而退，如果不是陰差陽錯，他們為了躲避冬雷逃到這裡，這個秘密還不知要隱藏到何時。

顏天心道：「這裡應該早就被盜了。」

羅獵道：「我就覺得那個法國石匠不會那麼好心，萬里迢迢來到這裡，僅僅是為了幫你們修建一座禹神廟，還真是說不通。」地宮並不算大，從地坪到拱卷頂部不過三米的距離，前殿長寬都不超過十步，不過麻雀雖小五臟俱全，地宮前中後殿一個不少，兩旁設有配殿，宮殿之間以甬道相連，甬道出入處設有青石門，石門全都敞開，明顯此前已經有人來過。

地面上散落著一些錢幣，顏天心從中撿起了一枚，從錢幣的年代判斷應該是金宣宗完顏珣時期所鑄的貞祐通寶，不過裡面所剩的陪葬品已經不多，除了一些笨重的石雕，就是一些被砸爛的瓷器瓦罐。

墓室的棺槨也被人打開，栓子對棺材非常忌憚，他不敢靠近，遠遠站著。

阿諾也沒有欣賞死人的好奇心，羅獵、顏天心和陸威霖一起走了過去，看到棺槨內躺著一具屍體，屍體早已腐爛乾枯，身上的衣服也因為年代久遠腐朽得不成樣子。

屍體沒有下頜，羅獵曾經聽瞎子說起過，死者如果擁有一定的身分，往往會用玉器塞住九竅，看來盜墓賊對這一套非常的熟悉，而且下手極其粗暴，為了竊取死者身上的寶物，將下頜也整個拽掉了。

從骨骼來看，死者生前身材應該偏瘦小，右腳上還穿著一隻鞋，那鞋子並未完全朽爛，雖然色彩盡褪，仍然可以看出上方的繡花，羅獵道：「死者生前可能是個女人。」

顏天心點了點頭，認同羅獵的判斷。

陸威霖道：「**任你生前風華絕代，死後也不過是骷髏一堆**，女人男人又有什麼分別？」

顏天心表情黯然，心頭悶悶不樂，一直以來連雲寨都將那法國石匠當朋友看待，卻想不到他居然利用修建禹神廟的機會瞞天過海，做出此等喪盡天良之事，天脈山上的埋葬的都是他們的祖先，目睹如此情景，她的內心中又怎會好過。

羅獵道：「奇怪，為何不見她與人合葬？」

顏天心道：「或許她是妾侍，不過按常理，會有墓道和主墓相通。」

陸威霖道：「通往哪裡？她男人那裡嗎？」

顏天心道：「不排除這個可能。」

陸威霖檢查墓室周圍，發現牆壁光滑，根本沒有找到任何的縫隙，他搖了搖頭道：「好像這裡沒有門啊！」話音剛落，地面上就傳來劇震。

阿諾驚呼道：「又打雷了！」

羅獵冷靜道：「如果打雷，應該是上方。」經他提醒，所有人方才意識到剛才的震動明顯是來自於他們的腳下。

陸威霖道：「難道是……地震？」

羅獵伏下身去，將耳朵貼在地面上仔細傾聽，過了一會兒，地面又震動了一下。羅獵緩緩從地上站起，低聲道：「爆炸！應當是爆炸！」

請續看《替天行盜》卷四　長生秘訣

替天行盜 卷3 神廟乍現

作者：石章魚
發行人：陳曉林
出版所：風雲時代出版股份有限公司
地址：10576台北市民生東路五段178號7樓之3
電話：(02) 2756-0949
傳真：(02) 2765-3799
執行主編：劉宇青
美術設計：許惠芳
行銷企劃：林安莉
業務總監：張瑋鳳

初版日期：2021年8月
版權授權：閱文集團
ISBN ：978-986-5589-42-4
風雲書網：http://www.eastbooks.com.tw
官方部落格：http://eastbooks.pixnet.net/blog
Facebook：http://www.facebook.com/h7560949
E-mail：h7560949@ms15.hinet.net
劃撥帳號：12043291
戶名：風雲時代出版股份有限公司

風雲發行所：33373桃園市龜山區公西村2鄰復興街304巷96號
電話：(03) 318-1378
傳真：(03) 318-1378
法律顧問：永然法律事務所 李永然律師
　　　　　北辰著作權事務所 蕭雄淋律師

行政院新聞局局版台業字第3595號 營利事業統一編號22759935

定價：290元

國家圖書館出版品預行編目資料

替天行盜 ／ 石章魚 著. -- 臺北市：風雲時代出版股份有限公司，2021.05- 冊；公分

ISBN 978-986-5589-42-4（第3冊；平裝）

857.7　　110003703